U0010579

WARRIORS

貓戰士

破滅守則

七部曲之VI

迷霧之光

A Light in the Mist

晨星出版

特別感謝凱特・卡里

鷹翼：薑黃色母貓。
所指導的見習生，香桃掌：淺褐色母貓。
露鼻：灰白相間的公貓。
竹耳：深灰色母貓。
暴雲：灰色虎斑公貓。
冬青叢：黑色母貓。
翻爪：虎斑公貓。
蕨歌：黃色虎斑公貓。
蜂蜜毛：帶黃斑的白色母貓。
火花皮：橘色虎斑母貓。
栗紋：深棕色母貓。
嫩枝杈：綠眼睛的灰色母貓。
鰭躍：棕色公貓。
殼毛：玳瑁色公貓。
梅石：黑色與薑黃色相間的母貓。
葉蔭：玳瑁色母貓。

貓后　（懷孕或正在照顧幼貓的母貓）
黛西：來自馬場的奶油色長毛貓。
點毛：帶斑點的虎斑母貓。

長老　（退休的戰士和退位的貓后）
灰紋：灰色的長毛公貓。
雲尾：藍眼睛的白色長毛公貓。
亮心：帶薑黃色斑的白色母貓。
蕨毛：金褐色虎斑公貓。

各族成員

雷族 *Thunderclan*

族長　**棘星**：琥珀色眼睛、深棕色虎斑公貓。

副手　**松鼠飛**：綠色眼睛、有一隻白色腳掌的深薑黃色母貓。

巫醫　**松鴉羽**：藍眼睛、失明的灰色公虎斑貓。
赤楊心：琥珀色眼睛、深薑黃色的公貓。

戰士　（公貓，以及沒有年幼子女的母貓）
獅焰：琥珀色眼睛的金色虎斑公貓。
刺爪：金褐色虎斑公貓。
白翅：綠眼睛的白色母貓。
樺落：淡棕色虎斑公貓。
鼠鬚：灰白相間的公貓。
所指導的見習生，月桂掌：金色虎斑公貓。
罌粟霜：淺玳瑁色與白色相間的母貓。
鬃霜：淺灰色母貓。
百合心：藍眼睛、嬌小、帶白斑的深色虎斑母貓。
所指導的見習生，焰掌：黑色公貓。
蜂紋：毛色極淺、帶黑條紋的灰色公貓。
櫻桃落：薑黃色母貓。
錢鼠鬚：棕色與奶油黃相間的公貓。
煤心：灰色虎斑母貓。
所指導的見習生，雀掌：玳瑁色母貓。
花落：帶花瓣形白斑、玳瑁色與白色相間的母貓。
藤池：深藍色眼睛、銀白相間的虎斑母貓。

板岩毛：毛髮滑順的灰色公貓。
撲步：灰色虎斑母貓。
光躍：棕色虎斑母貓。
鷗撲：白色母貓。
尖塔爪：黑白相間的公貓。
穴躍：黑色公貓。
陽照：棕色與白色相間的虎斑母貓。

長老

橡毛：嬌小的棕色公貓。

影族 *Shadowclan*

族長　**虎星**：深棕色虎斑公貓。

副手　**苜蓿足**：灰色虎斑母貓。

巫醫　**水塘光**：帶白斑的棕色公貓。

影望：灰色虎斑公貓。

蛾翅：帶斑點的金色母貓。

戰士　**褐皮**：綠眼睛的玳瑁色母貓。

鴿翅：綠眼睛的淺灰色母貓。

兔光：白色公貓。

石翅：白色公貓。

焦毛：耳朵有撕裂傷的深灰色公貓。

亞麻足：棕色虎斑公貓。

麻雀尾：魁梧的棕色虎斑公貓。

雪鳥：綠眼睛、純白色母貓。

蓍草葉：黃眼睛的薑黃色母貓。

莓心：黑白相間的母貓。

草心：淺褐色虎斑母貓。

螺紋皮：灰白相間的公貓。

跳鬚：花斑母貓。

熾火：白色與薑黃色相間的公貓。

肉桂尾：白色腳掌、棕色虎斑母貓。

花莖：銀色母貓。

蛇牙：蜂蜜色虎斑母貓。

蕁水花：淺褐色公貓。

微雲：嬌小的白色母貓。

灰白天：黑白相間的母貓。

紫羅蘭光：黃色眼睛、黑白相間的母貓。

貝拉葉：綠眼睛的淡橘色母貓。

鶺鴒羽：耳朵黑如鴉羽的白色公貓。

鴿足：灰白相間的母貓。

流蘇鬚：帶棕斑的白色母貓。

礫石鼻：棕褐色公貓。

陽光皮：薑黃色母貓。

貓后　**花蜜歌**：棕色母貓，生下一隻白色虎斑小母貓——小蜜蜂和一隻虎斑小公貓——小甲蟲。

長老　**鹿蕨**：失聰的淺褐色母貓。

天族 *Skyclan*

族長　**葉星**：琥珀色眼睛、棕色與奶油色相間的虎斑母貓。

副手　**鷹翅**：黃眼睛的深灰色公貓。

巫醫　**斑顛**：腿上有斑點、毛色斑駁的淺褐色虎斑母貓。
躁片：黑白相間的公貓。

調解者　**樹**：琥珀色眼睛的黃色公貓。

戰士　**雀皮**：深棕色虎斑公貓。
馬蓋先：黑白相間的公貓。
露躍：健壯的灰色公貓。
根躍：黃色公貓。
針爪：黑白相間的母貓。
梅子柳：深灰色母貓。
鼠尾草鼻：淺灰色公貓。
鳶撓：紅褐色公貓。
哈利溪：灰色公貓。
櫻桃尾：毛髮蓬鬆、玳瑁色與白色相間的母貓。
雲霧：黃眼睛的白色母貓。
花心：薑黃色與白色相間的母貓。
龜爬：玳瑁色母貓。
兔跳：棕色公貓。
所指導的見習生，鷦掌：金色虎斑母貓。
蘆葦爪：嬌小的淺色虎斑母貓。
薄荷皮：藍眼睛的灰色虎斑母貓。

呼鬚：深灰色公貓。
所指導的見習生，哨掌：灰色虎斑母貓。
蕨紋：灰色虎斑母貓。

長老　**鬚鼻：**淺褐色公貓。
金雀尾：藍眼睛、毛色極淡、灰白相間的母貓。

風族 *Windclan*

族長　**兔星：**棕色與白色相間的公貓。

副手　**鴉羽：**深灰色公貓。

巫醫　**隼翔：**毛色斑駁、灰中帶白，像披了紅隼羽毛的公貓。

戰士　**夜雲：**黑色母貓。

斑翅：毛色斑駁的棕色母貓。

蘋果光：黃色虎斑母貓。

葉尾：琥珀色眼睛、深色虎斑公貓。

木歌：棕色母貓。

燼足：有兩隻深色腳掌的灰色公貓。

風皮：琥珀色眼睛的黑色公貓。

石楠尾：藍眼睛的淺棕色虎斑母貓。

羽皮：灰色母貓。

伏足：薑黃色公貓。

所指導的見習生，歌掌：玳瑁色母貓。

雲雀翅：淡褐色虎斑母貓。

莎草鬚：淺褐色虎斑母貓。

所指導的見習生，振掌：棕色與白色相間的公貓。

微足：胸口有閃電形白毛的黑色公貓。

燕麥爪：淡褐色虎斑公貓。

貓后　**捲羽**：淡褐色母貓，生下兩隻小母貓——小霜、小靄，以及一隻小公貓——小灰。

長老　**苔皮**：玳瑁色與白色相間的母貓。

河族 *Riverclan*

族長 **霧星：**藍眼睛的灰色母貓。

副手 **蘆葦鬚：**黑色公貓。

巫醫 **柳光：**灰色的母虎斑貓。

戰士 **暮毛：**棕色虎斑母貓。

鯉尾：深灰色與白色相間的母貓。

指導的見習生，水花掌：棕色虎斑公貓。

錦葵鼻：淺褐色虎斑公貓。

黑文皮：黑白相間的母貓。

豆莢光：灰白相間的公貓。

閃皮：銀色母貓。

蜥蜴尾：淺褐色公貓。

所指導的見習生，霧掌：灰白相間的母貓。

噴嚏雲：灰白相間的公貓。

蕨皮：玳瑁色母貓。

松鴉爪：灰色公貓。

鴞鼻：棕色虎斑公貓。

金雀花爪：灰耳朵的白色公貓。

夜天：藍眼睛的深灰色母貓。

風心：棕色與白色相間的母貓。

斑紋叢：灰白相間的公貓。

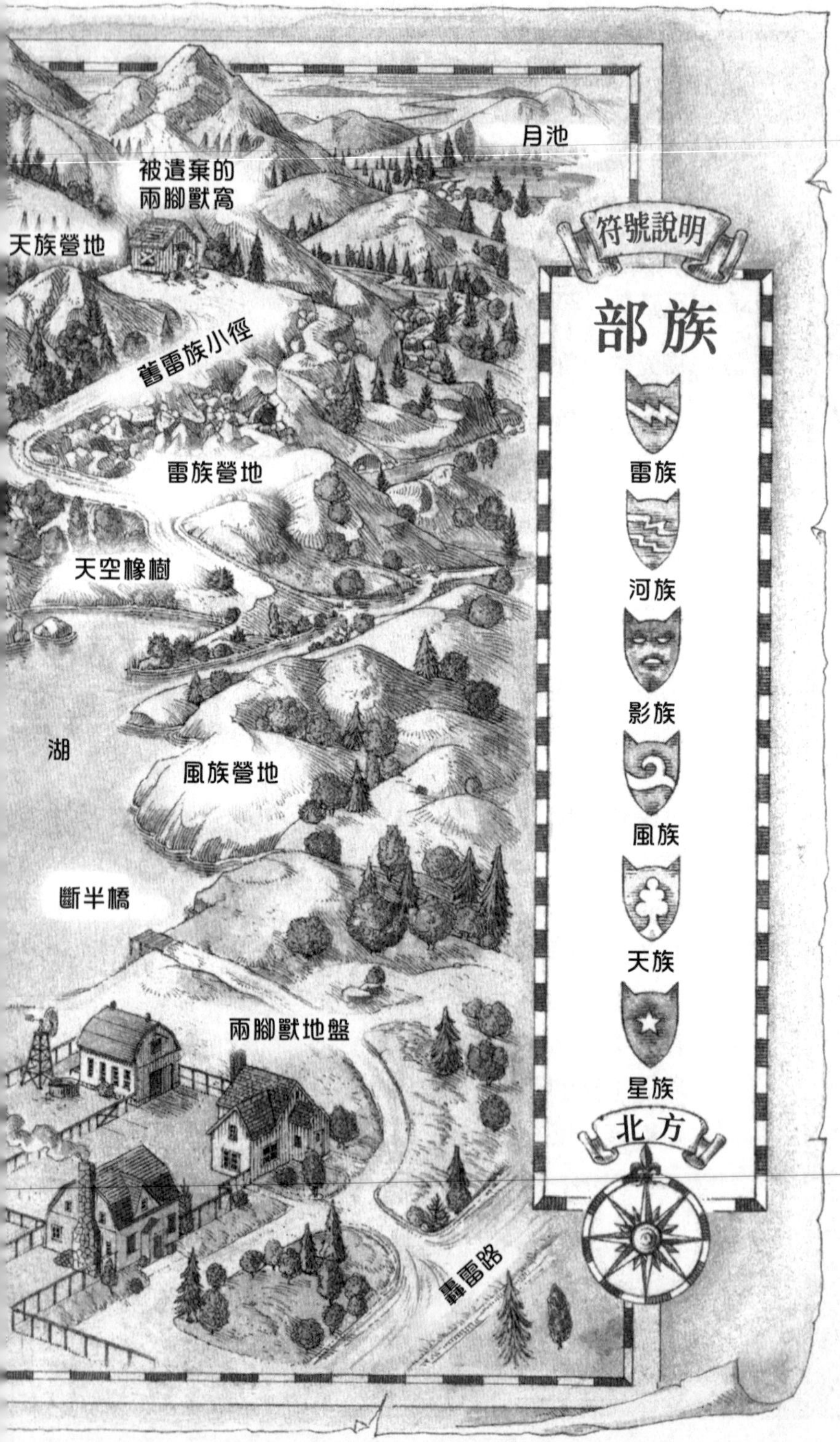
月池
被遺棄的
兩腳獸窩
天族營地
舊雷族小徑
雷族營地
天空橡樹
湖
風族營地
斷半橋
兩腳獸地盤
轟雷路
符號說明
部族
雷族
河族
影族
風族
天族
星族
北方

綠葉
兩腳獸地盤
兩腳獸窩
兩腳獸小徑
兩腳獸小徑
空地
影族營地
半橋
小轟雷路
綠葉
兩腳獸地盤
半橋
貓兒視角
小島
小河
河族營地
馬兒地盤

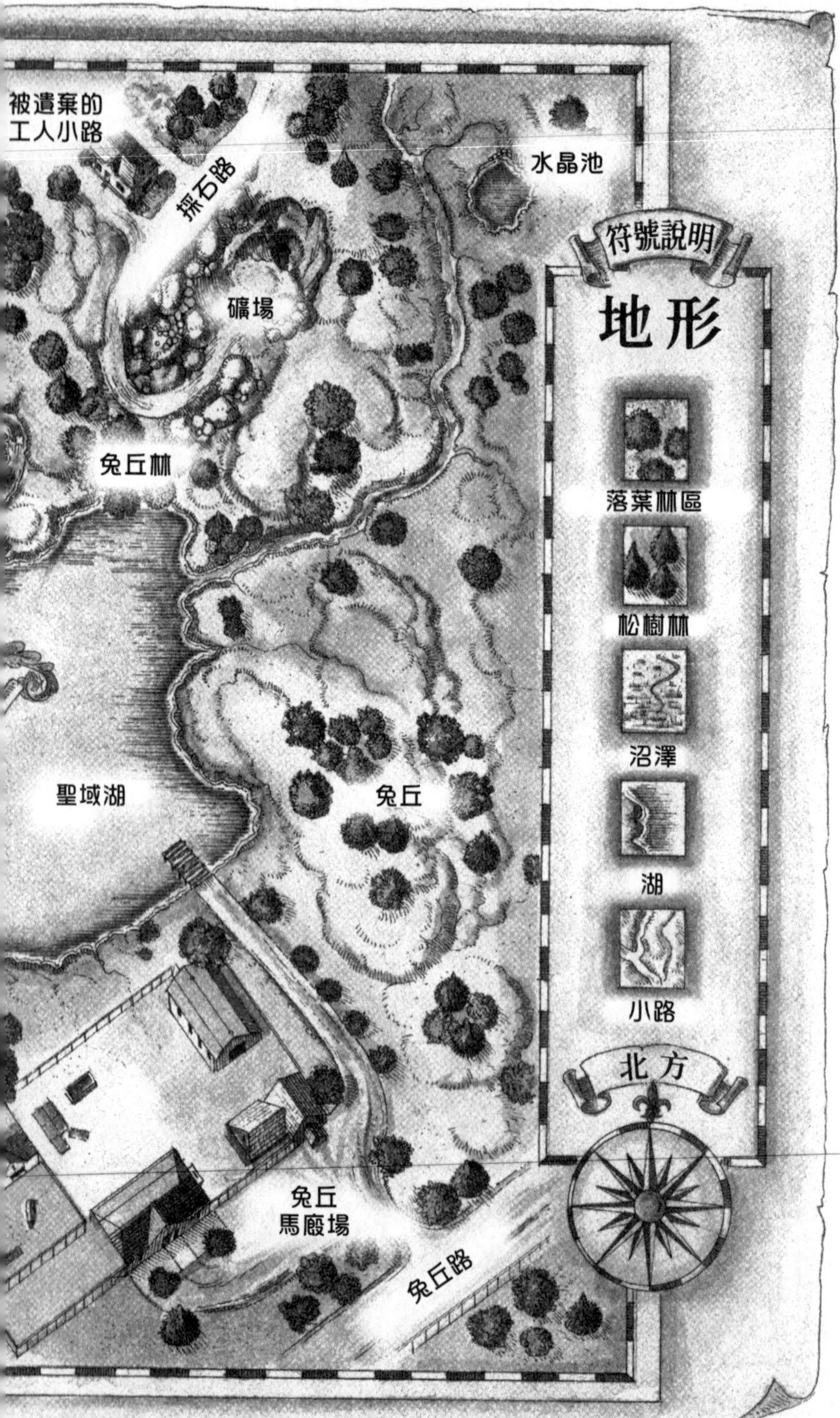
被遺棄的
工人小路
採石路
水晶池
礦場
符號說明
地形
落葉林區
松樹林
沼澤
湖
小路
兔丘林
聖域湖
兔丘
北方
兔丘
馬廄場
兔丘路

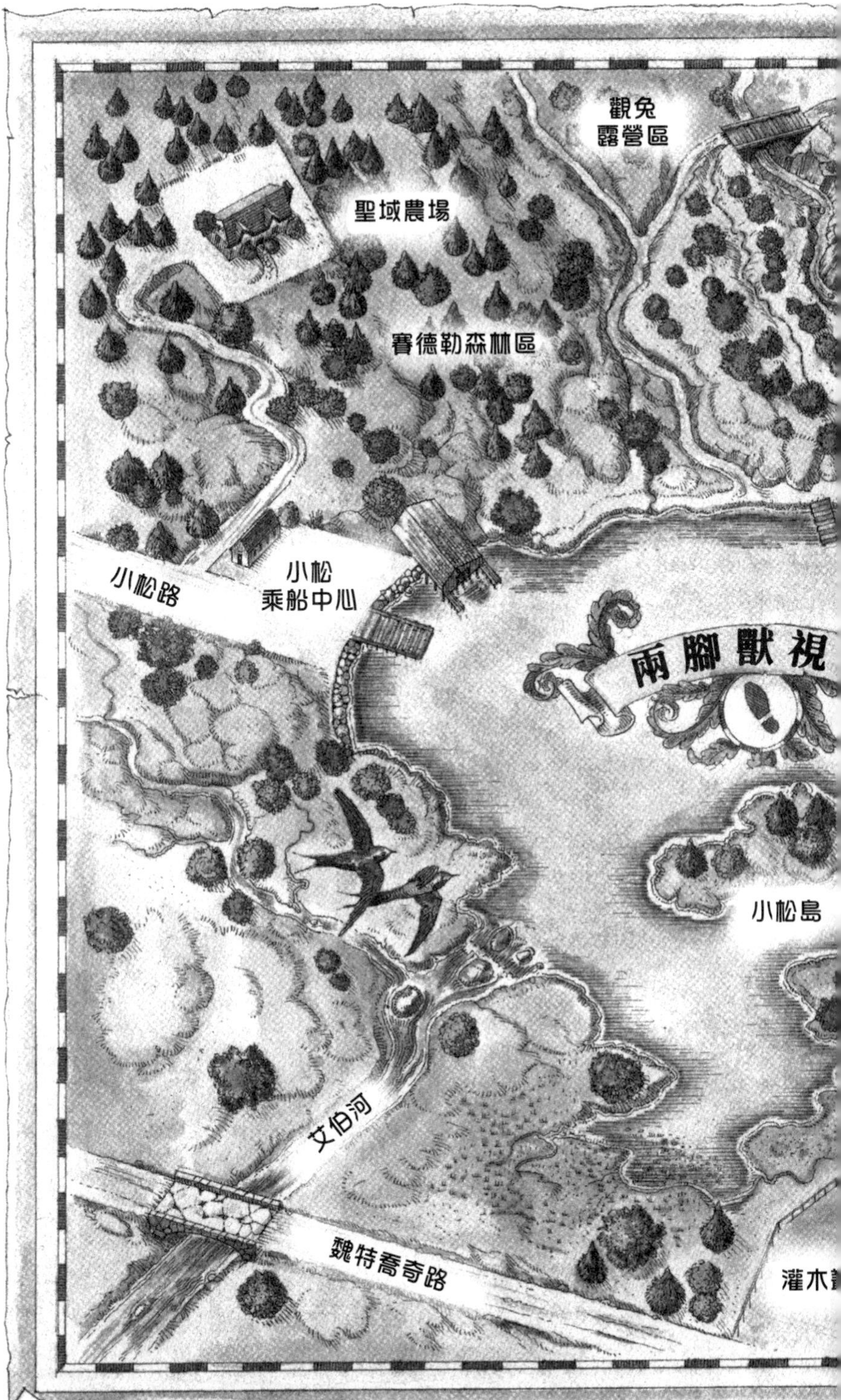
觀兔
露營區
聖域農場
賽德勒森林區
小松路
小松
乘船中心
兩腳獸視
小松島
艾伯河
魏特喬奇路
灌木

序章

天空黯淡無星，黑暗森林的貓群蟄踞在空地邊緣靜觀。四周的霧靄就像在冷空氣中呼出的溫暖鼻息，於夜裡蒸滾翻騰。他們緊盯著一名戰士。他的毛皮因戰鬥而血跡斑斑；此刻他伏身將腹部緊貼在地，皮下的肌肉如波起伏。一隻白色公貓圍著他慢慢的繞圈。

白貓的側腹烙印著無數次戰鬥留下的傷痕，雙眼閃爍著威脅的光芒。但他沒有攻擊。

圍觀的貓群不耐煩地挪動身子，依舊沉默不語。

灰毛甩甩尾巴。他們不喜歡這場戰鬥？是因為雪叢猶豫了嗎？那個傻子居然像隻神經質的小貓踮起腳尖繞著根躍走！「快上啊，你這隻白色癩皮懦夫！」

雪叢瞥了他一眼。他的眼神好像有點懷疑？憤怒如烈火在灰毛的胸膛裡熊熊燃燒。難道他得為這些老鼠心親自示範每個動作嗎？

根躍非死不可！灰毛輕彈尾巴，一言不發，對貓靈下了簡單又惡毒的指令。他的思緒成了他們的想法；貓靈頓時活躍起來，開始高聲嚎叫，耳朵壓平，毛髮昂然聳立，尾巴也蓬了起來。

「殺了他！」

「割斷他的喉嚨！」

「把他撕成碎片！」

黑暗中充斥著刺耳的尖嚎聲，雪叢悄然蹲伏，擺出攻擊的姿態，動作流暢得像條蛇。根躍嚇得睜大雙眼，慌忙後退。

灰毛的怒火逐漸冷卻，變得如花崗岩般冷硬無情地盤踞在他腹裡。打從有記憶以來，他就很熟悉這種狂暴，就像是老朋友一樣。情緒過後，他很確定，那些自以為打敗他的戰士總有一天會為他們的背叛付出代價。他們無視他的煎熬，但他會很享受他們的苦難。他要做個了結，解決生前長期積累、沒有因死亡而消弭的怨恨。

星族怎麼會這麼蠢？他們竟然真的相信他已經懺悔，原諒宿敵，甚至是殺害他的冬青葉。**真笨！**他們根本不曉得他私下的計畫；表面上他假裝關心戰士們的生活，看他們狩獵、在陽光下打盹，和親朋好友分享舌頭，讓他們相信他是星族的一員，實際上，他一直暗中探索星族狩獵場的一切，走過無數條尾巴的距離，盡可能摸透他們的底。他們真以為他會讓棘星和松鼠飛過著平靜的日子嗎？

很快的，他就發現星族的力量源自其與五大部族間的聯繫。若能破壞這條連結，就能揭開星族的真面目，所謂的祖靈不過是一群可悲的長老罷了。雖然他們重拾青春和體力，心智卻隨著年齡增長而衰弱。如果少了與後代的聯繫，星族戰士就會流於回憶，而陽間的部族也會因為與祖靈疏離，變得如獵物般脆弱。

封鎖既有的道路，讓星族無法與領地外圍的貓族聯繫、進入黑暗森林，比他想的還要容易。但他很清楚，他可不能像星族貓一樣關在這裡。他在星族疆域中心附近挖了一條深長的隧道，通往無星之地。除了他，沒有貓知道這件事。他開始一點一滴匯集能量，慢慢掌權，但還是不知該如何接觸陽界的貓族。

一個月又一個月過去，灰毛內心的憤懣不斷滋長。他像吞食難吃的獵物一樣將不滿硬生生咽下肚，靜靜等待。然後霧星失去了第一條生命，灰毛終於有機會返回大湖。

他看著垂死的河族族長來到星族，在綴著繁星的戰士群中如幽靈閃著微光。豹星上前迎接她，她的族貓簇擁在她身旁，急著想在族長重返陽間展開下一世前看她一眼。就在這個時候，灰毛意識到，霧星的魂魄身在星族之際，肉身不過是一具承載著毛皮血肉的空殼，毫無防禦能力，只等著靈體進駐棲居。

他總算找出重返貓族的方法。他依舊假裝是星族的一員，說服其他貓讓他離開狩獵場，回到湖畔看看陽間的貓族，還承諾一定會讓他們恪遵寶貴的戰士守則。終於擺脫星族束縛的他立刻用雜草和樹枝堵住祕密通道，沒多久，五大部族就因與祖靈斷聯而感到絕望，對星族失去信仰。路障愈趨堅固厚實，阻斷了星族與生者之間的聯繫。

少了星族指引，湖邊的貓族頓時迷失方向。灰毛好享受讓影族巫醫見習生充滿恐懼的感覺。棘星病重時，他欺騙了那隻年輕的鼠腦袋，使棘星病情惡化，雷族族長就這樣死在冰天雪地裡。灰毛終於尋得返陽的歸途！他就像毒藥緩緩滲入傷口一樣，神不知鬼不覺地溜進棘星空蕩的軀殼。

占據棘星軀體那一刻，不合身的毛皮與突如其來、陌生的拘束感讓他心生顫慄，但他決定忽略這種不適。他終於能擁有本該屬於他的一切。

怎知，周遭的世界全變了調，貓族也不如以往。松鼠飛是棘星的伴侶，不是他的。

她溫柔的呼嚕聲，充滿愛意的眼神，一直以來都不是為了灰毛。她始終愛著棘星。

憤怒如膽汁湧上灰毛的喉嚨，讓他差點窒息。他飛快轉頭，將注意力轉至空地，惡狠狠地瞪著根躍。那隻黃色天族戰士居然想擋他的路，他要讓他付出代價。灰毛的怒氣如奔騰的浪濤湧向貓靈，他的思緒經由他們的嘴爆發出來，化為仇恨的吶喊。

「把他的皮剝下來！」

「撕裂他的耳朵！」

雪叢猛撲過去，將根躍壓倒在地，在他的脊背上留下淌血的爪痕。

灰毛的胸口洋溢著喜悅。**我並不殘忍，**他告訴自己。這都是松鼠飛的錯。**是她逼我的。我只是想讓貓族瞧瞧這些偽君子的真面目。**撕裂部族，使他們互相對立，讓灰毛心滿意足。他目睹各族為了證明自己是優秀和忠誠的戰士，任憑怨懟與憤恨於貓族中蔓延，很期待看到他們發覺自己跟他差不多，沒比較高尚。可是後來松鼠飛竟為了躲他而詐死，其他部族也開始聯手對抗他。他們**背叛**了他。灰毛只能逃往黑暗森林。他在這裡有盟友；這些貓生前作惡多端，殘暴不仁，因此無法成為星族。由於他封鎖了星族，那些本該加入星族的亡靈找不到歸屬，只能滯留在黑暗森林。無論他們的意願為何，灰毛同樣讓他們成為自己的打手，為他而戰。

他以為自己還有機會。如果把松鼠飛帶到這裡，就能讓她從一個新的角度來看待雷族，進而意識到他們不過是一幫假裝自己很特別，實則凶殘暴戾的狐狸心。她會發現他們和他沒什麼不同。這樣她一定會愛上他吧？

然而，即便在這裡，松鼠飛依舊不肯接受他的愛。她逃離森林，帶走了棘星。

灰毛屈伸爪子。他心中的希望已然熄滅。這一次，他絕不退讓。他要懲罰根躍，竭盡所能摧毀一切，黑暗森林、星族和五大部族全都無法倖免。若他得不到自己想要的東西，其他部族貓也別想得到。他要奪走他們的全部。復仇完滿之際，他們就會淪為惡棍貓和獨行貓。

一種深切的刺激和興奮在他的皮膚下顫動。他噘起嘴唇，望著傷疤累累的雪叢將根躍撂倒在地，利爪緊鉗著他的喉頭，慢慢刺入染血的毛皮。雪叢抬起頭，帶著詢問的眼神迎上灰毛的目光。

唾液從灰毛嘴裡滴落，濺上晦暗的大地。「殺了他。」他喵聲咆哮。

第一章

「殺了他。」

灰毛的怒吼讓根躍體內湧起一陣恐慌。嗜血加深了他眼中的惡意。**他很樂在其中。**黑暗森林貓有如一群兇橫無情的惡犬，在空地邊緣興奮鼓譟，慫恿雪叢發動攻擊。雪叢的腳爪慢慢彎曲，像燃燒的荊棘刺進根躍的喉嚨。

疼痛讓根躍得以集中注意力。他還不想死。他抬起後腳頂著雪叢腹部，用盡全身上下每一絲力氣推開他。

根躍的頸毛被雪叢的尖爪扯下一大簇，強烈的痛楚如火般灼燒。他倉促起身，但雪叢早已繃緊肌肉蹲踞在地，面對著他；根躍知道，要是雪叢跳起來攻擊，速度肯定比老鷹還快。不過，他能在雪叢的眼中看到無助與絕望。**他不想傷害我，但他別無選擇。**

根躍瞇起眼睛。雪叢的目光再次落上他的頸項。**我得阻止他才行。**雪叢奮力一跳，根躍立刻蹲伏到下方，用頭狠狠撞擊他的胸膛，悶哼一聲往上推。雪叢掙扎著保持平衡，根躍飛快轉身，用爪子勾住他的毛皮，砰一聲將他拽落在地。

看到雪叢倒地，黑暗森林和貓靈的眼睛迸出憤怒的火光。

「起來，你這個鼠腦袋！」灰毛貼平耳朵。

圍觀的貓群紛紛哈氣，發出嘶嘶聲。

「把他的皮剝下來！」有隻貓大聲喵嚷，壓過其他貓的聲音。

根躍僵在原地。**那是沙鼻嗎？**悲傷讓他的腹部隱隱刺痛。他從前的族貓此刻居然在為雪叢打氣歡呼，彷彿他未曾和根躍一起巡邏，或是在狩獵了一整天後共享獵物。根躍抬起頭。

那隻矮壯的褐色公貓臉孔因仇恨而扭曲，莖葉也在他身旁大聲嚎叫。看到朋友和族貓變成這樣，鬃霜一定會心碎。

「幹掉他！」

絕望掏空了根躍的胃。斑紋叢、溫柔皮和松果足就在旁邊，爆發石和蕨葉鬚也是。

正當根躍躊躇不決時，雪叢猛地跳起身，掙脫了他的束縛，再次撲向他，眼裡閃爍著歉疚的光芒。

根躍直起後腿迎戰，一次又一次揮擊，讓過往的戰技訓練引導身體動作，腦中思緒不住翻騰。莖葉是忠誠的雷族戰士；灰毛利用棘星的軀體控制雷族那段期間，他是鬃霜的朋友，也是反抗軍的一員，斑紋叢、溫柔皮和松果足也是。他們在與灰毛對戰的過程中戰死湖畔，只要有一絲選擇的機會，他們絕不會這麼做。難道灰毛的權力大到可以讓忠貞的戰士轉而對抗盟友？

尖爪劃過根躍的下巴，突如其來的疼痛讓他大吃一驚。雪叢仍不斷反擊。根躍決定忽略從前老友的吶喊。他不能讓灰毛得逞。他不僅是為自己的生命而戰，也是為死於灰毛之手的貓靈而戰。雪叢再度瞄準他的鼻吻發動攻擊，根躍倏地趴伏在地，火速轉身，爪子刺進雪叢的肩膀。他緊緊攫住那隻白色公貓，將他纏圍起來，瘋狂揮舞利爪割破他的脊背。

雪叢尖聲大叫，扭著身子奮力掙脫，在根躍爪間留下一撮白毛。他轉身撲向根躍，攻擊力道之大讓根躍失去平衡，重摔在地。根躍瞥見楓影在圍觀的貓群中閃閃發光，看來並不是所有貓都被灰毛控制。有些貓在黑暗森林裡待了好幾個月，變得像灰毛一樣想傷害生者。

雪叢重重壓在根躍身上，讓他喘不過氣，忍不住低聲悶哼。這時，他瞥見觀戰貓群中有隻熟悉的虎斑公貓，鬍鬚因極度激動而抽搐。根躍嚇了一跳。**暗紋在這裡做什麼？**他不是已經把那隻狐狸心戰士推落淹沒黑暗森林的幽暗水域嗎？憤怒如星火般在他胸口爆發。暗紋就是根躍被困在這裡的原因。

你早該死了。

根躍低聲咕噥，將腳爪插入土壤，拖著身子慢慢前進，雪叢的爪子在他側腹劃下一道灼燒的弧形傷痕。暗紋襲擊他時，他正努力想回到鬃霜和影望所在的陽世。他勃然大怒，對暗紋那種純粹、殘暴的仇恨如焰火般赫然閃過腦海。

那股恨意之強烈，讓根躍大為震驚。他愣了好一陣子，過去他從未這麼憎惡別的貓。他從雪叢身下掙脫，像被逼到角落的獵物一樣迅速轉向那隻白色公貓，伸出爪子揮過他的鼻吻。黑暗森林的力量就快要吞噬他了，他不能放棄，也絕不會讓此地孳生潰爛的邪惡感染他。他後腿朝地使勁一蹬，撲向雪叢。雪叢踉踉蹌蹌地後退，根躍立刻俯身出爪，跳到雪叢身上，把他的肩膀壓制在地，身體因為施力而顫抖，雪叢則在底下拚命扭動。

他凝視白色公貓驚恐的雙眼，將怒氣推到一旁。**現在該怎麼辦？**他無法狠下心殺了這隻貓，畢竟雪叢曾想伸出援手。死在黑暗森林裡的貓會永遠消失，成為回憶，再也見不到親屬和族貓。想到這裡，根躍的脊梁竄起一陣顫慄。還有什麼比這更慘？再說，他不是一直暗暗希望帶雪叢離開這裡嗎？如果他能打敗灰毛，或許能說服星族收留他。無論黑暗森林貓生前犯下什麼可怕的罪行，那也是很久以前的事了，況且雪叢還幫助他對抗灰毛。應該可以得到一些獎勵吧？

雪叢迎上根躍的目光，眼裡滿是絕望。

我該殺另一隻貓來救我自己嗎？根躍心想。正當他猶豫不決時，雪叢對灰毛拋了一個眼神。

「成事不足，敗事有餘！」灰毛的吼叫似乎讓周遭的黑暗也跟著顫抖。他飛快瞟視圍觀的暴徒。「你們隨便一個，殺了他！」

貓群蜂擁而上，跌跌撞撞地互相推搡，競相服從灰毛的命令。恐懼在根躍的血液裡奔流。他讓雪叢扭著身子逃脫；步步進逼的貓群毛髮直豎，眼裡閃爍著暴虐的光芒，將他團團包圍。

一陣慌亂中，根躍想起露躍的話。**找出最脆弱的環節，一舉擊破**。他的導師曾教他被包圍時該怎麼做。根躍飛快掃視逼近的貓群。松果足齜牙咧嘴；他旁邊的莖葉壓平耳朵；斑紋叢低聲咆哮，陰沉的眼眸流露出惡意，腳步卻一跛一跛，胸口仍深深烙印著那道結束他生命的爪痕。根躍的心情為之一振。他的出路就在那裡。

他飛快衝向斑紋叢，將那隻搖搖晃晃的河族公貓推到莖葉身上，奮力突破重圍。斑紋叢摔跌在地，連帶絆倒莖葉，根躍趁機抓緊機會，像兔子穿過荊刺灌木叢一樣從他們身邊溜走。他看見黑暗森林的陰影在眼前開展，希望在他胸膛裡翻騰。只要能跑到那裡，樹蔭就會吞噬他的身影，讓他得以躲藏在暗處。他飛也似地奔過空地，兩側腹脅不斷起伏。

就在這個時候，尖牙深深刺進根躍的後腿。貓群咬住他往後拉，讓他無法呼吸。熱辣的痛楚灼燒著毛皮，利爪插入他每一寸肌膚，他放聲大叫，就這樣被拖到貓群裡。根躍絕望地揮舞四肢企圖掙脫，卻看見灰毛的眼睛在模糊的牙齒和毛皮輪廓中閃爍。

我要死在這裡了。根躍感受到希望逐漸流逝，恐懼將他拖進深沉的黑暗裡，他覺得自己死定了。他腦海中閃過關於鬃霜的記憶：她把還是見習生的他從湖裡救出來；他們倆遠離湖區和部族的義務與責任，坐在月光灑落的柳樹蔭下，她看著他的眼神，還有她溫柔的臉散發出星辰般的容光。

根躍的呼吸漸慢，悲傷吞沒了他的心。他意識到自己再也見不到鬃霜，內在那股恐懼瞬時消散，轉為哀戚，麻木了利爪和尖牙造成的痛楚，蓋過了黑暗森林貓的咆哮和嘶嘶聲。他再也感受不到他們口鼻呼出的溫熱，聞不到他們腐臭的毛髮。他癱軟著身體，向死亡俯首稱臣。不然還能怎麼辦？

這時，根躍用眼角餘光瞄到貓群另一邊有個淺灰色身影在黑暗中移動。認出的那瞬間，他不禁全身震顫。**是鬃霜。**她看起來就像薄霧，在森林陰影的映襯下顯得格外柔軟。**我開始出現幻覺了。**一想到她，根躍的心就好痛。他凝望著那個幻影，很慶幸這是他死前最後的回憶。可是那個幻象並沒有消失，反而逐步靠近。**真的是鬃霜嗎？**她朝他飛奔而來，藍綠色眼眸瞪得老大。**妳真的在這裡嗎？**

痛苦再次滲入他的意識，根躍不禁尖聲嚎叫。黑暗森林貓不停撕扯他的毛皮。下一秒，他們突然鬆口，轉而攻擊新的敵人。**鬃霜！**她真的在這裡！

鬃霜擊退一隻又一隻敵貓，殺出一條血路。根躍無視刺痛的傷口，費力站起來。**鬃霜！**他還是不敢相信眼前的畫面。只見她猛地撂倒松果足，雙眼緊盯著他。

她來救我了！

「快跑！」她的喵喊為根躍注入一股新的能量，於毛皮下澎湃奔湧。

他不會讓這些卑劣的狐狸心傷害她。他怒吼一聲，擠到兩名戰士中間使勁推開貓群。他必須趕到鬃霜身邊。她不會死在這裡。他也一樣。

第二章

影望飛快睜開雙眼。**我又回到黑暗森林了！**他環顧四周，察看四周是否有潛在的危險。歪扭的樹木在暮色籠罩下散發出詭異的光芒。剛才他還跟在鬃霜身後，循著姊妹幫的引導越過黑暗，她們的歌聲仍在他心底迴盪；此刻他卻貼平耳朵，試著將戰鬥的聲響隔絕在外。嚎叫聲劃破了潮溼的空氣，鮮血的氣味竄進他鼻子裡。

他東張西望尋找鬃霜，只見她如閃電般迅速跑開，跳過樹根，繞過樹幹，全速朝戰鬥的噪響奔去。驚恐像火花在他體內飛濺。

「等等！」影望立刻拔腿跟上去，在森林開闊處停下腳步，昏暗的天光下裸著一片空地。許多貓在那裡騷動喧鬧，彷彿一大群鰻魚，毛皮如波浪起伏，尾巴不斷甩打，眼裡閃著充滿攻擊性的光芒。鬃霜猛撲向貓群那一刻，影望差點無法呼吸。**蜜蜂跑進她腦袋裡了嗎？**她把一隻虎斑貓拖出來拋到一邊，衝進貓群。

影望看著她，不敢相信自己的眼睛。**星族啊，妳到底在做什麼？**這時，他認出身處戰鬥中心那隻黃色公貓。**是根躍。**他看起來負傷慘重，不過鬃霜奮力朝他靠近時，根躍抬起頭，一看到她，他的湛藍色雙眼立刻變得炯亮。

我得幫助他們才行。可是該怎麼做呢？影望並不是訓練有素的優秀戰士；他通曉的是藥草，而非戰技。這群暴徒顯然是聽灰毛的指揮。除了他復仇的渴望，沒有什麼能讓他們如此發狂。

影望的腳彷彿生了根，動彈不得。他依舊能感覺到腿上的僵硬感，先前與灰毛搏鬥的陰影揮之不去。如果他現在插手，可能會替朋友帶來更多麻煩。他聽見自己的心怦怦狂跳。**該怎麼辦才好？**

他飛快掃視混戰的貓群，發現灰毛的蹤影。他遠離戰場，瞇起眼睛在旁觀看，耳朵和尾巴直挺不動，似乎在努力集中心神。影望往後退到暗處。

另一個身影引起了他的注意。他一眼就認出那隻毛髮蓬亂、夾在兩隻貓靈間的黑貓，那對貓靈正在猛烈攻擊鬃霜。**是尖塔望**。那隻瘦削的公貓救了他兩次。他眼神呆滯，沒有流露出意識，彷若看不見眼前的事物，身體卻不斷動作，像戰士一樣衝刺嚎叫。他知道自己在做什麼嗎？

鬃霜終於來到根躍身邊。他們不發一語緊貼著彼此，尾巴互相觸碰，就像過去並肩訓練好幾個月那樣，倏地直起後腿，用前爪狠狠攻擊可觸及的每個鼻吻，在貓群中奮力拚搏，以驚人的速度和力量殺出重圍，來到戰場邊緣。他們四腳著地，交換了幾個眼神。

「我們做得到。」鬃霜咆哮。

根躍點點頭，與鬃霜一同轉身面對那群襲擊者。

一隻白色與薑黃色相間的公貓從進逼的貓群中衝向鬃霜。**莖葉？**影望驚訝地抽動耳朵。他不是在雷族裡和鬃霜一起接受戰士訓練嗎？莖葉朝鬃霜的鼻吻揮擊，她及時閃躲，狠狠往他臉頰揍一拳，將他打倒在地。他搖晃著起身，好一陣子才恢復平衡，再度將目光轉向她，雙眼透著冷酷無情。一股寒意竄過影望的脊梁；鬃霜猶豫了一下，想必跟一隻她立誓要捍衛的族貓搏鬥違反了她的本能。

剎那間，莖葉瞪大雙眼，好像暫時恢復意識。他停下動作，看起來和鬃霜一樣躊躇。影望心跳加速。雷族戰士終於覺醒，恢復理智了嗎？不曉得灰毛對這些貓的掌控力有多強？若他們生前是忠心耿耿的戰士，這種忠誠肯定還埋藏在他們內心某個地方。影望的思緒飛快旋轉，想起自己之前曾打斷灰毛的注意力，從而破解了他對棘星的控制。

他再度望向灰毛，發現他的尾巴就像死掉的獵物一樣僵硬，目光緊緊鎖定戰鬥的貓群，沒有一絲動搖，似乎將所有精力集中在他們身上。想必需要付出極大的努力才能掌控這麼多貓。

莖葉的眼神又變得如先前一樣空洞，彷彿認出鬃霜的那個他已經死了。他朝鬃霜飛撲而去，死命咬住她的後頸，將她拖倒在地。根躍蓬起毛髮奔向鬃霜，可是溫柔皮猛衝出來將他撲倒。根躍努力穩住身體，溫柔皮卻攻擊他的腳，讓他翻仰在地，用後爪殘暴地狂抓他的腹部。

影望又看看灰毛。那隻邪惡的公貓聚精會神地觀戰，側腹微微顫抖。**看來要控制這麼多貓很不容易。**影望移動腳爪，思緒在腦中奔馳。**我能讓他分心嗎？**有什麼辦法能吸引他的注意？

影望張開腳爪，勾進清冷的土壤。他感受到腳底的潮溼，接著往下深探，專注地想著灰毛。灰毛被囚禁在影族營地時，影望曾負責照顧他，替他包紮傷口，坐在他身邊，跟他說話的次數比其他部族貓都多。那個月裡，他與灰毛建立了連結；一想起自己當時有多天真，影望就不寒而慄。

但此時此刻，他不得不再次尋求這種聯繫。

影望敞開心扉，潛心沉浸，直到這種感覺似乎滲入皮膚上每一根毛髮。他心裡湧現一股深沉的惱怒，嫉妒讓這種情緒變得更加陰晦。影望感到一陣反胃。突然間，他看出灰毛微微顫動的鬍鬚中挾著憤怒，他黝黑的眼眸裡透著怨妒。是復仇的欲望驅使他這麼做。他要報復，因為松鼠飛居然敢愛上別的貓！

灰毛怎能以此為藉口惡意傷害貓族呢？真正的戰士會接受失敗的事實，展開新的生活，畢竟保護部族比其他事更重要，可是灰毛任由痛苦和忿恨不斷滋長，玷汙了他的一生。他想必是懷著憤懣加入星族，以致這些怨懟在死後繼續毒害他的心靈。一切都是因為松鼠飛捨棄他，選擇了棘星，他才決定讓所有部族嚐嚐受苦的滋味。

影望抖抖毛皮，急著想切斷這種暫時性連結，不讓灰毛的情緒侵入他的思維。至少他現在知道該怎麼做了。

鬃霜在空地放聲尖叫，疼痛讓她的哀嚎變得更激烈。莖葉緊緊咬住她的肩膀，拖著她穿過森林，朝著其他貓靈走去，他們的眼睛閃動著興奮的光芒。灰毛對前線附近一隻花色斑駁的公貓使個眼色，公貓飛快跑過空地，用爪子猛抓鬃霜的耳朵，另一隻貓隨後跟上，狠咬她揮動的後腿。

「放開她！」根躍奮力掙脫溫柔皮的箝制，跑向鬃霜。

他來到她跟前，灰毛立刻用眼神掃視貓群，過沒多久，他們全都飛也似地往前衝，哈氣的嘶嘶聲不絕於耳。鬃霜和根躍的身影逐漸被一大群敵貓吞噬，影望嗅到了恐懼的氣味。驚惶如閃電般飛快劃過他的毛髮。他必須阻止這一切。

「松鼠飛愛的是棘星！」他在空地放聲嚎叫，怒目瞪視著灰毛。「她不可能會愛你，」他知道灰毛的憤怒不是優勢，而是弱點；他的嫉妒就像傷口可以不斷撕挖，讓他痛到無法思考其他事。「她選擇了棘星，也永遠都會選他，」影望再度喵嚷。「他們在一起很幸福，這點你無法改變。」他屏住呼吸，等待灰毛回應。灰毛惡狠狠地盯著貓靈，尾巴不停顫抖。

影望心裡萌生出一絲希望。「如果你真的愛她，你會希望她快樂，」他繼續說。「你不會想毀掉她心愛的一切。」灰毛脊背上的毛髮在抽動嗎？「你根本不懂什麼是愛。」恐懼在影望的胃裡翻騰。他故意挑釁一個手段殘暴的戰士，但他必須不惜一切代價讓對方分心，根躍和鬃霜的生命皆繫於此。「松鼠飛這樣的戰士怎麼會愛上像你這樣的戰士呢？」他強迫自己說下去。「難怪她會選棘星。他和你截然不同，他勇敢而忠誠，是一名真正的戰士。你永遠無法變得像他一樣。」

貓靈的動作漸慢，毛皮趨於光滑，尾巴也開始塌軟。幾隻貓挺直身子環顧四周，眼裡滿是困惑，好像剛從夢中甦醒一樣。**奏效了！**影望慢慢走向前，好讓他們能看見他。「灰毛在控制你們！」他對著他們大喊。「你們必須起身反抗。」他們眼裡閃著認可的光芒，彷彿他們是初次見面，突然明白自己在這裡做什麼。灰毛的目光緩緩轉向他，影望喉嚨一緊，只能強迫自己不要發抖。「快點！」他對著貓靈喵叫。「他分心了！趁能跑的時候快跑！」

一些貓轉身逃進樹林；其他貓僵在原地，帶著恐懼瞥了灰毛一眼，似乎因為太害怕而無法逃離他的魔掌；唯有處於戰場另一邊的貓顯得無所畏懼。他們毫不掩飾地怒目望著那些紛攘的貓靈。影望心想，**他們一定是真正的黑暗森林戰士。**這些不是最近死去、發現通往星族之路被擋住的貓。他們屬於這裡。他們為灰毛而戰，是因為他們想這麼做。

鬃霜和根躍蹣跚地拖著腳步前進。根躍甩甩血淋淋的毛皮，焦急地嗅聞鬃霜，好像在檢查她的傷勢。莖葉震驚地睜大雙眼，像石頭一樣呆站在那裡看著他們。鬃霜轉向他時，他似乎瑟縮了一下。「對不起。」他無力地對她眨眨眼。

「影望說得對，」她溫柔喵聲道，眼中盈滿憐憫。「灰毛控制了你，你必須與之抗爭……」

莖葉往後退一步，抖抖毛皮，不願迎上她的眼神。**他不相信我嗎？**

「點毛需要你從星族看顧她。她太想念你了。」鬃霜輕聲補上一句。

「如果我有得選，」現在莖葉直望著她的雙眼，目光炯炯。「我一定會陪在她身邊。」

「我知道。」鬃霜說。

「告訴她我愛她。」

鬃霜點點頭。「跟我們走，」她甩甩尾巴。「我們得趁機逃離這裡。」她轉向樹林，其餘貓靈終於開始四散，飛快朝森林奔去。

「別讓他們跑了！」灰毛豎起毛髮放聲咆哮，怒不可遏。

黑暗森林戰士對貓靈窮追不捨，影望的胃緊揪著。斑紋叢試圖躲到荊棘下，但一隻帶有疤痕的黑暗森林母貓咬住他的尾巴，硬是把他拖回來；溫柔皮飛奔到陰影處，一隻魁梧的公貓緊追在她身後，影望聽到一聲尖叫，不久便看見公貓拽著溫柔皮返回空地。

影望的心一沉。黑暗森林戰士逐漸將貓靈趕回空地。面對齜牙咧嘴，亮出利爪的惡貓群，逃跑不成的貓兒嚇得畏畏縮縮。影望回頭看向鬃霜，發現她已經朝樹林飛奔，根躍和莖葉則跟在後頭，如釋重負的感覺湧上腳掌。**快跑！**他在心裡默默催趕。要是再被抓到，灰毛絕不會放過他們。

鬃霜的灰色毛皮很快就被森林的暗影吞沒，根躍也隨她一同消失。莖葉拖著腳步，驚恐地盯著根躍的尾巴蜿蜒探入黑暗。

不！影望看見楓影追了過去，嚇得愣在原地。她如鷹迅疾掠過幽暗的大地，毛皮服貼著強壯的身軀。**快啊！**影望暗暗催促莖葉往前跑，怎知他不小心絆倒，腳爪卡在樹根上，看到這一幕，恐懼如烈焰在影望胸口爆發。莖葉踉蹌的同時，楓影的眼睛亮了起來，露出滿足的神情。她一躍而起，伸出腳爪從後方撲向莖葉，一把抓住他的下半身，和他一起摔滾在地。莖葉奮力想掙脫，但楓影的力氣實在太大。她用一隻腳壓住他，另一隻爪子劃破他的胸膛。莖葉震驚地瞪大雙眼，身體瞬時癱軟。

拜託不要死在這裡！影望不敢相信眼前的畫面。莖葉絕不能永遠消失，點毛需要他，就算只是在星族也好。楓影怎麼會這麼殘忍？影望聽過她的惡名和在大戰役時擔任黑暗森林導師的往事，但她若真這麼強硬，為什麼要聽灰毛指揮？她顯然不像其他貓靈那樣受他操控。她幫助灰毛報復五大部族，又能得到什麼？

影望凝視著莖葉的軀體。他是死了還是受傷了？好像沒看到血跡。影望繞過空地，想看得清楚一點，此時楓影粗暴地推著癱軟的莖葉，要他站起來。

影望走近時，發現楓影瞄了他一眼。她的目光掠過他，眼中閃爍著滿足感，讓影望毛骨悚然。她看到了什麼？影望立刻轉頭查看，血液在他耳裡奔湧，灰毛正悄悄朝他走來，耳朵壓平，不懷好意地瞇起眼睛。影望霎時愣在原地，恐懼湧上腳底，陣陣搏動。

我得逃離這裡。他拔腿疾奔林間，希望陰影能掩藏他的蹤跡。

灰毛沉穩的腳步聲從後方傳來，愈來愈近，愈來愈響。恐懼就快要吞沒影望。他的肉墊掠過潮溼的大地，感受到溫熱的鼻息拂過尾巴。**救救我！**要是星族幫得上忙就好了。他覺得好無力，此刻除了正面迎戰，別無他法。慌張的他隨即轉身面對灰毛。

披著深色毛皮的灰毛歪扭著唇放聲咆哮，臉孔離影望只有一根鬍鬚遠。影望嚇得喘不過氣，連忙後退，直到脊背貼著粗糙的樹皮。真希望樹幹能一口吞下他，保護他不受灰毛的怒火所傷。灰毛逐步進逼，五官不斷抽搐，似乎無法控制內心翻騰的憤怒。影望閉上雙眼。時間似乎慢了下來，他做好準備，面對那些會撕裂他鼻吻的利爪。

他只希望能替鬃霜和根躍爭取到足夠的時間離開這裡。

第三章

鬃霜回頭瞄了一眼。「莖葉呢？」她滑行了一段停下腳步，沒有看見那隻白色與薑黃色相間的公貓。「我們不能丟下他。」

根躍在她身邊駐足。「我會找到他的。」正當他準備衝回空地時，森林深處的動靜引起了鬃霜的注意。

「等等！」一陣驚懼如火花自鬃霜的毛髮中迸發。

她透過枝葉看見灰毛抓住影望的後頸，將他狠狠拋向大樹。影望砰一聲撞上樹幹，昏昏沉沉地滑落至樹根間。灰毛走向影望時，鬃霜的心似乎停止跳動。「我們得去救他！」她朝掙扎著起身的影望奔去，但根躍一把勾住她的尾巴，把她拉回來。「灰毛交給我，」他喵聲說。「妳去找莖葉！」

她還來不及爭辯，根躍就自林間穿梭奔去。鬃霜屏住呼吸，望著他衝向灰毛，將他撞倒在地。她想和他並肩作戰，但她得去找莖葉才行。

她氣喘吁吁地跑向空地。他到底在哪裡？黑暗森林戰士逐步將貓靈逼到空地中央，一邊大聲咆哮，一邊昂首闊步地在周圍徘徊。溫柔皮和斑紋叢依偎在一起，爆發石和松果足嚇得縮成一團，其餘的貓無助地彼此相望。

她看到了。楓影在空地一側的暗處咬著莖葉的後頸猛甩。那隻毛色帶白的玳瑁母貓一鬆口，莖葉便墜落在地，發出呻吟。「起來，你這老鼠心！」她厲聲吼叫。

莖葉抬起頭。鮮血從撕裂的耳朵流入雙眼，將他的眼睛染成緋紅。他對楓影眨眨眼，吃力地撐起身體。

「過去其他貓那邊，」楓影用鼻吻粗暴地推他。「你真以為自己逃得了嗎？」

憤怒在鬃霜體內奔流。她咧嘴低吼，衝向那隻黑暗森林母貓，腳步輕盈到楓影似乎沒聽見她的聲音。鬃霜壓平耳朵、張開腳爪撲過去，狠狠撞上楓影，心裡湧起一股滿足。楓影應聲倒下，像隻無助的小貓一樣側翻。鬃霜也跟著滾地，很訝異這隻黑暗森林貓竟然這麼容易就被擊倒。一名經驗老到的戰士應該不會這麼快就被打敗吧？就在這個時候，她感覺到爪子刺入毛皮，心頭猛然一震。鬃霜痛得皺起臉，意識到楓影這隻老貓根本沒有倒下，而是採取防禦性翻滾，為的就是把她一起拉下來。沒多久，楓影就將鬃霜的肩膀壓制在地，用後爪狂抓她的腹部。鬃霜痛苦尖叫，楓影的呼吸噴著她的鼻吻，惡貓的凝視中閃耀著勝利的光芒。

鬃霜咬緊牙關。楓影並不是唯一一個熟悉戰技的戰士。她刻意四肢癱軟躺在那裡，雖然只有一下下，但足以帶來意想不到的結果，讓對方鬆手。鬃霜趁機從楓影身下快速逃脫，她柔韌的身體比那隻強壯的母貓更快、更敏捷。楓影還來不及移動，她就轉身朝她的鼻吻揮了一拳。鬃霜感覺到爪間夾著毛髮和血塊。楓影往後踉蹌幾步，鬃霜趁她還沒站穩，再度發動攻擊，拳頭如雨點般落在她臉頰上。「快跑！」她對莖葉嘶聲喊道。

莖葉站起身，睜大眼睛看著這場纏鬥。他猶豫不決，鬃霜又使盡全身力氣重擊楓影，把她打得搖搖晃晃。

「快跑啊！」她再次嚎叫，但莖葉凝望著森林，根躍正帶著影望穿過林間。影望無法站穩，只能拖著沉重的身子倚在根躍身上。

鬃霜沿著莖葉的目光望過去。根躍和影望一跛一跛離開時，灰毛站在原地動也不動。鬃霜皺起眉頭，心裡困惑不解。**他為什麼不阻止他們？**只見灰毛將注意力集中在貓靈身上，身體僵硬，陰鬱邪惡的雙眼熱切地凝視空地。

貓靈眼中的恐懼瞬間消散，鬃霜的皮膚竄過一股惡寒。他們的毛皮變得光滑，耳朵紛紛豎起，無聲無息地轉身走向森林。

她回頭看看莖葉。他的雙眼逐漸混濁。「快離開這裡，」他看著她，啞著嗓子說。「我無法保證自己不會傷害妳。」

鬃霜咽下那股恐慌。灰毛又控制了他的心智。「你要反抗！」她喵聲大叫。

「我正在努力。」莖葉的喵嗚聲挾著一絲顫抖。

鬃霜僵在原地，看著莖葉眼中那點熟悉的火花慢慢消失，再度變成一隻陌生的貓。

「妳不該來這裡。」他怒瞪著她。

鬃霜的心一沉。這種情況下，她完全救不了他。莖葉露出尖牙，鬃霜飛快跑向根躍。他們必須離開這裡。可是受灰毛掌控的貓靈紛紛踏入森林，行經之處枝葉擾動，剛才阻擋他們逃跑的黑暗森林貓也走在他們中間，雙方再次成為盟友。

鬃霜飛快跑向根躍，在他身旁緊急煞住。根躍用肩頭撐著影望的腋下。「他沒事吧？」鬃霜看著眼神呆滯的影望喵聲問道。

「他昏昏沉沉的，不太清楚狀況。」根躍回答。

鬃霜瞄了進逼的貓群一眼。「我們得逃離這個地方。」

「怎麼逃？」根躍環顧四周，眼裡閃著憂懼。森林裡到處都是貓。他們被包圍了。灰毛低垂著頭，像一條準備出擊的蛇。他引導貓靈緊緊圍繞著鬃霜、根躍和影望，雙眼暗如黑夜。

鬃霜盡量讓毛髮保持服貼。混戰過後，她的四肢沉重不堪，她能感覺到身上每一處傷口都在灼痛。「我不知道自己還能不能再戰。」她低聲對根躍說。

「我們別無選擇。」根躍挪頂肩膀，牢牢撐住影望。

茫然暈眩的影望似乎沒有察覺到危險。他們要怎麼同時保護他和自身安全？鬃霜挨近根躍，不敢看他，一想到他可能會死，她的心都碎了。她絕望地想，**也許我能替他爭取足夠的時間逃跑。**

就在這個時候，一個白色身影突然掠過陰影處，如閃電般從貓群中竄出，朝灰毛疾奔而去。

「雪叢！」鬃霜望著那隻傷痕累累的公貓，驚訝地睜大眼睛。

白色毛皮的雪叢猛地撲向灰毛，像兩腳獸在轟雷路飛速撞上腐肉一樣衝撞他。灰毛踉蹌後退，砰地撞上樹幹，眼裡閃過一絲驚訝。怒火再次點亮了黑暗。

這時，貓靈紛紛停下腳步，呆呆望著空氣，很訝異自己居然又重獲自由。溫柔皮和斑紋叢眨眼互看；沙鼻和爆發石困惑地用鼻吻嗅聞四周；松果足飛快掃視森林，好像忘了自己在哪裡似的。

雪叢直起後腿，嚎叫著猛揍灰毛。「趁現在快跑！」他對那群貓靈喵喊。

「攔住他們！」灰毛狠狠回擊雪叢。

黑暗森林戰士接令，開始攻擊那些逃跑的貓靈。溫柔皮閃過一隻虎斑公貓；松果足躍過一隻灰色母貓，於半空中扭轉身體，恰恰躲過跳起來伸爪的她。

鬃霜望著眼前突如其來的混戰。這次他們能順利逃脫嗎？「我們該伸出援手嗎？」她瞥了根躍一眼。

「我們不能冒險，」他回答。「現在得快點把影望弄出去。」他邊說邊引著影望遠離騷亂。

鬃霜連忙跟上，緊挨著影望。巫醫貓在他們中間跛行，茫然盯著前方。至少他還能一腳在前，一腳在後地走路。鬃霜縮起耳朵，不敢聽身後傳來的戰鬥聲。**拜託讓他們成功逃跑**。貓靈能與強大的黑暗森林戰士匹敵嗎？還有雪叢怎麼辦？那隻白色公貓魯莽地直接攻擊灰毛，但他的行動讓其他貓得以趁機逃脫。感激和悲傷在鬃霜心裡不斷拉扯，不曉得雪叢會有什麼下場。

這時，一聲痛苦的尖叫劃過空氣，掩蓋了其他嚎叫，陰沉的樹木似乎也跟著顫動。鬃霜一陣反胃。那是雪叢垂死的哀號嗎？她努力甩開這個想法，紛沓的腳步聲從身後傳來。她探出鼻吻飛快嗅聞四周，害怕地回頭瞄了一眼。灰毛派巡邏隊來追他們了嗎？

「他們好像在追我們。」她低聲喵道，試著加快腳步。

根躍回頭查看，耳朵緊張地豎起。鬃霜注意到他脊梁上的毛髮昂然聳立，自己也伸出爪子準備戰鬥。她拱起背喵聲低吼，只見莖葉朝她疾衝而來；根躍在她身旁壓平耳朵，透出威脅的訊號。鬃霜不想傷害從前的族貓，也不想傷害在他身側狂奔的瘦削黑色公貓。她知道，如果他們有得選，絕不會發動攻擊。

黑色公貓距離他們在幾條尾巴的地方停下腳步，莖葉也滑行到他身邊。「別擔心，」他喵聲說。「我們沒有被他控制。」

鬃霜緊盯著那兩隻貓。莖葉說的是真的嗎？根躍帶著警戒的神情，小心翼翼掃視周圍的森林，似乎也在想同樣的事。

瘦骨嶙峋的黑色公貓焦急地看著影望；影望猛甩頭，彷彿想把耳朵裡的水弄出來。

「他受傷了？」

「只是暈眩。」鬃霜不安地移動腳掌。這是陷阱嗎？

「我認識你嗎？」根躍蹙眉望著那隻瘦小的公貓，好像隱約認出他是誰。

影望揚起鼻吻，眨眨眼睛看向黑色公貓，雙眼頓時清亮。「尖塔望！」

「你沒事吧？」尖塔望走上前問道。

「我有點耳鳴，」影望抖抖毛皮。「頭也有點暈，就這樣，」他看著尖塔望，體內爆出呼嚕聲。「能見到你真好。」他情感滿溢地用鼻吻頂頂瘦削的黑貓。「灰毛有傷害你嗎？」

「沒有。」尖塔望也呼嚕著向他保證。

鬃霜的胸口瞬間抽緊。她知道影望的名字就是為了紀念尖塔望；這隻城市貓在虎心及其親屬回到影族湖區領地時，救了影望的命。後來假棘星謀殺影望未遂，也是尖塔望的靈魂照顧他，讓他慢慢復原。兩隻公貓團聚的溫馨與暖意深深打動了鬃霜。即使在這黑暗之地，友誼和忠誠也能恆久不渝。她瞄了莖葉一眼，發現他的眼睛澄澈明亮。她放鬆緊繃的肩膀。看來他們的確不受灰毛控制。

「我們該走了。」根躍揮動尾巴說。

鬃霜點點頭。「灰毛應該很快就會派出搜索巡邏隊了。」她領著大家沿一條平坦的林間小徑走，回頭看了一眼，發現影望的腳步搖搖晃晃，焦慮如漣漪般在她的毛皮上漾開。雖然尖塔望也一起用肩膀撐住他的身體，但從他蹣跚的腳步可以清楚看出，剛才那記頭部重擊對他造成很大的影響。

「我們要去哪裡？」根躍走到她身旁問道。

「我們必須帶你回陽界，」她壓低聲音回答。「影望不適合待在這麼危險的地方，」她看著根躍血跡斑斑的毛皮，他一隻耳朵撕裂，眼下還有一道抓痕。**你也是。**「這裡的敵貓太多了，」她喵聲說。「我們需要援手。」

影望點點頭。「只是情況有點麻煩。你是連肉身一起被拖到這裡，沒辦法像我們一樣直接於陽界甦醒。當初松鼠飛和棘星是穿過月池逃回來，也許可以試試這個方法。」

「太好了。你知道怎麼去月池嗎？我是說，要怎麼從黑暗森林過去？」根躍滿懷希望地對鬃霜眨眨眼。

鬃霜的毛皮沿著脊梁起伏。她不知道。

「我想我知道怎麼把莖葉和尖塔望弄出去。」影望突然喵聲說。

「怎麼做？」鬃霜豎起耳朵。

「有一條小路可以從黑暗森林通往星族，」影望解釋。「莖葉和尖塔望或許可以從那裡回到所屬之地。」

「那條路在哪？」鬃霜急切追問。

「靠近黑暗森林邊緣，」影望回答。「我第一次到這裡時就發現了，不過入口被樹枝堵住，如果能疏通，莖葉和尖塔望或許就能離開，其他貓靈也能從那條路逃走，灰毛就不會有這麼大的勢力……」他的喵聲漸弱。鬃霜心想，**影望有把握嗎？抑或只是這麼希望？**

「我以為你第一次是在夢境中來到這裡？」根躍也用懷疑的眼神看著影望。

「所以呢？」影望表情困惑，好像不懂根躍為什麼要這麼問。

「所以，你怎麼能確定那個被封鎖的入口是真的？」根躍強硬地說。

「就算是夢境，也不能抹煞我來過這裡的事實，」影望看著根躍，又望向鬃霜。「你此刻就在這裡，對吧？」

「我是在這裡——記住，我是被柳光拖著穿過月池，我的身體在這裡。況且這根本不是夢，就算對你來說也一樣。」根躍提醒他。

「你說得對，」影望的語氣有點酸。「這只是一座滿是死貓的森林。」

根躍豎起毛髮。

「我想我們應該都同意黑暗森林很難對付，」鬃霜輕甩尾巴打圓場，一心只想找到那堆纏結的樹枝。「不管最初是怎麼來的，大家現在都在這裡，我們得找到那個被封鎖的入口才行。」這絕對比胡亂摸索尋找通往月池的路好多了。

她退後一步，讓影望帶頭，根躍則尾隨在後。

「我只希望他知道要去哪裡。」他在鬃霜耳邊小聲說，毛髮還豎得筆直。

「我們必須信任他。」她輕聲回應。

影望沿著踩踏出來的泥徑痕跡往前走，在岔路停下腳步，然後猶豫了一下，選擇上坡的路。由於只有樹幹和葉蔭為路標，很難知道他們究竟走了多遠。他帶大家踏上一條蜿蜒的路線，似乎有些遲疑，鬃霜開始擔心他們只是在繞圈。唯一能確定的是，森林裡縱橫交錯、如烏鴉般墨黑的溪流愈來愈多了。

「他真的知道入口在哪嗎？」走在後方的莖葉低聲問道。

「給他一點空間，」鬃霜回頭看他一眼輕聲說。「我相信他一定會找到。」她暗暗希望自己的看法沒錯。她一路看過去，越過影望和尖塔望，窺見前方濃霧繚繞的樹林。走到霧林時，影望停下腳步，小心翼翼地將腳掌伸進陰鬱的雲霧裡，火速抽出來。「好冷喔。」

「這裡就是黑暗森林邊緣。」尖塔望說。

「不能直接橫越嗎？」鬃霜停在他們身旁問道。

「那裡只是一片虛無，只有濃霧而已，」尖塔望喵聲解釋，瞇起眼睛。「但我之前從未見過霧氣像這樣瀰漫到森林深處。」

「霧飄過來了。」影望在霧靄拂過鼻吻時慢慢後退。

「難道黑暗森林的幅員逐漸縮減？」尖塔望緊張地環顧四周。

「我們試試另一條路吧。」鬃霜揚起尾巴。

「你知道該走哪條路，對吧？」莖葉移動腳掌，瞥了影望一眼。

「很難說，」影望嚐嚐空氣，喵聲回答。「但我相信只要繼續走，很快就會看到我熟悉的事物。」

「通往星族的路一定就在某處，」鬃霜揮著尾巴，努力用充滿希望的語氣喵喵叫，但她不確定要是真的找到入口會怎麼樣。影望說那條路被封鎖了。若莖葉和尖塔望能離開，就不會有那麼多貓靈被困在黑暗森林裡。但他們不能就這樣坐以待斃，等著灰毛及其黨羽追殺他們。「來吧，」她轉身遠離迷霧，對前方的影望點點頭。「我們走這邊試試看。」

她走到根躍旁邊，跟隨其他貓的腳步折返，踏上原路。「黑暗森林真的在縮小嗎？」她低聲問道。

「恐怕是這樣，」根躍回答。「雪叢援助我時也這麼說。」

鬃霜不禁全身顫慄。倘若黑暗森林日漸滅失，他們也會隨之消逝嗎？尖塔望剛才說的話再度閃過腦海。**那裡只是一片虛無**。她盡量不去想那可能的光景，反倒不斷告訴自己，影望一定會找到通往星族的路，到時他們就能想出下一步該怎麼做。

前方有一條幽暗的溪水蜿蜒流過林間。這條小溪比其他溪澗更寬，貫穿他們腳下的小徑。影望一躍而過，其他貓緊跟在後。鬚霜跳過溪流時往下瞄了一眼，胃瞬間抽緊。溪水居然黑到沒有映照出她的倒影。

「這水還真怪。」她著陸時小聲對根躍說。

「千萬別碰。」根躍警告她。

「為什麼？」鬚霜全身發僵。

「我上次不小心跌進水裡，」他喵聲解釋。「感覺溪流好像在汲取我的體力。我能活下來真的很幸運。」

鬚霜驟然駐足，驚恐地看著他，雙眼因悲傷而刺痛。根躍究竟在這可怕的地方瀕臨死亡多少次了？

「在那場戰鬥中——」他在她旁邊停下腳步，望向來時之路。「我以為自己就要死了，當下我滿腦子都是妳，」他眼中閃爍著愛的光芒。「見到妳我真的好高興，不光是因為妳救了我，更是因為再也見不到妳似乎比死亡更糟。」

鬚霜感覺一顆心在胸口鼓脹，幾乎無法言語。「我很慶幸有及時找到你。」她輕聲喵嗚。

根躍用鼻吻碰碰鬚霜的鼻吻，有點強迫自己離開似的退到一旁，繼續前進。鬚霜明白他的意思；他們現在有正事要做。根躍走起路來有點跛，鬚霜再次注意到他身上血淋淋的撕裂傷，一股焦慮閃現心頭。他對她來說非常重要，她絕對不能失去他。一想到這裡，她就害怕到差點喘不過氣。幸好現在血跡已經乾了，傷口也沒有滲出鮮血。

「那些抓傷還痛嗎？」她匆匆追上根躍。

「一點點。」他聳聳肩。

她猜他大概是想表現出勇敢的一面。

「我會沒事的。」他又補上一句。

鬃霜挨近根躍，用身體摩挲著他的毛皮。在這裡，他們面臨重重危險，分屬不同部族並不重要。除了影望外，他們是黑暗森林中唯一活著的貓，此時此刻，他們只有彼此。大家沉默地走了一段路，影望帶著他們踏上一條又一條小徑。周遭的霧氣似乎愈來愈濃，將他們團團包圍，每越過一條黑暗的溪流，水面好像又變得更寬一點。

周遭靜得詭異。沒有鳥兒的森林讓鬃霜惴惴不安，腳掌因焦慮而刺痲，但寂靜至少比戰鬥的尖叫聲好多了。鬃霜想起方才逃離灰毛和黑暗森林貓時聽見的那聲慘叫，不禁渾身發抖。

「怎麼了？」根躍瞥了她一眼。

「你覺得雪叢死了嗎？」她目不轉睛地盯著前方。

根躍猶豫了一下。「我認為灰毛不會放過任何挑戰他的權威的貓。」他的耳朵緊張地抽動。

「你認為灰毛殺了他？」

「我想帶他離開這個地方，」根躍避開她的目光，輕聲喵叫。「他救了我很多次，不應該再待在這裡。我有點希望星族能接納他。」

「如果他死了，也是以真正的戰士之姿犧牲。」鬃霜靠近根躍，腰腹緊緊貼著他的側身。

走在前方的影望和尖塔望朝山崗前行。莖葉轉過身望著鬃霜和根躍，等他們跟上。鬃霜赫然意識到她離根躍有多近，連忙拉開距離。

「在我面前就別裝啦，」莖葉喵聲笑道，鬍鬚不停的抽動。「我覺得你們變得這麼親密很可愛。」莖葉離世時，她和根躍連朋友都稱不上。他們跟著影望和尖塔望走上山崗，莖葉悄悄溜到他們身邊，對鬃霜拋了一個戲謔的眼神說道。「我想妳已經不喜歡我囉。」

「那都好幾個月前的事了。」鬃霜耳朵發燙，低聲嘟囔。

「我知道，」莖葉用肩膀推推她。「開個玩笑嘛，」他轉向根躍。「不過你們的互動看起來和伴侶貓沒兩樣。」

「我們不是伴侶。」鬃霜急忙喵聲說。

根躍挨近鬃霜，身體再次拂過對方的毛皮。「我們彼此相愛，」他簡單告訴莖葉。「但我們也愛自己的部族。」

「真的嗎？」莖葉看起來很訝異。「點毛是我生命中最光明、最快樂的部分，」他若有所思地凝望前方。「我死後更加確信這點。我知道我們在一起相對容易，但若她屬於另一個部族，我一定會選擇她。」

「你會放棄雷族？」鬃霜驚訝地對他眨眨眼。

「族裡有很多戰士，」莖葉聳聳肩。「但你愛的貓只有一隻。」

鬃霜胸口一緊，移開目光。長久以來，她都決心選擇雷族而非根躍。莖葉看得出她內心的疑慮嗎?她感受根躍溫暖的毛皮貼在她身上，很好奇他是不是也在想同樣的事。

前方的樹林開始變得稀疏，山腳下有一條寬闊黑暗的溪流，不像陽間森林中的清河一樣波瀾起伏、流水潺潺，而是像血泊般靜靜在林地上漫開。鬃霜打了一個寒顫，匆匆追上停留在溪畔的影望和尖塔望。

影望的眼神越過黑暗的溪水，對岸有許多發黑的樹樁如爪子般探出地面。「我想這個方向沒錯，」他喵聲說。「我在夢裡有看到這座山谷，」他瞥了流水一眼。「但當時這裡並沒有這條小溪。」

「黑暗森林怎麼會改變形貌呢？」尖塔望疑惑地說。

「一定是灰毛搞的鬼。」影望俯身嗅嗅溪水。

「我只希望我們能趕在濃霧和水流多到淹沒小路前離開。」莖葉顫抖著說。

「我們越過溪流，去找星族的入口吧。」鬃霜抬起下巴。他們沒時間擔心接下來會發生什麼事。也許他們能讓尖塔望和莖葉回到他們所屬的地方。她跳過小溪，盡量不往下看，落地時不慎絆了一跤。

「小心！」根躍立刻衝過去，在溪河彼岸踉蹌幾步，驚恐地瞪大雙眼。

鬃霜飛快轉頭，看見自己的尾巴掠過水面。她倒抽一口氣，連忙彈起尾尖。她原本很篤定自己跳得夠遠，不會碰到水。這條暗溪上漲的速度未免太快了吧？「快點！」她頂了一下鼻吻，示意其他貓趕緊過來。

根躍往後退，讓莖葉和尖塔望跳過溪河。影望在水邊徘徊不前。他的頭還在暈嗎？

「你做得到！」鬃霜隔著水面喵喊。

「小心別碰到水。」根躍再三警告。

影望繃緊神經和肌肉，準備跳過去。他瞇起眼睛，抬起前腳越過小溪，但一隻後腳跳上乾地那一刻，另一隻似乎因為身體失去平衡，搖搖晃晃地踏進溪流，濺起水花。

鬃霜倒抽一口氣，以閃電般的速度飛快咬住影望的後頸，將他拖上岸。她放下他，嗅聞他的後腿，鬆了口氣。幸好只是毛皮沾溼而已。

根躍隨後跳過小溪，落在他們身邊。「你沒事吧？」他豎起毛髮問道。

「沒事。」影望甩甩濡溼的後掌，爬上山坡，感覺毛皮泛起一陣疙瘩。尖塔望從後方趕上，緊跟著影望。莖葉對鬃霜拋了一個不安的眼神，匆匆追過去。

鬃霜回頭望著幽暗的小溪，很確定水域流經的範圍比一開始更廣。不祥的預感讓她的毛皮一陣刺麻。溪水肯定在上漲。「希望很快就能找到入口。」她喵聲道。

「一定會的。」根躍保證，用尾巴拂過她的脊背。鬃霜暗自希望他的話能成真。

影望、尖塔望和莖葉於山頂駐足。鬃霜注意到莖葉脊梁毛髮聳立，於是便放慢腳步。影望的耳朵在抽動。他們看到了什麼？她急忙跟上，一股熟悉的氣味撲鼻而來，讓她心生警覺。**河族？**她來到山頂，只見發黑的樹樁間站著一個熟悉的身影。她大吃一驚，腳掌陣陣刺癢。

那是柳光。

鬃霜豎起頸背的毛髮。那隻死去的河族巫醫貓還在灰毛的控制之下嗎？她飛快掃視身後的陰影處，原以為會看到許多眼睛在黑暗中閃爍，面對準備伏擊的黑暗森林戰士巡邏隊，但那裡什麼都沒有。她嚐嚐空氣。這裡只有柳光。

「別擔心，」柳光似乎察覺到她的恐懼。「我沒有被灰毛控制。」

「妳之前倒是說過謊。」根躍瞇起眼睛對著柳光咆哮。

「那不是我。」她望著根躍，眼眸清澈明亮。

鬃霜仔細打量柳光。那些在戰鬥中受灰毛掌控的貓身上總散發出一股惡意，但她沒有。「我想她說的是實話。」她低聲對根躍說。

「真的，」柳光輕甩尾巴。「我保證。」

根躍上前嗅聞一陣，點點頭，顯然疑慮盡消。「妳是怎麼逃出來的？」

「我趁雪叢襲擊灰毛時逃跑，」她回答。「通常他的控制力比巫醫貓的法力更強，但他無法迫使那些不在他附近的貓服從命令。」

「妳有看到雪叢出了什麼事嗎？」鬃霜的尾巴緊張地抽動，恐懼如沉重的大石壓在胸口。

「灰毛扭斷他的脖子，」柳光的眼神一暗，悲戚地喵嗚道。「很遺憾，他死了。」

鬃霜感到一陣噁心。

「他夠格，也應該加入星族，」根躍僵著身子，尖銳的喵嗚中夾雜著苦怨。「現在他徹底消亡，就連黑暗森林也沒有他的存在。」

「對我們來說，他一直都在，」鬃霜溫柔喵道。「我們會永遠記得他，即便他不在星族也一樣。」

此時的根躍看起來疲憊不堪，血跡斑斑的毛皮雜亂黯淡。憐憫螫刺著鬃霜的心。「妳能檢查一下根躍的傷口嗎？」她邊問柳光邊坐下，傷口陣陣刺痛，肌肉痠疼不已。她不確定在此處停留是否明智，只知道自己不是唯一一隻需要喘口氣的貓。

柳光嗅嗅根躍的毛皮，仔細檢查每一道抓傷和咬痕，然後轉向尖塔望。「我知道這裡沒有治療傷口的藥草，但不曉得有沒有苔蘚？這樣至少能清掉一些汙血。」

「我去找。」尖塔望匆匆起身離開，探尋樹幹上的裂口和縫隙。莖葉低頭檢視身上的傷口和抓痕，仔細清洗一番。影望趴伏在地，將腳掌塞進肚子下，閉目休息片刻。

「最好不要睡在這裡，」柳光焦急地瞥他一眼，嗅聞他的耳朵後方。就連鬃霜也看得出來那裡腫了一個大包。「可能會醒不過來。」影望睜開雙眼，柳光直直看進他的眼睛。「你是不是覺得頭暈？」

「有一點。」影望回答。

柳光的目光掠過鬃霜刺痛的耳尖。「看來妳也需要治療。那是一場惡戰。你們三個應該回到陽間的森林，這樣才能得到適當的照護。」

有那麼簡單就好了。鬃霜的尾巴煩躁地抽動，柳光再度開口。

「我不懂你們為什麼覺得自己可以單獨迎戰黑暗森林貓。」

「我們又沒得選。」鬃霜厲聲說道。

尖塔望從陰影處走出來，將一團溼苔蘚放到柳光腳掌上。「我只能找到這些，不過至少看起來很乾淨。」他喵聲說。

「謝謝。」柳光低頭叼起苔蘚，將苔蘚塞進根躍側腹那道最深的傷口。根躍皺起臉，但沒有吭聲。

「我們一直在找星族的入口，」鬃霜仍對柳光剛才那番話耿耿於懷。「這樣就可以送莖葉和尖塔望回去。」

「那條路被堵住了。」柳光一邊低頭治療，一邊喵喵叫。

「妳知道入口在哪裡？」鬃霜驚訝地眨眨眼睛。

「就在那邊。」柳光用鼻吻指指樹樁後面的陰暗處。

她聽起來很有把握。鬃霜心裡再度燃起希望。「妳怎麼知道？」

「只是一種感覺，」柳光聳聳肩。「彷彿星族把我拉向祂們。」她對莖葉和尖塔望眨眨眼。「你們沒感覺到嗎？」

莖葉皺起眉頭，似乎在集中精神，接著突然瞪大眼睛。「有耶！」他的語氣聽起來很驚訝。「我先前完全沒注意到，但現在有了……好像在我胸口用力拉。」

尖塔望在樹樁間走了幾步，凝望著柳光所指的暗處。「我好像有感覺到什麼，」他喵嗚說。「類似一種渴望……」他的喵叫聲愈來愈小。

「沒錯，」柳光坐了下來，拂去落在根躍毛皮上的苔蘚屑。「我們只需要追隨那種感覺。」

希望再次於鬃霜心底萌芽。「那我們走吧。」她站起身，開始朝暗處走去。

「我替你們帶路。」柳光喵聲叫道，踩著輕盈的腳步經過她身邊。

鬃霜很樂意讓河族巫醫貓帶頭。儘管已稍作休息，她還是覺得很累，傷口陣陣刺痛。影望緊跟著柳光，尖塔望和莖葉緊隨在後，鬃霜快步趕到根躍身邊。

「苔蘚有用嗎？」她問道。

「算有吧。」根躍聳聳肩。鬃霜猜想他的傷口一定還很痛。她想盡快送他回家，這樣斑願就可以給他藥草，讓他舒服一點。

柳光帶他們爬上岩坡，來到一座狹窄的岩架，他們沿著岩架繞過懸崖，樹木從峭壁突出生長，對他們探出懸垂的樹枝。枝椏刮過鬃霜的脊背，讓她忍不住打顫。最後岩架終於向外開展，通向另一道岩坡，鬃霜鬆了口氣，跟在其他貓後面爬下去，同時緊盯著根躍，只見他皺起臉，吃力地在滑溜的礫石上站穩腳步。岩坡漸趨平緩，變成沼澤地，黑暗的溪流在泥墩間盤錯蜿蜒。他們爬過一座又一座小丘，鬃霜小心翼翼地前進，奮力抵抗內在的恐懼，以免腳掌或尾巴滑入溪流。直到遠方平坦的森林映入眼簾，她才放下心中大石，毛髮也變得平滑不少。

他們沿著狹窄的小徑穿過一道歪扭的荊棘樹籬。鬃霜跟著夥伴前進，荊刺劃破了她的毛皮。遠方細長的山毛櫸樹林間矗立著一棵高大又布滿節瘤的巨木。影望興奮地揚起尾巴。「我記得這個地方，星族的入口就在這邊！」他開始往前飛奔，消失在陰影處，驚慌如火花般在鬃霜的胃裡爆發。

「等一下！」她加快腳步，甩甩尾巴示意其他貓跟上，不過莖葉早就朝影望疾奔而去。鬃霜追上他們，發現有堵用樹枝堆成的牆佇立在林間暗處，用藤蔓緊密編織在一起，看起來就像一群糾結纏繞的蛇。

莖葉瞪大雙眼，尖塔望焦急地嗅聞藤蔓。

「這裡就是通往星族的入口嗎？」鬃霜走近查看。

「對，」柳光語氣沉重地喵嗚說。「至少以前是。」

根躍來到鬃霜身旁，豎起耳朵。「妳有聽到什麼嗎？」他皺眉問道。

鬃霜看著根躍，發現他的耳朵朝入口轉動。她努力側耳傾聽，想知道扭曲的樹枝間有沒有聲音傳來，但除了黑暗森林裡詭異的寂靜外，她什麼也沒聽到。

「灰毛在星族那段期間究竟是怎麼築出這道牆的？」柳光用腳掌戳戳藤蔓。

「我不知道，」影望後退一步，看起來若有所思。「但看起來比我在夢裡見過的更濃密、更糾結，藤蔓和樹枝似乎纏得更緊了。」

「我們要怎麼過去？」莖葉緊張地聳起毛髮。

「看來我們被困在這裡了。」尖塔望垂下尾巴。

「要是被灰毛抓到，他一定會再次控制我們，」莖葉渾身顫抖。「那種感覺就像溺水，我們束手無策，」他睜著圓亮的眼睛看著鬃霜。「沒辦法反抗。」他喵嗚說。

鬃霜甩動尾巴。不可能，這還不是結局。陽間的五大部族都仰仗他們，貓靈也是。

「一定有辦法，」她對莖葉說。「我們必須徹底解決灰毛，」她不想讓莖葉墮入絕望。「想想你的小貓。」

「我的小貓？」莖葉對她眨眨眼。

他不知道嗎？鬃霜以為星族貓無所不知，隨即又想起星族已經很久沒跟生者聯繫了，況且莖葉也不是星族貓。至少現在還不是。

「點毛懷了你的小貓，」她喵聲解釋。「她需要你看顧他們。」

「我要有小貓了？」莖葉的鬍鬚興奮地抽動。「真的嗎？」

「真的。」鬃霜心裡閃過一絲希望。他的興奮有種感染力。

「你不能讓他們在被灰毛摧毀的森林裡長大。」根躍走到鬃霜身邊喵聲說。

「你說得對，」莖葉抬起下巴。「我不能讓這種事發生。我會竭盡所能保護他們，不惜一切代價阻止灰毛。」

莖葉說話時，封鎖入口的繁蕪樹牆有了動靜。一條藤蔓突然從扼絞的樹枝上鬆脫滑落，斷成兩截。那根枝椏自樹牆上突出，其他纏住的部分依舊織得緊密。

「這是好兆頭嗎？」鬃霜嚇了一跳，差點喘不過氣。

影望匆匆走向樹牆嗅聞一陣。「我認為應該不只是好兆頭，」他面對大家喵聲說。「這個地方充滿了恐懼、憤怒和怨恨，靠黑暗能量餵養茁壯，」他望向鬃霜。「我來到這裡唯一的辦法就是感到生氣和害怕。我得心懷絕望才能踏足此地。」

鬃霜若有所思地瞇起眼睛。姊妹幫就是用這個方法協助他們找到通往這裡的路嗎？藉由調節他們的情緒，與黑暗森林的能量產生共鳴？

「我必須很努力才能保有自我，」影望繼續說。「以免被那些陰鬱的情緒控制。」

對喔！姊妹幫引導她到黑暗森林時有教她如何專注自我，這樣她內心深處就有個黑暗森林永遠無法觸及的地方，那一小部分的她始終不受邪惡力量影響。

「我之前沒想到這個，但你說得沒錯，」根躍彎起腳爪刺進土壤，對影望說。「我和亡靈聯繫時也是如此，必須讓自己牢牢扎根於陽世，以免完全落入冥界。」

「灰毛從不傾聽內心，也不保護自我不受黑暗思維影響，」影望在樹牆前焦急地來回踱步。「而是任憑負能量滋長，甚至鼓勵它們壯大，直到它們完全占據他的身心。現在他與黑暗森林和諧一致，可以隨心所欲形塑它的模樣。」

鬃霜的毛皮因興奮泛起陣陣刺麻。「如果他能這麼做，那我們也行！」她朝折斷的藤蔓點點頭。它正逐漸枯萎。「看看當莖葉決心阻止灰毛時的變化！他開始懷抱希望，藤蔓就斷了。」

「在這裡，希望是我們最大的力量。」根躍嗖地揮動尾巴。

「也可能是我們唯一的優勢。」尖塔望陰鬱地喵嗚說。

「既然如此，我們更應該善加利用，」鬃霜衝上去用前爪勾住一條藤蔓，放聲嚎叫，使勁一拽。「星族依舊與我們同在，」她喵聲說。「我們一定會找到祂們。」

「我知道自己會成為星族貓，」柳光放聲嚎叫，拔掉另一株爬藤。「我一定會再見到祖靈。」

「我會看著我的小貓長大！」莖葉咬住一根緊鉗著樹枝的粗壯捲鬚，用力扯下來。根躍一邊低喃，一邊解開纏結的枝葉。

鬃霜感覺到掌間的藤蔓微微迸裂。「成功了！」希望在她的體內奔湧。但時間不多了，拆毀這道樹牆需要花上大把時光，他們可沒那麼多餘裕。就算灰毛和他的黨羽沒有先找到他們，吞噬黑暗森林的濃霧和深晦水流也會將他們湮沒。她放開藤蔓坐下來。「要是有幫手會更快。」

「我們需要更多貓。」影望停止動作，同意她的說法。

「也許我們可以拯救部分貓靈脫離灰毛的控制，」鬃霜若有所思地皺起眉頭。「若跟他們解釋祖靈從未離棄我們，他們屬於星族的狩獵場，他們所懷的希望或許可開通這條前往星族的路。」

「妳打算怎麼解放他們？」柳光環視大家。「你們看起來還沒準備好跟灰毛較量啊。」

「光靠我們確實做不到。」莖葉坦承。

鬃霜有點喪氣，但她很清楚這麼做沒錯。「我們可以找生者幫忙。」她喵聲提議。

「妳是說，把更多部族貓帶來這裡？」根躍看著她。

「對，」鬃霜的心撲通撲通狂跳。「畢竟我們都能來這裡，其他貓自然也行。我們只要想辦法讓他們——」

「鬃霜？是妳嗎？」

鬃霜飛快環顧四周。誰在叫她？灰毛或黑暗森林戰士追來了嗎？她豎起頸背的毛，掃視幽暗的森林。

「鬃霜，妳在嗎？」那個聲音再度傳來，語氣很激動。

鬃霜又環視一圈，發現影望緊盯著樹牆，驚訝地睜大雙眼。

「葉池？是妳嗎？」柳光立刻豎起耳朵。

鬃霜快步上前。葉池死去時，她還是見習生。她記得那隻淡色虎斑母貓越過營地空地，或是從巫醫窩走出來的模樣。她從松鼠飛口中得知，葉池在星族與部族貓失去聯繫前就加入了星族。糾纏的樹枝和藤蔓背後真的是雷族前巫醫貓嗎？「葉池？」她試探地喵喵叫。

「對！」葉池聽起來很高興。「是我！」

鬃霜努力從交錯的枝葉縫隙往裡面看，果然瞥見淺褐色虎斑花紋，藤蔓間瀰漫著雷族的氣味。真的是她！這是部族貓好幾個月來第一次聯繫上星族，一想到祖靈近在咫尺，就算無法觸及，鬃霜也興奮到皮膚陣陣刺癢。她緊貼著樹牆聆聽葉池的聲音，感覺到另一條藤蔓鬆開了。

莖葉和根躍匆匆走近，鬍鬚不停顫抖。

「外面出了什麼事？」葉池喵喊。「我們很久沒聽到消息了。一切都還好嗎？」

鬃霜與根躍交換了一個眼神。她該對星族貓說什麼呢？

「灰毛占據了棘星的軀體。」根躍大聲說。

「我們知道那隻貓在作惡，」葉池聽起來很沮喪。「但怎麼會這樣呢？」

「他趁棘星失去一條命時偷走了他的肉身。」鬃霜解釋。

「後來我們把灰毛趕出去，」影望說。「所以棘星已經奪回他的軀體，但灰毛占領了黑暗森林，企圖傷害貓族。」

葉池不發一語，鬃霜猜想，這隻星族貓正在努力消化一切。

「我們過去幾個月一直無法接觸星族，」柳光伸出鼻吻湊近樹牆喵道。「大家還以為祢們拋棄了我們。」

「星族絕對不會拋棄你們！」葉池喵聲大喊，樹牆為之震顫。鬃霜身子一軟，有種如釋重負的感覺。「我們用來看顧至親摯愛的水池也被藤蔓封住了，就跟這條隧道一樣，」葉池繼續說。「我們一直想辦法接觸你們，無奈沒有成功。不知怎的，灰毛透過阻斷我們與黑暗森林的聯繫，切斷了我們與你們之間的連結……他說要去陽間查明星族與五大部族失聯的原因，實則心懷不軌，我們早該察覺到情況不對。我們完全不曉得他會封鎖通道，也不知道他想霸占棘星的肉身！」

「所以灰毛在星族狩獵場和黑暗森林間建立這道樹牆，進而破壞我們與祢們之間的連結？」影望喵聲嘆氣。「這些纏結的藤蔓似乎愈來愈牢固了。」

「沒錯。這個入口就是他挖的，」葉池透過樹枝喵喊。「他堵住經由樹林通往黑暗森林的老路，打造出一條只有他知道，也只有他才能用的聯繫管道，」葉池聽起來很惱火。「現在我們明白他其實是想阻斷一切。由於黑暗森林、星族狩獵場和陽間這三界互通有無、彼此相連，他借此妨害了我們之間的交流。灰毛不想讓星族知道他的詭計。我們被困在這裡出不去，也曾試著破壞阻礙，但這道樹牆實在太堅固了。」

「我們得快點想想辦法，」鬃霜急切地說。「黑暗森林正逐漸消失！」

「我並不意外。星族也起了變化，」葉池喵嗚道。「有些戰士開始覺得虛弱無力，生前的回憶點滴流逝，他們也跟著慢慢消亡。」

「這裡的情況也不樂觀，」鬃霜語帶驚恐地說。「有黑暗之水，還有濃霧，而且愈來愈近。」她貼上樹牆，感覺到自己呼出的溫熱鼻息噴在枝葉上，等候葉池回應，但葉池沒有說話。鬃霜的心怦怦狂跳，搞不好其他貓都能聽見她的心跳聲。「妳還在嗎？」

「我在，」葉池回答。「恐怕灰毛打亂了界域間的平衡。光和影是並存的，無法分離，如今灰毛切斷聯繫……」她嘆口氣。「我擔心陽界只會變得更糟。」

「我們可以想辦法解決，不是嗎？」鬃霜的喉嚨一緊。

「也非解決不可，」葉池的喵叫聲透著堅定。「我們該撥亂反正了。」

鬃霜將臉頰靠在樹牆上，有種安心感。祖靈並沒有拋棄他們；星族會出手幫助貓族。過去好幾個月，灰毛不斷告訴他們部族是因為違反戰士守則才遭到懲罰，她沒意識到這件事讓她有多寒心。現在她知道這不是真的，一直以來都是騙局。星族依舊與他們同在。

她看著其他貓，發現他們眼裡閃爍著希望，和她一樣鬆了口氣。旁邊的藤蔓略微鬆動，嘎吱作響，但樹枝仍牢牢纏絞在那裡。他們需要更多援助才能打破星族與黑暗森林間的阻礙。

「我們必須回去把消息傳給五大部族，」她急切地甩動尾巴，對根躍喵聲道。「要是大家知道星族未曾離棄他們，那股希望或許足以打破這道牆。」

根躍點點頭。「我們必須——」

他還沒說完，柳光就猛地轉身盯著林間暗處，全身毛髮聳立。「灰毛就在附近，」她壓低聲音，眼裡閃過一絲恐懼。「我能感覺到他，他企圖控制我的心智。」

尖塔望退後幾步，尾巴瞬間蓬起。「我也感覺到了。」

「你們確定嗎？」莖葉皺起眉頭。「我什麼都沒感覺到啊。」

「柳光有說，巫醫貓對他的控制可能比較敏感。」影望喵聲解釋。

「快！你們快走！」葉池透過樹牆大喊。

「趁他還沒追上，我們快離開吧。」柳光的尾巴不停顫抖。

「走吧。」尖塔望對影望眨眨眼。

「沒有我，你們可以跑得更快，」影望垂下頭喵嗚說。「我的頭還是有點暈，再說灰毛無法控制生者的心智。」

「他還是會傷害你啊。」尖塔望警告。

「我感覺到灰毛了，想必他離我們愈來愈近，」莖葉的毛髮沿著脊梁聳立。「我們不應該靠近任何生者，」他邊說邊後退。「要是灰毛再次入侵、掌控我們的心智，我們一定會攻擊你們。」

鬃霜心頭湧起一陣痛楚，好同情莖葉。她無法想像被迫攻擊族貓是什麼感覺。「好吧，你們最好先走，」她轉向影望。「你也該離開這裡，走另一條路。」

「我自己走？」影望對她眨眨眼。

鬃霜點點頭。這樣對大家來說比較安全。

「妳和根躍呢？」影望眼中閃著憂懼的光芒。

「我們會引開灰毛的注意，替你爭取時間逃跑，」她迎上根躍的目光。「好嗎？」

「好。」根躍點點頭。

「影望，現在就看你了。你能試著醒過來嗎？」鬃霜滿懷希望地問道。

「我不知道。」影望搖搖頭，接著緊閉雙眼，前額因集中心神而冒出一道道皺紋。

鬃霜屏住呼吸望著他，等待這隻瘦小的灰色公貓逐漸褪去，在月池畔甦醒。但什麼也沒發生。

過沒多久，影望睜開眼睛。「我做不到，」他難過地喵嗚。「有什麼地方不太一樣……可能是因為這次是姊妹幫帶我們來的關係。」

鬃霜試著掩飾內心的失望。**那情況就更棘手了。**「你得依循棘星和松鼠飛的方法離開森林。你能找到回月池的路嗎？」她問道。

「我……」影望緊張兮兮地瞥了樹林一眼。

「我墜落時有看到一棵長滿節瘤的樹，」根躍走上前說。「光線也很奇怪，是透過上方的池水反射。」

「這樣的線索應該夠了，」影望點點頭。「我一定能找到，也非找到不可。」

「很好，」鬃霜飛快回答。「謝謝你，影望。回到陽間後把葉池的話傳達給部族，告訴他們，我們需要幫手拆除這道樹牆，」接著她透過枝椏對葉池喵喊，許下承諾，「我們會讓部族知道祢們依舊站在他們這邊。」

「注意安全。」葉池喵聲回應。

「要盡快，」鬃霜對影望說。「若黑暗森林真的逐漸消滅，時間所剩不多。我們可能很快就無法踏上這個地方了。」

影望點點頭，沒多說什麼，悄悄溜進陰暗的森林。

「我能聽見腳步聲。」莖葉喵聲說，焦急地來回踱步。

「快，快走！」鬃霜催促。她也聽到了。

柳光猶豫了一下。「你們沒問題吧？」她開口。

「也只能沒問題，」鬃霜回答。「部族的命運掌握在我們手中。」三隻貓靈消失在樹林裡，她看了根躍一眼。「我們也該分頭行動。」她說。

「待在一起不是比較安全嗎？」他瞪大眼睛。

「留下的足跡愈多，灰毛就愈難找到我們，」鬃霜掃視暗處，一顆心怦怦直跳。

「我們其中一個必須活下來。分開行動，存活的機率更高。」

「我不能離開妳。」根躍猛地豎起毛髮。

鬃霜能聽見歪扭的荊棘叢摩挲的窸窣聲，而且聲音愈來愈近。「沒時間討論了，你走那邊，」她朝樹牆旁的陰影處點點頭。「我走這邊，」根躍還來不及爭辯，鬃霜就飛快用鼻吻觸碰他的鼻吻。「一甩掉灰毛，我們就在這裡碰頭。」她匆匆離去，心口因恐懼而刺痛；這時，身後突然傳來憤怒的咆哮，她開始拔腿狂奔。**拜託一定要讓根躍沒事。**要是他沒能趕回樹牆怎麼辦？她的胃緊揪在一起。**要是我回不來呢？**要是黑暗水域暴漲，沒有路可以回來怎麼辦？她看見小溪橫越地面，在樹林間潺流。若黑暗森林全然淹沒，他們就永遠無法解放星族。

她甩開這個想法。她不能讓自己陷入絕望。希望是她唯一的武器，無論如何，都要緊緊抓住才行。

第四章

根躍猛地煞住腳步，滑行了一段才停下來，周遭的樹葉隨之飄落。他豎起耳朵，回頭查看奔過的路，努力尋找灰毛巡邏隊的蹤跡。安心感如潮水漫過他的身軀。他覺得自己應該甩掉他們了，但還是決定嚐嚐空氣以防萬一。他的肩膀瞬間放鬆。這裡只有腐敗的霉味和自身毛髮上乾涸血漬的腥氣。

根躍彎身蹲伏在地，兩側腹脅劇烈起伏，腳掌發燙。剛才那番追趕讓他上氣不接下氣。他將黑暗森林戰士引開那道困住星族的樹牆後，有兩次都以為自己會被抓住。第一次，他踏入了崎嶇不平、幽暗水潭密布的區域。他小心翼翼閃避黑色流水，以免弄溼腳爪；追趕他的巡邏隊兵分兩路企圖攔截，幸好他順利溜走，躍過最後兩座黑潭，潛入蕁麻叢，接著改變路線。可惜好景不常，來到一座將森林一分為二的岩谷時，他發現對方再度追來。他沿著峽谷飛奔，肌肉因使力而灼痛熱燙。驚恐緊攫住他的胸膛，讓他難以呼吸。但他知道，每跨出一步，都能帶他們遠離樹牆和鬃霜。

鬃霜。根躍暗暗希望自己已引開所有追擊者，讓她得以脫離險境。也許她已經返抵樹牆等他了。**拜託一定要讓她安全無虞。**他的胃猛然抽緊。要是她沒成功怎麼辦？要是他再也見不到她呢？**不行！**他立刻甩開這個念頭。**我不能那樣想。**太痛了。

第二次差點被抓到的當下，他正努力爬出峽谷。他撐著身子攀上滿布泥礫的峭壁，感覺到有爪子勾住他的尾巴。他立刻甩開，準備往一條尾巴外的谷頂爬去，沒想到腳下的岩架驟然坍塌，轟隆墜落谷底。根躍連忙伸出一隻腳爪巴住懸崖頂部，掛在那裡晃了一會。恐懼在他體內蔓延；最後他終於成功回到地面，癱倒在谷頂，望著灰毛的巡邏隊在下方氣沖沖地來回踱步，無法追上他。

之後他便不停狂奔，越過潮溼的泥壤，讓難聞的惡臭掩蓋他的氣味，每隔一段時間，他就會沿原路折返以混淆蹤跡。現在他很確定自己甩掉了那群黑暗森林戰士。

根躍停下來喘口氣，調整呼吸，讓毛皮恢復平滑。隨著恐慌逐漸褪去，他才察覺到自身傷勢，發現肩傷再次裂開，冒出汩汩鮮血。他轉頭舔舐傷口，刺痛感讓他忍不住皺起臉。

根躍。

誰在叫他？根躍僵在原地，小心翼翼地緩緩起身，以免擾動周遭枝葉，同時伸長脖子四處張望。這一區的林木輪廓纖纖，樹幹細長，很難躲在後面，而且四周也沒有矮樹叢，只有在樹根纏結蔓生的野草。他沒有看見貓的身影，但確實有聽見他的名字。灰毛的巡邏隊發現他了嗎？他又嚐嚐空氣，沒嗅到什麼陌生的氣味。

根躍謹慎地走過樹林，大氣也不敢喘一聲，以免暴露行蹤。

那個聲音再度傳來。

根躍。

這次他決定出聲回應。「是誰？」他再次掃視森林，感覺周遭並沒有生命的蹤跡，讓他惶惶不安。他努力壓抑內心的恐懼。「還是什麼東西？」不論那名神祕客為何，都在偷偷跟蹤他，而在黑暗森林裡被跟蹤可不是好事。

根躍。

這個聲音存在他腦海裡。棘星的靈魂不就是這樣在湖邊對他說話，從內心呼喚他嗎？那時他一直以為自己腦袋裡有蜜蜂，直到後來才意識到對方是誰，即便如此，當時他仍因棘星的靈體在森林裡跟蹤他而對他有所懷疑。

根躍。

這個聲音不可能是棘星。他還活著，就在陽間的森林裡，和松鼠飛在一起。他的思緒急速飛轉。是葉池嗎？怎麼可能？她被困在樹牆後面，離這裡很遠。

這時，他腦中閃過一個念頭。難道灰毛從星族對影望說話時，影望就是這種感覺？**是灰毛企圖用同樣的方式跟我接觸嗎？**根躍一陣反胃。也許那隻暗色戰士想影響他，或者更糟糕的是，控制他的心智。

根躍加快腳步，無視那股緊壓著胸口的恐懼。**假裝聽不見就好，**他對自己喊話。據他們所知，灰毛無法掌控活著的貓。根躍也絕不允許他這麼做。

他回想起露躍的建議。**若不想成為獵物，那就成為獵手。**導師的話在他腦海中迴盪。**若無法逃離敵人，那就正面迎戰。**不過此時和灰毛硬碰硬太蠢了；根躍身處陌生的地域，寡不敵眾，況且他見識過灰毛的力量。話雖如此，他還是可以想辦法查明灰毛的詭計，總比在這裡乾等、胡思亂想，聽見一點聲響就嚇得半死好多了。再說，他也想知道現在返回樹牆是否安全，以防鬃霜真的在那裡等他。

根躍抖抖毛皮，沿著來時的腳步往回走，看看能不能偷偷接近灰毛和他的黨羽。若能得知灰毛的計畫，或許能先下手為強。他忽略胃裡翻攪的恐懼。他會很小心，不會被抓到的。

根躍朝著峽谷走去，在懸崖邊駐足，望著谷底繁茂的樹木和灌木叢。沒有看見黑暗森林戰士的蹤影。他找到一條比較好走的路探下谷底，豎起耳朵留意周遭潛在的危險和動靜。

根躍。

聲音再度傳來。根躍連忙停下腳步，很確定這個聲音在他的腦袋裡，聽起來很溫柔，有種似曾相識的感覺，而且語氣愈來愈急。

你在做什麼？那個聲音問道。

為什麼要讓他分心？根躍的毛皮因惱怒而豎起。**不關你的事，**他生氣地想，將注意力轉回自己的腳步，雙眼緊盯著小路，同時保持警戒，注意黑暗森林戰士的蹤跡。他壓低身子越過空地，謹慎地繞過黑潭。水域間的路好像變得更窄了？

他回到林地，貓的氣味竄進他鼻子裡。他嚐嚐空氣，有種如釋重負的感覺，因為風正朝他的方向吹，他認出了灰毛的氣味、暗紋身上的麝香味，還有其他貓的氣味。有些他辨識不出身分，只知道他們全都沾染上黑暗森林的惡臭。他能聞到溫柔皮和爆發石的氣味。失望在他的胃裡不斷拉扯。至少他沒嗅到莖葉、柳光和尖塔望，想必他們依舊自由在外，沒落入他們的魔掌。

根躍壓低身體踏進樹林，循著氣味前進。這時，他的耳朵抽動了一下，濃密的蕨叢中傳來陣陣聲響，黑暗森林貓就在那裡談話，發出暴躁的喵叫聲。根躍躡手躡腳地穿過腐爛的莖桿，肚皮貼地，盡可能悄悄扭著身子靠近，透過葉柄間的縫隙向外窺探。

潮溼的林間空地上有一群毛皮溼漉髒亂的貓靈，茫然地看著灰毛。他來回踱步，貓靈的眼裡只有盲目的服從。根躍瞥見族貓沙鼻的身影，心猛然一沉。那隻聰明伶俐的褐色公貓露出順服的目光，看起來對灰毛深信不疑。從前的他一定會很恨自己居然變成這副模樣。

灰毛說話時，暗紋的尾巴焦躁地來回甩動，其他黑暗森林戰士都很專注，靜靜聆聽。楓影踞坐在一旁，心不在焉地舔舐肚皮，豎起耳朵對著灰毛。另外還有一隻根躍不認識、灰白相間的虎斑貓，他不停屈伸爪子，彷彿迫不及待執行灰毛的命令。

「銀鷹，帶爪面去守衛月池樹牆。」灰毛對另一隻毛髮蓬亂的淺灰色虎斑貓點頭。

影望就是往那個方向走。根躍繃緊神經。不曉得影望找到返回陽界的路了沒？

銀鷹對灰毛眨眨眼。「現在會不會有點太晚——」

「去就對了！」灰毛厲聲喝斥。「我不想讓更多入侵者踏進我的森林。」

銀鷹點點頭，對一隻滿身傷疤的棕色公貓揮尾巴示意。兩隻貓便一同走進樹林。

根躍看著他們消失在暗處，一顆心怦怦狂跳。影望必須把消息帶給五大部族，倘若他還沒離開，他是不是應該尾隨這兩名戰士，好確保影望安全返回陽間？他猶豫了一下。待在這裡查明灰毛的計畫會不會比較好？

「犬躍。」灰毛看著一隻骨瘦如柴的黑色公貓。

犬躍熱切地迎上他的目光。

「帶楓影和急齒去找根躍和其他貓。」

犬躍點點頭。

「注意莖葉和他的朋友，」灰毛的嘴唇因憤怒而扭曲。「他們躲得了一時，躲不了一世。」

而且黑暗森林正在縮小，簡直難上加難。根躍渾身顫抖。灰毛的目光猛然掃過蕨叢，瞇起眼睛，根躍只得壓低身子緊貼地面，屏住呼吸。**他看到我了嗎？**

「喂。」楓影站起身，氣憤地盯著灰毛。

他瞅了那隻白色與玳瑁色相間的母貓一眼，一看見她的表情便壓平耳朵。「怎樣？」他厲聲說。

「你為什麼讓他負責巡邏？」楓影用鼻吻指指犬躍。

「因為妳讓莖葉跑了！」灰毛眼裡燃著怒火。

楓影屈伸腳爪，什麼也沒說。

犬躍看著楓影，眼中盛滿了優越感。「別擔心，灰毛，」他油嘴滑舌地喵聲說。「我絕對不會讓根躍逃走。」

「你最好不要。」灰毛瞟了他一眼，惡聲咆哮。

犬躍領著巡邏隊進入樹林，楓影跟在後面用力踏步，兩眼怒瞪前方。灰毛往林木稀疏的方向走，小徑兩旁立著漸趨枯萎的樹叢。暗紋緊隨在後，黑暗森林戰士則推著貓靈，要他們動起來。松果足不慎絆倒，那隻灰白相間的虎斑貓立刻發出嘶嘶聲，狠咬他的耳後。松果足尖聲大叫，轉向那隻黑暗森林貓。根躍看到松果足眼裡閃著憤怒的火光，心裡燃起了希望；然而，松果足的雙眼旋即恢復呆滯，匆匆跟上沙鼻和其他貓。根躍若有所思地移動腳掌，心想，**松果足生氣時似乎暫時擺脫了灰毛的控制。難道強烈的情緒可以打破他的魔咒？**他想起先前大家圍繞在封鎖星族的樹牆旁，他們內心懷抱的希望足以讓藤蔓劈啪斷裂。**「希望」會不會就是擊退灰毛的關鍵？**

這個主意很棒，但他得先想辦法回到鬃霜身邊。等他們團聚，他就可以跟她討論這件事。黑暗森林貓一離開視線，根躍就從蕨叢的掩護下溜出來，偷偷跟在他們後面。周圍的灌木叢非常茂密，日漸腐爛的葉片遮住了黑暗森林貓的身影，但根躍豎起耳朵，循著他們的腳步走。他繞過樹叢和林木，壓低身子尾隨他們下坡。

「你有聞到什麼嗎？」暗紋突然喵聲說。

根躍僵在原地。風向變了嗎？是不是把他的氣味捎去對方那邊了？他嚐嚐微風；沒事，目前還很安全。

「這裡本來就很臭。」灰毛沒好氣地咆哮。

根躍聽見樹叢沙沙作響，毛皮不安地起伏。暗紋穿過樹叢了嗎？他飛快回頭看了一眼，驚愕地發現身後的山坡光禿一片，唯一可觸及的掩護就是灌木叢。暗紋究竟會從哪個方向過來呢？根躍望著眼前顫動的樹叢，隨意選了一個地點，躲到歪扭的枝葉下，滿心希望對方不會看到他。他的心撲通撲通狂跳，只見暗紋走進幾條尾巴外的空地四處張望，帶著懷疑的黃眼睛瞇成一道細縫，但他似乎沒有發現根躍。

「你想太多了，」灰毛的喵聲從小路上傳來。「這裡沒有貓。我們大開殺戒後，他們就不敢來到攻擊範圍內了。」

暗紋的眼睛閃閃發光。他再次環顧四周，從樹叢裡退回去。

根躍倒抽一口寒氣，靜靜等候巡邏隊離開。他從樹叢下爬出來，再次展開追蹤，只是這次距離拉得比較遠。恐懼在他的胃裡滋長。他試著推開這種情緒，可是它愈來愈堅執，牢牢扎根在胸口，讓他難以喘息。周圍的樹叢開始雜亂蔓生，隨著山坡逐漸平緩，灌木叢也被焦黑歪扭的樹幹取代。

一股令貓作嘔的恐懼感湧上心頭，根躍這才意識到自己身在何方。他看到樹幹間有座黑暗的湖泊在無星的天空下開展，灰毛就是在湖心島上挾持他和松鼠飛。一想起當初掉進湖裡時感受到的那種痛徹靈魂的絕望，他就不寒而慄。

可是那座島已經不在了。如今眼前只有茫茫湖水，島嶼留下的樹木殘遺彎著有如畸形四肢的枝幹，從湖面探向天際，樹根則消失在被吞沒的陸地裡。

根躍覺得五臟六腑扭絞成一團，心跳不斷加速。黑水漲高的速度比他擔憂的還快！他再過不久就會被困在那裡，但整座島都消失了，在返回月池的路被氾濫的黑水切斷前，他們還有多少時間？黑暗森林會不會徹底被幽暗的流水吞噬？他必須趁還有機會時帶著鬃霜和貓靈離開。

灰毛在岸邊停下來，尾巴不安地抽動。「這是怎麼回事？」他凝望著湖水。「薊爪，小島怎麼不見了？」

「別問我，」那隻灰白相間的虎斑貓瞇起眼睛，目光閃爍，就像隻緊張的鳥兒，在半淹沒的樹上瞄來瞄去。「是你先開始的。」

灰毛小心翼翼走向湖畔。薊爪、暗紋及其他黑暗森林戰士緊盯著湖泊，表情難掩驚恐。貓靈們像小雞跟著母雞一樣聚集在灰毛身後。灰毛走到湖邊，他們也跟著擠過去，莓鼻還差點踩到他的腳爪。灰毛惱怒地甩甩尾巴要他們離開，怎知腳下的岩石突然鬆動，害他滑了一跤，前爪不慎踩入湖裡，濺起細碎的水花。他猛然後退，笨拙地撞上受他控制的貓靈。他們嚇得一哄而散，在幾條尾巴外的地方停下來，困惑地望著他。

「你就不能阻止他們圍著我嗎？」灰毛有意識地豎起脊梁上的毛髮，惡聲惡氣的怒斥暗紋。

「控制他們的是你，不是我。」暗紋冷冷地看著他。

「注意你的口氣。」灰毛貼平耳朵。

暗紋看著他好一會，然後別開目光。「知道了。」他低聲咕噥。

灰毛噴著鼻息，踉蹌地遠離湖水，猛地往後退，似乎有些驚慌，然後深吸一口氣。「既然小島已經消失，這個地方就沒用了，」他的聲音再度恢復鎮靜，說完便慢慢走向森林。

暗紋及其他黑暗森林戰士立刻跟上，貓靈們順從地在他們中間前行。

根躍趴伏得更低，他們的身影一消失在樹林裡，他便從藏身處爬出來。他該繼續跟蹤下去嗎？他凝望著森林，感受到湖水的拉力。他走到湖邊，毛皮陣陣刺痛。旺盛的好奇心把他拉到這裡。他非知道眼前那片黑暗藏著什麼不可。他一步步靠近，覺得好冷，接著突然一陣頭暈，體力不支，彷彿走了好幾天沒有進食和休息。恐懼從他胃中浮升，像常春藤一樣纏繞他的喉嚨，讓他快要無法呼吸。

他立刻後退，腳爪因害怕而刺痛。**水**怎麼會讓他有這種感覺？

他得趕快離開這裡。他轉身沿著湖岸飛奔，爪不點地，幾乎沒有察覺到底下潮溼的泥壤。

停！根躍腦中的聲音宛如狐狸的夜嚎尖聲竄過體內，讓他的毛髮瞬間聳立。他停下腳步低頭一看，差點喘不過氣。黑水離他的腳爪只有一段鼻吻的距離。一條寬闊的溪河從湖泊探出來，一直流到對岸。

驚嚇如火花般沿著他的尾巴迸發。他差點直接衝進水裡！那個神祕的聲音救了他。根躍連忙後退，一顆心怦怦直跳。我得快點找到其他貓。黑水蔓延得太快。他必須警告他們，跟別的貓談談那個救他的怪聲。也許他們可以一起查出是誰在黑暗森林裡對他喊話。

根躍的思緒飛快奔馳。他轉身離開水域，跑進灌木叢。如果沿著來時路走，就能循著先前的足跡橫越樹林，回到困住星族的樹牆。他急切地在腐爛的枝幹間穿梭，枯葉輕輕拂過他的脊背，讓他全身不停顫抖。

他很同情死後來到這裡的戰士。不曉得有沒有貓後悔生前的所作所為，讓自己淪落到黑暗森林？他腦海中突然閃過雪叢的身影，一股哀傷湧上心頭。要是那隻滿身傷疤的公貓有機會見到星族就好了；他為了拯救貓靈而犧牲自己，理應得到一次幸福的機會，可是他卻永遠消失了。

根躍甩甩毛皮，想起影望對黑暗森林的描述。這個地方以苦難為食。他必須繼續懷抱希望。他抬起鼻吻，專心尋找其他貓的蹤跡。**我要趕在灰毛的黨羽之前找到他們**。他不會讓鬃霜或任何一個夥伴落入黑暗森林戰士手裡。他們一定會離開這個地方，想辦法打敗灰毛。

根躍衝出樹叢，在林間疾奔。影望應該已經找到回月池的路了。他壓低身子穿越荊刺灌木叢，發現另一邊有個長滿蕨類植物的坑地；他縱身一躍，瞇著眼睛跑過濃密的蕨葉，飛也似地突破重圍，抖掉落在耳裡的碎葉。終於擺脫黑暗森林戰士讓他鬆了口氣。**我來了，鬃霜**。他滿懷希望地想像在樹牆邊看到她、莖葉、影望和柳光的畫面。他們會一起努力，找到拯救星族的方法。一旦得到陽間的五大部族支援，他們就可以釋放剩下的貓靈，打破那道讓他們與星族隔絕的障礙。

根躍沿著上坡前進，突然瞄到好像有東西在動。他僵在原地。一隻貓從樹後潛行現身。根躍認出了那張寬臉，胸口隨即一緊。他之前見過這名戰士。

她伸出利爪，琥珀色的圓眼睛閃著滿意的微光。「嗨，根躍。」她齜牙低吼，擋住他的去路。

根躍連忙退後，努力克制自己不要炸毛，雙眼緊盯著那隻凶惡的母貓。**是楓影**。

第五章

影望沿著前方蜿蜒的小徑望過去，森林這一區看起來就跟剛才經過的地方一模一樣，每棵樹都歪七扭八，像同個模子刻出來的，樹幹和樹根上也爬滿苔蘚，周遭的一切全都染上慘綠的顏色，他該如何找到前往月池的路呢？

這時，有個東西攫住他的目光，讓他僵在原地。**那是什麼？**前面那是陰影，還是黑暗森林戰士？他屏住呼吸，動也不敢動，努力瞇起雙眼細看，才發現那片粗糙的表皮上沒有纏結的毛髮，而是樹皮。**原來是樹枝啊**。影望鬆了口氣，有點畏縮地繼續往前走。隨著頭暈的症狀消失，耳後的抽搐逐漸緩解，他開始意識到腿上的傷勢。他上次造訪黑暗森林後，蛾翅替他進行了治療，但灰毛的襲擊讓傷口再度撕裂，如火燒般灼痛。

別管了。根躍和鬃霜的傷勢比他嚴重得多；此時此刻，他們正在森林中疾奔，以自身為餌引開灰毛和他的黨羽，好替他爭取時間返回月池。他只希望灰毛沒有追上他們。**我能和他們一樣勇敢**。

影望抬起鼻吻邁步前行。他必須回到陽界通知貓族。若他們想摧毀那道讓部族與星族斷聯的樹牆，就必須伸出援手。沒有時間能浪費了。幽暗的溪水逐漸蔓延，深深沖刷著林地。濃霧始終在影望的視野邊緣盤繞，彷彿隨時都會衝進來吞沒樹林。

如果這是一座真正的森林就好了。這樣他至少還能用氣味來判斷方向。在部族領地，他就算閉著眼睛也知道自己在哪裡。新鮮的山蘿蔔、一小片款冬草，或是腳掌下的琉璃苣葉叢，都能讓他快速辨別方位，甚至比視力還有用。這裡的一切聞起來都有腐爛的味道。

影望跳過另一條黑暗的溪流，掃視樹林，想找到一點線索證明自己往正確的方向前進。這條路真的能通到月池嗎？他在巨岩矗立的轉彎處停下腳步，嗅嗅石頭，希望能聞到自己或根躍的氣味。如果這條小徑沒錯，他一定也會經過這裡對吧？

他沮喪地甩動尾巴，吸進一口潮溼的腐敗氣味，抬起受傷的腿，用三隻腳掌跳著前進以舒緩疼痛，不然每走一步，那種刺痛感都會如電流竄上尾巴。

焦慮讓影望的臟腑陣陣刺麻。小徑不斷綿延，探入幽深的暗處。要是月池根本就不在附近呢？要是他從剛才就一直走錯，愈走愈遠怎麼辦？一想到這裡，他的心猛然一沉，但他決定繼續往前走，感覺自己懷抱的希望似乎一點一滴流進潮溼的泥土裡，一陣疲憊感霎時湧現。

這條小徑通往一個窪地，黑水積聚在那裡，形成一池黑潭。影望繞過潭水，躍過流入池潭的小溪。他踩著靜悄的腳步在岩石間穿梭，森林開始出現上坡路段，抵達山頂那一刻，他根本連找路都懶得找，覺得自己一定是走錯了。

影望差點被路上盤屈錯節的粗壯樹根絆倒。根部的樹皮聞起來很清新，他瞄了一眼，很好奇上面為什麼沒有長苔蘚。他沿著樹根一路嗅聞，最後找到一棵高聳的巨木，宛如黑暗中的守護者矗立在那裡。他的心跳頓時加速。找到了！去月池的路！

他仰起頭想看看樹冠，卻發現巨木不是迎向天際，而是探入水裡。即便在這裡，他也能看見池塘在最高的樹梢蕩漾，飄浮在半空中。是月池！他終於找到了波光粼粼、通往陽界的入口。

離樹頂還有很長一段路要走。影望沿著一條可行的路線穿過枝椏，一想到要攀至頂端，受傷的腿就陣陣抽痛。**我爬得上去嗎?**他堅定地甩開這種負面想法，抖抖毛皮。無論如何，他非這麼做不可。星族、根躍、鬃霜和受困的貓靈都靠他了。

影望用腳爪勾住樹皮，把身體拉上去，皺著臉將後爪刺進樹幹。他有點遲疑地爬進枝杈間的凹處，腿上裸露的傷口一陣刺痛，彷彿蛾翅是用蕁麻而非蜘蛛絲來包紮，但他承受得住，也非忍住不可。

他試著不去想那種痛楚，沿著最粗的枝幹努力往上爬，攀到另一根更高的樹枝，這根枝椏向上彎曲，延伸到另一根上方。他小心翼翼來到樹枝交叉處，只需跳一小步就能過去，接著再往上爬好一段路才會來到下一個跳躍點。**我做得到**。

影望蹲踞下來，繃緊肌肉，奮力躍過樹之間的空隙。疼痛劃過他受傷的腿，讓他不小心滑了一下，驚恐瞬時湧上心頭。他感覺到身子往下墜，立刻用前爪勾住樹皮，死命抓緊。他的後腿懸在半空中晃盪，沉甸甸的重量不斷將他往下拉，爪下的樹皮逐漸崩碎。他感覺到樹枝從爪間溜走，恐懼在眼窩後方爆發。他連滾帶滑地墜到下方的枝幹上，腿讓他痛得睜不開眼睛。他胡亂揮舞腳掌，好不容易抓住樹枝，卻又旋即失手。影望感受到空氣在他周圍飛快流動，從樹上摔落，砰地撞上地面。

他動也不動地躺在地上好一陣子，大口喘氣，只意識到傷腿陣陣抽痛。灰毛第一次攻擊他時，是痛苦讓他得以重返陽間，但此刻這種痛楚並沒有使他失去意識，逃離黑暗森林。他會被困在這裡，傷重到永遠爬不出去嗎？他感受到兩側腹脅不斷起伏，周遭一片寂靜，除了他的呼吸聲外沒有其他聲響。安心感開始祛除他胃裡的憂懼，腿上的疼痛也慢慢緩解。他小心翼翼地站起身，避免用受傷的後腿使力，接著再用傷腿輕輕踏地。

痛楚再次來襲，影望皺起臉，伸展一下傷肢，強迫自己繞著巨樹走動。他的腿很痛，但還能承受他的體重。問題是它有沒有強壯到足以讓他爬上樹頂？

影望發出一聲呻吟。他怎麼會從樹上摔下來呢？**我比鴿子還笨！**他再次仰望微光閃爍的月池，看到目的地近在眼前，他的心隱隱作痛。他很有可能無法順利抵達月池。如果爬不上去，他要回樹牆等其他貓嗎？

影望想像夥伴們看到他時的失望神情。**大家全靠我了**。他們冒著生命危險替他爭取時間逃跑，他不能讓他們失望。

影望咬緊牙關，再次攀上最低的樹枝。他讓傷肢軟趴趴地垂著，用三條健全的腿爬上另一根枝幹。他像受傷的獵物一樣沿著樹枝跳行，撐著身子來到下一根樹枝，謹慎地從剛才失足的地方跳過去。

他才沿著樹枝攀到一半就已經上氣不接下氣。他低頭俯瞰森林，很訝異自己居然爬了這麼遠。他的身體因使力而發燙，決定停下來喘口氣。他的後腿陣陣抽痛，但他繼續往前走，奮力爬過一根又一根樹枝，每當傷腿擦到樹皮或撞上節瘤，他都咬緊牙關。

影望直到聽見潺潺的流水聲才抬起頭。他的心興奮跳動，月池離他只剩幾條尾巴遠了。池水在樹頂與天空相會，他沿著彎曲的枝幹一瘸一拐地往前走，然後深呼吸，將前掌伸進水裡，探入月池。

池水意外清冷。周遭一片漆黑，影望幾乎看不見，只能感覺到水從四面八方緊壓著他，肺裡的空氣不斷擠出體外。他有辦法憋氣憋到返抵水面嗎？他嚇得頭暈目眩，抬頭望著遠方微弱的陽光。**繼續往前！**他別無選擇。

他一邊和沉重的水流搏鬥，一邊踢著沒受傷的後腿，不斷揮舞前掌，可是那道光好遠好遠，似乎怎麼也搆不著。他忍著肺部的痛楚，抑制想呼吸的衝動拚命往上游。泡泡從他嘴裡冒出來，順著鬍鬚和耳朵漂上去。他在後方奮力追趕，使勁朝水面游去；四周的黑暗逐漸淡去，變得愈來愈清澄，細碎低悶的聲響竄進他耳裡。剎那間，身旁的池水被光線淹沒，他猛地浮出水面，在四濺的水花中大口喘息，幸福如火花般在他胸膛爆發。他終於回到家了！

山谷裡盈滿陽光，在看遍黑暗森林的幽晦後，這番景象眩目得刺眼。影望虛弱地蹲伏在月池畔的淺灘上，鬆了口氣，接著飛快衝向自己的軀體；他的身體依舊躺在池畔，睡在鬃霜旁邊。靈魂與肉身重新合一那一刻，他體內湧現一股溫暖。他一口接一口地貪婪吸著清新冷冽的空氣，裡頭充滿了荒野和森林的氣息，他很喜歡這種味道。**成功了！我又是一隻完整的貓了！**呼吸緩和下來後，影望便站起身，急切地環顧四周，驚訝地發現各族的貓都聚集在山谷裡。

他們為什麼怒目瞪視彼此？他們站在離月池幾條尾巴遠的地方，尾巴和耳朵煩躁地抽動著。灰紋、棘星、松鼠飛和松鴉羽站在一起，虎星氣沖沖地蹙眉瞪著他們。

我回來了！影望想對他的父親大喊，卻注意到其他族長各自帶著族裡的巫醫貓，冷冷盯著雷族貓。他不敢跳出來打斷這場對峙。

藤池和鴿翅也在，還有樹。姊妹幫則保持距離，站在幾條尾巴外的地方看著部族貓，眼睛瞇成細線，一副興味盎然的模樣。

沒有貓注意到影望。也許他該清清喉嚨讓他們知道他回來了，或是一跛一跛地走到他們中間，讓大家看到他。

棘星的尾巴不耐煩地甩動。「事情很清楚，我們必須——」

「等等，棘星，」他還來不及解釋，葉星就打斷他的話。「你才剛從黑暗森林回來，或許讓其他族長來處理比較好。」

「他回來妳應該高興才對！」松鼠飛立刻轉頭看著葉星。

「我是很高興，」葉星冷靜地回望。「但別忘了，他離開很久了。」

「這話是什麼意思？」松鼠飛追問，眼裡燃著怒火。

「他在黑暗森林裡待了那麼久，有沒有可能被玷汙呢？」葉星喵聲說。

「**玷汙？**」松鼠飛豎起毛髮。

影望驚愕地眨眼睛。棘星是名勇敢又可敬的戰士，天族族長怎能拋出這種懷疑呢？

「黑暗森林孕育出邪惡力量，」霧星走到葉星身旁喵聲道。「這是我們再三目睹的事實。」

「哦，是嗎？」虎星僵著身子反駁。「因為大戰役時我就是在那裡接受訓練的，不知怎的還長成了一隻理智的貓呢。」

霧星不耐地哼了一聲。

兔星看著他們一來一往，鬍鬚不停顫抖。「這件事可能有些爭議，」他喵聲補充。「但我也是在那裡接受訓練的，葉星，妳真的知道自己在說什麼嗎？」

「我清楚得很，多謝，」葉星豎起頸毛。「過去從來沒有活貓在黑暗森林待這麼久，對吧？即便是大戰役時，戰士們完成訓練後還是會回家——至少，就我所知是這樣？」葉星環顧其他族長。

「沒錯。」鴿翅輕聲喵叫。

「別忘了灰毛在棘星的身體裡住了一個多月，」葉星喵聲說。「我只想說——我們無法確定他的影響力已然消逝。」

「但我已經回來了，我就是我，不是灰毛！」棘星睜大眼睛喊道。「我跟他一點都不像！」

「棘星是真正的戰士！」松鼠飛緊挨著她的伴侶，憤憤地瞪著其他族長。

「以前的他或許是吧。」霧星的耳朵微微抽動。

「現在也是！」松鼠飛很堅持。

「我們為什麼要相信妳的話？」葉星露出懷疑的表情。

「妳先前也和他一起待在黑暗森林。」虎星提醒松鼠飛。

「我也在啊！我真的愈來愈厭倦這種爭論，」藤池生氣地望著影族族長。好幾季之前，黑暗森林威脅要對五大部族開戰，她就是偷偷潛入黑暗森林的雷族見習生之一。「我還有隻小貓在那裡，我當然希望她回來時你們能接納她。因為無星之地並沒有讓我變得邪惡。真要說的話，親見那裡的暴行讓我成為一名更好的戰士。棘星絕對不會讓黑暗森林吞噬、改變他的自我。」

松鼠飛對藤池低頭表達感激。

「我還是從前那隻貓，」棘星抬起下巴。「並沒有受到黑暗森林的影響，松鼠飛也一樣。」

「我們要怎麼確定？」葉星依舊滿腹狐疑。

影望盯著各族族長。這些對話未免太可笑了。他們怎麼這麼難搞？沒時間了！「我和他們在一起，」他一跛一跛地從月池邊走過去大喊。「我知道事情的來龍去脈。棘星和松鼠飛是真正的戰士！就算他們想改變也沒辦法。他們會為了自己的部族和彼此而死，你們心知肚明。」

「影望！」鴿翅從他們身旁飛奔而去，尾巴興奮顫抖。「你醒了！你回來了！」她急忙走到他身邊，用鼻吻摩挲他的耳朵，呼嚕聲大到影望幾乎聽不見其他貓喵叫。虎星抱著他們不斷呼嚕，蓋過鴿翅的聲音，影望的喉嚨因激動而抽緊。他回家了，他安全了。他依偎著母親好一會，接著走到一旁。他有任務在身。

「出了什麼事？」虎星急切地望著他。

「有戰鬥嗎？」兔星追問。

「你們打敗灰毛了嗎？」蛾翅拂動尾巴。

「他死了嗎？」霧星豎起耳朵。

興奮的喵聲在貓群四周蕩漾。

「根躍在哪裡？」樹用肩膀推開眾貓擠到前面，焦急地瞥了月池一眼，彷彿期待兒子隨時出現。

「鬃霜呢？」藤池離開女兒熟睡的身軀，來到樹旁邊。「她怎麼沒有跟你一起回來？」

影望遲疑了一下。他們的兒女依舊身陷險境，他怎麼開得了口？「他們還在黑暗森林，」他喵聲回答，隨即補上一句，「他們沒事。」**至少我上次見到他們時是這樣**。

藤池和樹交換了一個眼神，眼裡滿是恐懼。

鴿翅嗅嗅影望的毛皮。「你受傷了！」一發現他腿上的傷口裂開，冒出鮮血，她嚇得往後縮。

「我沒事。」影望一邊保證，一邊挪動腳掌。愈來愈多貓圍過來，讓他不知所措。

灰紋走到影望身旁，輕輕揮動尾巴示意大家後退。「我們可以晚點再處理他的傷勢，」他眨眨眼睛要鴿翅放心。「現在先給他一點空間，聽聽他要說什麼。」

影望滿懷感激地對長老低頭致意，可以理解為什麼棘星和松鼠飛在黑暗森林中迷失方向那段期間，由灰紋暫代雷族族長。

「發生了什麼事？」霧星嚴肅地看著影望。

影望深呼吸，接著開口。「棘星想必已經告訴你們灰毛在黑暗森林裡幹了什麼好事，」他喵聲說。「還有他是如何控制那些已經死亡卻無法接觸星族的貓靈。」

「他還說服了許多黑暗森林戰士加入他的行列。」棘星臉色凝重地說。

影望點點頭。「貓的數量太多，我們寡不敵眾。」他喵聲道。

「看來你們最終還是放手搏鬥了。」虎星看看影望流血的腿，不安地喵喵叫。

「我們別無選擇，」影望回應。「我們必須阻止他們殺害根躍。」樹驚恐地睜大雙眼。「我們進入黑暗森林時，」他繼續說。「灰毛已經吩咐手下攻擊根躍。鬃霜奮力擊退他們，我則打斷灰毛的注意力，使他分心的時間長到足以失去對貓靈的控制，好讓他們趁機逃跑。可是我們的速度不夠快，灰毛和他的黨羽再次發起攻擊。」

鴿翅急著上前想回到影望身邊，但灰紋揮動尾巴阻止。

「讓他說完。」雷族長老喵聲道。

「我沒事，」影望對母親眨眨眼安慰她。他的腿陣陣抽痛，但把消息傳給部族更重要。「我們還以為自己死定了。但後來雪叢襲擊灰毛，讓我們有機會逃——」

「雪叢？」藤池打斷他的話，看起來很困惑。「他不是黑暗森林戰士嗎？他沒站在灰毛那邊？」

「他假裝支持灰毛，」松鼠飛解釋。「我和棘星在森林裡時，他就跟我們同一陣線，還協助我們脫逃。」

影望點點頭。「他救了我，救了我們。」

「所以並不是每個黑暗森林戰士都站在灰毛那邊……」棘星急切地豎起耳朵。

「他的黨羽已經夠多了。」影望語帶憂慮地說。

棘星的眼神黯淡下來。葉星、霧星和兔星沮喪地看著影望。

「不過還是有好消息。」他們的計畫端看影望能不能說服生者參與戰鬥。接下來他要分享最重要的發現。

霧星往前傾，兔星的尾巴抽動了一下。

「我們和星族談過了。」影望點頭喵聲說。

看到他們的臉亮了起來，影望的心情為之一振。

「**星族！**」松鴉羽首度開口，失明的藍眼睛閃閃發光。

「祂們還好嗎？」水塘光走上前。

「你們跟誰講到話？」赤楊心的毛髮興奮豎起。

「葉池。」一想起當時聽見她的聲音穿透樹牆、在林間迴盪時那種快樂，影望便暫時打住。

「她還好嗎？」松鼠飛眼中閃著憂慮的光芒。

「她很好，」影望回答。「星族也很好，祂們從未離棄我們。」

貓群彼此互望，豎起耳朵，毛皮滿懷希望地顫動。影望看見父親的眼眸亮了起來，心裡一陣驕傲。兔星揚起尾巴，喉間傳來陣陣呼嚕聲。那種如釋重負的寬慰似乎比灑滿山谷的陽光還要燦爛。

「星族聯繫不上我們。祂們有試過，」影望解釋。「但灰毛封鎖了星族與黑暗森林間的通道，不知怎的，這麼做也切斷了星族與我們的連結。葉池說，祂們用來看顧我們的池潭被藤蔓堵塞，所以看不見我們。我還不太清楚其中的運作機制，但灰毛把星族困在狩獵場，祂們無法與五大部族溝通。這就是為什麼祂們始終保持沉默的原因。」

「祂們不能打通那條路嗎？」兔星皺起眉頭。

影望搖搖頭。「祂們一直在努力，但灰毛堆築出一座非常強大的樹牆，光靠祂們自身的力量完全無法打破，路障也隨著時間愈趨堅實。」

「為什麼？」霧星看著他。

「好像部族對星族愈失望，阻礙就愈強。」影望回答。

「可是我們從未對星族失去希望啊！」霧星反駁。

「我們以為祂們拋棄了我們，」兔星愕然地看著她喵聲說。「以為祂們因為我們違反戰士守則而降罰。這不就是失去希望嗎？」

「但我們一直想讓祂們回來呀。」河族族長非常堅持。

虎星哼了一聲。「我們做了一些可怕的事想喚回星族。」他陰沉地喵吼。

影望甩動尾巴。他父親說得沒錯。灰毛占據棘星軀體那段期間，不停強迫其他族長懲處族裡違反戰士守則的貓，並認為影望的母親鴿翅是應該受罰的貓之一，但虎星拒絕聽從假棘星的命令。儘管如此，其他貓還是遭到放逐，或受到荒謬的懲罰……**但我們沒**

有時間沉湎於過去。影望需要其他貓幫忙，在幽暗水域淹沒黑暗森林，永遠切斷他們與星族的聯繫前打敗灰毛。「我們自認找到了打破障礙的方法。」

「我們？」棘星對他眨眨眼。

「我、鬃霜和根躍，」影望解釋。「我們當時在樹牆邊，發現藤蔓纏結在一起，看起來牢不可破，可是鬃霜告訴莖葉，點毛懷了小貓後……」他猶豫了一下。他們會不會覺得這樣不合理？他知道這件事聽起來一定很怪，就算對其他巫醫貓亦然。可是他別無選擇，只能希望眼前這群貓能理解。「莖葉很高興，一條藤蔓就這樣啪地斷了。」

「確定不是巧合？」葉星一臉懷疑地問道。

「不是，」影望繼續說。「我們認為這和『希望』有關。我們發現只要試著正面思考，就能慢慢突破樹牆。」

「不過這還不足以完全摧毀路障。」霧星皺起眉頭。

「那是因為貓不夠多，」影望說。「如果能讓更多生者進入黑暗森林，或許就能讓藤蔓鬆脫到可以拉開的程度，受困的貓靈就可以進入星族狩獵場，一切都能恢復正常，」影望滿懷希望地注視著貓群。「**我們非試不可。**」他對父親眨眨眼。虎星一定會支持他，對吧？

「要多少隻貓？」他父親用謹慎的目光看著他。

「很多，」影望坦承。「我們需要很多貓懷著希望來打破障礙……也必須打敗灰毛和他的黨羽。」

「這麼做風險很大，」葉星豎起背脊上的毛髮。「就算能解放星族，說服祂們幫忙……聽起來灰毛身邊有一大群黑暗森林戰士。」

「戰士若死在黑暗森林，就會永遠消失不是嗎？」霧星不安地挪動腳掌。「我們願意失去多少族貓，讓他們這樣死去？」

「我們失去的還不夠嗎？」兔星喵嗚說。

「你們先前失去的貓被困在黑暗森林裡，」影望挺起胸膛。「那個地方不是他們的歸屬。他們為了自己的部族戰死，應該加入星族。」族長們交換了一個眼神。「我們必須救出鬃霜和根躍，」他繼續說。他們的戰士都甘冒生命危險，他們怎麼還能猶豫呢？「我之所以能回來，是因為他們捨身讓自己陷入險境。他們引開灰毛和黑暗森林戰士，替我爭取時間。我們不能讓他們死在那裡。」

藤池的雙眼因著恐懼變得好大好圓。

「我們必須派出救援。」樹慢慢走上前。

虎星肩膀僵硬。影望知道他父親不會輕易被說服。「我想我們應該花點時間好好思量。」影族族長喵聲說。

「我們沒有時間！」影望放聲哀號。「黑暗森林裡到處都是水，還有濃霧逐漸吞噬一切。我們必須打破障礙，這樣貓靈才能在黑暗森林消失前進入星族狩獵場！」

虎星看起來並沒有被影望的懇求打動，反倒眼睛一亮。「這樣不就能解決所有問題嗎？如果黑暗森林消亡，灰毛和那些封鎖通往星族之路的障礙也會跟著消失。」

「你當然什麼都不想做，」松鼠飛用銳利的眼神瞪著虎星，怒聲咆哮。「你的小貓已經回到陽間了。」

「這樣有錯嗎？」虎星喵聲說。

「大錯特錯！」松鼠飛豎起頸背的毛，語氣愈發嚴厲。

「與此同時，我們的小貓還困在那裡！」藤池走到樹身邊甩動尾巴。

「如果黑暗森林消失，鬃霜和根躍也會隨之消失。」樹凝視著虎星說。

「還有很多貓靈也在森林裡無法脫身，」影望用央求的目光看著父親。「爆發石和松果足都在那裡。」

虎星盯著他看了一會，搖搖頭。「我不想讓自己聽起來冷漠無情，」他開口。「但那些貓已經離世了。我們應該好好思考，這種犧牲固然慘烈——」他對樹和藤池點點頭，後者怒氣沖沖地瞪著他。「但是想像一下，從此擺脫黑暗森林及其中所有惡貓……**永遠不受威脅！**」

「我知道你不是認真的，」樹抖抖毛皮喵聲說，彷彿試著甩開恐懼。「部族貓和惡棍貓的區別是什麼？我們彼此關心，互相保護！為什麼我的小貓例外？」

「根躍很清楚自己在冒險，」霧星說。「但這無關單一貓隻！我們必須仔細考慮虎星說的話，否則就太不負責任了……」

影望搖搖頭，不敢相信自己的耳朵。虎星會讓影族戰士永遠消失嗎？他深吸一口氣。**要是他們知道情況危在旦夕，就一定會採取行動。**「我們透過樹牆跟葉池交談時，她說陽界、黑暗森林和星族三者相互平衡。灰毛封鎖了其中一界，導致其他兩界受到干擾。假如其中一界消失……」他注意到虎星的耳朵抽動一下。**我說動他了嗎？**

「好吧，」虎星點頭讓步。「如果連陽界都受到威脅，那我們就得做點什麼，」他環視其他族長。「但這場戰鬥我們贏得了嗎？我們有辦法派出那麼多貓，勝過灰毛及其黨羽嗎？」

水塘光突然往前一步，淡藍色眼眸燦亮如光。一看見導師，影望如釋重負，鬆了好大一口氣。「也許沒這個必要。你沒在聽影望說嗎？」影族巫醫貓喵聲道。「首先我們得摧毀樹牆，要做到這點無須戰鬥，只需要希望，」他用鼻吻指指影望。「要是懷抱希望的不只部族貓呢？你提到若能救出夠多貓靈，他們可以提供援助。」

「對，」影望急切地說，很感謝水塘光跳出來解決問題。雖然他不支持派遣一群驍勇的戰士，但他的替代方案也可能成功。「若能解救貓靈，他們或許能破壞藤蔓。」

「貓靈並不是黑暗森林中唯一可以幫忙的貓。」松鴉羽若有所思地說。

「你的意思是，我們可以說服黑暗森林貓加入我們？」虎星對松鴉羽眨眨眼。

「為什麼不行？」松鴉羽喵聲道。「雪叢不就是這樣嗎？為什麼其他貓不能？他們連戰鬥都不用，只要抱著希望就好。黑暗森林戰士肯定盼著什麼吧？」

「由於所有界域彼此牽動，」影望的腳掌興奮到陣陣刺麻。「灰毛搭建的障礙物也在破壞他們的家園，」他說。「若讓他們看清這點，他們一定會想摧毀樹牆。」

「為什麼會有貓想救黑暗森林？」霧星低聲咕噥。

「因為在黑暗森林裡生活總比徹底消失好。」棘星神情陰鬱地看著她，眼睛如獵物洞般漆黑，彷彿先前困在森林那段日子仍在他心頭纏擾不休。

「好，那我們就派出一小群貓，」松鼠飛的尾巴熱切擺動。「如果他們能說服夠多貓靈和黑暗森林貓幫忙打破障礙，」她喵聲說。「我們就能解放星族。只要有祂們在身邊，我們就可以打敗灰毛，徹底做個了結。」

影望感覺貓群在移動，動作小到難以察覺，但氣氛好像不一樣了。松鼠飛鼓舞了他們嗎？兔星的鬍鬚微微顫抖，葉星帶著渴望瞄了月池一眼，只有霧星依舊眼神黯淡。

「聽起來有很多假設和可能，」她喵聲咆哮。「我們已經失去太多了。」

影望看見霧星那雙藍色大眼裡盈滿悲傷，猜她大概想到柳光。她讓族裡的巫醫貓冒了那麼大風險以致送命，心裡一定很內疚。他迎上霧星的目光。「我們的確失去了許多親愛的族貓，」他承認。「但如果不做點什麼，我們就會永遠失去他們。」

霧星的耳朵因驚恐而抽動。

「只要盡力一試，我們說不定就能讓他們常伴左右，」他繼續說。「我們必須拯救比自身生命更重要的事物，讓那些貓永遠活著，不會真正死去。」

「你的意思是……」兔星皺起眉頭。

「星族。」影望說完環顧四周，看見其他貓眼裡閃爍著希望，不禁鬆了口氣。就連虎星也揚起尾巴，影望覺得自己的心跳好像漏了一拍。

他做到了嗎？他有沒有成功說服部族伸出援手？

第六章

鬃霜放慢腳步，回頭看了一眼。現在停下來安全嗎？身後的樹林沒有傳來貓的聲響，只有她的腳步聲在森林中迴盪。她決定停下來喘口氣。她的胃猛然抽緊。根躍還在跑嗎？他有沒有成功甩掉黑暗森林戰士？**他跑得很快**，她默默告訴自己，**而且很聰明，一定會找到安全的藏身處。**她不得不這麼相信，其他想法都太痛苦了。**他一定會在樹牆那裡等我。**

這個想法讓她得到些許安慰。她繼續前進，不曉得自己走了多遠，要怎麼回去。隨著心跳開始減速，毛髮漸趨平滑，鬃霜又回頭瞄了一眼，不禁皺眉。後面的樹林好像跟剛才不太一樣？樹木看起來比之前更濃密，平坦的林地不知怎的變得又小又窄，隆升成一座座雜亂無序的山丘。她要如何順著原路折返呢？

她轉身準備往前走，只見剛才平整的地面突然冒出一道溝壑。鬃霜心頭猛然一驚，差點跌下去，幸好她及時跳過溝渠，爬上另一側短陡的山坡。她在坡頂停下腳步，望見無數幽暗的水脈流過崎嶇嶙峋的大地，不祥的預感愈來愈強。

迷路的她一想到自己成功擺脫灰毛的戰士，心裡就湧起一股前所未有的感激。他們想必很習慣這些變動的景觀，說不定還很懂得駕馭這種變幻無常的本質。她提高警覺，再次謹慎地掃視樹林。也許她根本沒甩掉他們。也許他們知道她要去哪，搶先截斷她的路。他們該不會在監視她吧？

鬃霜壓低身子，小心翼翼經過一株荊棘，以免荊刺勾住毛皮。那些歪扭的莖散發出一種惡意，好像上頭的刺可以毒死她似的。這個想法讓她不寒而慄。**繼續抱著希望**，她對自己喊話。從之前在樹牆看到的情況可知，希望在黑暗森林裡擁有強大的力量。也許這就是她最好的防護罩。

地上到處都是落葉。她放輕腳步往前走，盡量不弄亂那些碎葉殘枝。她不想留下痕跡或發出任何可能暴露方位的聲音。

這時，她的耳朵猛地抽動一下。附近傳來低沉的貓叫聲。她停下腳步側耳傾聽，一顆心怦怦狂跳。有幾隻貓在不遠處竊竊私語。鬃霜立刻蹲伏下來，抬起尾巴，小心翼翼地踏過落葉，不讓葉片窸窣作響。過沒多久，林地在她眼前開展，她停下來在邊緣張望，只見下方有一座狹長的溪谷，谷底有三名黑暗森林戰士。他們擠成一團，毛皮緊貼在骨瘦如柴的身軀上。

一隻棕色與薑黃色相間、花紋斑駁的公貓緊張兮兮地回頭看了一眼，將目光轉向一隻如影子般虛無縹緲，看起來若隱若現的灰色虎斑貓。「你也看到了，蛆尾，」公貓喵聲說。「黑暗森林正在縮小。」

「所以呢？」蛆尾聳聳肩。「我們很快就不必擔心黑暗森林了。灰毛應允的是天大的獎賞，這就是為什麼大家都願意跟隨他，就連楓影也不例外。」

「可是縮小的速度很快，」花色斑駁的公貓咆哮。「再過不久，我們就得踩在彼此身上了。」

「耐心等吧，」蛆尾勸他。「一旦灰毛兌現承諾，我們就不再需要這個地方了。」

鬚霜呼吸急促。那是什麼意思？她伸長脖子探出邊緣細聽，不想漏掉半個字。

「還要等多久？」另一隻帶斑點的褐色母貓追問，毛皮不安地抽動。

「別那麼擔心，雀羽。」蛆尾翻翻白眼。

「也許我的擔心是對的，」雀羽爭辯道。「紅柳說得沒錯，黑暗森林日漸縮小。我們不能再等了。」

「灰毛長久以來做出了多少承諾，」紅柳的尾巴抽動了一下。「迄今還不是都只顧他自己。現在這些新來的貓打算跟我們作對。灰毛有料到這種發展嗎？」

「他似乎沒有做好萬全準備，」雀羽插嘴。「我認為事情並沒有照他的計畫走。」

「要是他不信守承諾怎麼辦？」紅柳盯著蛆尾說。「要是他做不到呢？即便是最厲害的獵手也不能眼巴巴盼著鴿子從天外飛來吧。」

「我們有哪些選擇？」蛆尾看起來若有所思。「黑暗森林正在消失，而灰毛是我們唯一的出路。星族不會幫助我們的，我們必須自救，」他把聲音壓得更低。「要是灰毛真的——」

鬚霜往前挪動幾步，想聽清楚一點。

「我們就可以——」

她的腳掌滑了一下，幾片樹葉就這樣飄落溪谷。

那三隻貓猛地抬頭，三雙眼睛緊盯她看。

鬚霜蓬起尾巴，急忙逃離他們的視線範圍，可是為時已晚。

「有間諜！」

黑暗森林戰士的腳步聲在底下的峽谷間迴盪，過沒多久，他們就來到溪谷盡頭，衝上斜坡朝她奔去。鬃霜飛也似地奔逃，落葉讓她的腳不時打滑。她的腳爪刺進土壤，沿著下坡疾馳，利用衝力拚命往前跑，穿過濃密繁茂的樹林。起伏不平的地形讓她很難抓到節奏。她連走帶跑地從山坡滑下來，匆匆爬上下一道山坡，步調先慢後快，然後又變慢，因為前方有另一座山脊。剛才很空曠的那條小路現在長滿了樹木，她只好穿梭其間曲折前行，始終無法加快腳步。

黑暗森林戰士的腳步聲從後方傳來。他們一定很了解這裡的地勢，就像熟悉自己的氣味記號一樣。他們踩著一致的步伐往前走，節奏聽起來很穩定、很有把握。她聽見他們彼此拉開距離，猜想他們在做什麼。這個戰術她跟巡邏隊一起獵兔時用過很多次。**獵物逃竄，大家散開**。這是每個戰士都會學到的狩獵技巧。她瞥見斑駁的薑黃色毛皮在一側隱現；紅柳截斷了其中一條逃生路線。她瞄向另一邊，心猛然一沉；雀羽繞過荊棘，擋住她的去路。

前方又是下坡路段。鬃霜拔腿疾奔，毛髮隨風飄揚。林間的狹窄通道讓她有機會加快速度。她沿著通道重踏地面往前跑，赫然發現兩側地勢逐漸抬升，通道成了溝渠，她則無意間逃入山溝深處。恐慌在她的毛皮下蔓延。那三名戰士就像巡邏隊將兔子趕進山谷，巧妙地逼她踏上這條路。身後傳來陣陣腳步聲，只見前方的深溝盡頭佇立著一道陡峭的岩壁，鬃霜心裡滿是絕望。她放慢速度，於岩壁前停下腳步，轉身壓平耳朵，齜牙咧嘴。看來戰鬥是免不了了。

三名黑暗森林戰士在她面前駐足。鬃霜伸出爪子怒瞪對方；只見他們交換眼神、無聲討論進攻方式，她耳內的血液不停奔湧。她振作精神，努力克制自己不要發抖。紅柳盯著她看了一會，朝她狂奔而來。她壓低身子準備面臨利爪攻擊，怎知紅柳卻笨拙地砰一聲，一頭撞上她的腦門，讓她踉蹌幾步，一陣暈眩。鬃霜皺起臉，好多星星在眼前閃爍。這招戰技她可沒學過。他到底在搞什麼啊？

困惑的她甩開疼痛，發現雀羽接力朝她衝來。母貓笨手笨腳落在她背上那一刻，鬃霜立刻蹲伏在地，準備承受爪攻帶來的刺痛。可是什麼都沒有。雀羽搖搖晃晃，就像松鼠在樹枝上試著保持平衡一樣，接著滑落下來滾到她身旁。

鬃霜往後退。這些貓生前真的是戰士嗎？她對他們眨眨眼，很好奇他們接下來會出什麼招。希望在她胸口高漲。如果他們打算這樣戰鬥，她很有機會逃跑。

雀羽站起身，看起來一臉茫然。紅柳聳聳肩。

蛆尾輕蔑地朝他們哼了一聲。「我來試試。」

鬃霜不敢相信自己的眼睛。灰色虎斑貓平靜地走向她，她不知道自己是否應該趁機攻擊那個鼠腦袋，可是他似乎對戰鬥沒興趣，她反倒有點退縮。她看著蛆尾走到她身旁，用頭頂她的側腹，一路將她推過去，壓在岩壁上。她一頭霧水，沒有反抗。如果這些貓笨到連最簡單的戰技都不會，那引戰也沒意義。

「有用嗎？」蛆尾對其他貓大喊，硬是把鬃霜往岩壁壓。

「沒有。」雀羽坐下來。

「可能需要在她睡著的時候做吧。」紅柳皺起眉頭。

鬃霜扭著身子掙脫，環視那三隻黑暗森林貓。「你到底在做什麼？」

「我們想占據妳的身體，鼠腦袋。」蛆尾的耳朵不住抽動。

「你說你們想幹嘛？」鬃霜對他眨眨眼。

「就像灰毛對棘星做的那樣。」雀羽解釋。

鬃霜咽下一聲呼嚕，很訝異這裡的一切居然這麼古怪可笑。這些貓兒的腦袋裡似乎塞滿了薊花冠毛。他們真以為灰毛就是這樣竊取棘星的軀體嗎？她甚至不曉得該怎麼解釋她的肉身其實根本不在這裡，而是在陽間沉睡。「你們不能像走進窩穴一樣走進我的身體。」

「為什麼不行？」紅柳歪頭問道。「我們已經完成儀式啦。」

「儀式？」鬃霜盯著他。

「灰毛說只要遵循儀式就能成功。」紅柳回答。

「什麼儀式？」鬃霜想知道灰毛到底跟這些貓說了什麼。

「我們得拔三根鬍鬚，」蛆尾解釋。「然後閉上眼睛，等他把鬍鬚帶到封鎖星族的樹牆那裡埋起來。」

「他說他就是用這個儀式來獲取力量，占據生者的肉身。」紅柳瞇起眼睛。

「你們相信他？」鬃霜仔細打量紅柳的眼神。

雀羽點點頭。「我們一聽說黑暗森林裡有活貓時就試過了，」她告訴鬃霜。「照理說我們現在應該可以控制妳的身體了，」她露出困惑的表情。「可是沒成功。」

「說不定灰毛要在場。」紅柳蹙眉沉思。

鬃霜強忍著不噴出鼻息。**我的軀體也要在場才行**，她在心裡默想，覺得很好笑，同時又為這些貓感到難過。他們聽信了灰毛荒謬的謊言，但雷族不也是一樣嗎？至少她現在明白為什麼黑暗森林戰士願意跟隨灰毛——他答應要讓他們返陽，在部族裡展開新的生活，以換取他們的支持。意識到他們原來急著逃離黑暗森林時，她的笑意逐漸淡去，心裡滿是同情。「我很抱歉。」

雀羽和紅柳驚訝地看著她。

「幹嘛抱歉？」蛆尾瞇起眼睛。

「灰毛騙了你們，」鬃霜喵聲說。「他沒辦法給你們占據生者肉身的法力。」

「可是他成功啦，」紅柳提醒她。「他控制了棘星的軀體。」

「那是因為棘星有九條命，」鬃霜解釋。「灰毛發現，失去一條命和返陽進入下一世之間有個過渡期，他的靈魂可以趁這個時候偷偷潛入棘星的肉身取代他。但我不是族長。就算我死了，你們也無法利用我的身體。」

「我們可以像他那樣占據族長的身軀。」蛆尾說。

「應該吧，」鬃霜皺起眉頭，不曉得現在各族族長是不是都很脆弱。「不過只有五位族長，就算他們全都死了，你們要怎麼決定誰能得到他們的肉身？」

黑暗森林戰士們彼此相覷，表情略顯不安。

「妳在說謊！」蛆尾豎起毛髮。

鬃霜堅定地迎上他的目光。「你不覺得要是拔掉鬍鬚埋起來就能讓死貓擁有占據生者軀體的能力，黑暗森林戰士一定早就知道嗎？」

「也許灰毛是唯一一隻聰明到發現這點的貓啊。」雀羽對她的話嗤之以鼻。

「那他為什麼要回黑暗森林，不以其他戰士的肉身在湖邊生活？」鬃霜看著那隻虎斑母貓。

雀羽的眼神瞬間黯然，垂下肩膀。「所以我們不能隨心所欲控制生者？」

「妳是說儀式、一切……這些全是灰毛捏造出來的？」紅柳喵聲咆哮。

「你覺得呢？」鬃霜聳聳肩，想讓自己的外表看起來比內在冷靜一點。「你和我一樣了解灰毛。」

「我們早該猜到這場儀式是個謊言，什麼拔鬍鬚、閉著眼睛圍成圈坐上好一陣子，」雀羽猛甩尾巴，氣沖沖地大吼。「那隻黃鼠狼只是想看看我們有多蠢。」

「不管怎樣，我們都應該遵照他的計畫。」蛆尾喵聲道。

「為什麼？」雀羽看著他說道。「若不能占據活貓的身體，那這麼做對我們有什麼好處？」

「即便灰毛無法讓我們回到貓族，還是有可能改善我們在黑暗森林裡的生活。」蛆尾喵聲回答。

「怎麼做？」鬃霜辯駁。「目前的情況你也看到了，黑暗森林正在縮小，可能會完全消失。到時你會怎麼樣？」

蛆尾靜默不語。雀羽和紅柳交換了一個不安的眼神。

「如果你們可以幫助貓族，不要站在灰毛那邊，或許我們可以讓一切恢復原狀。」鬃霜趁勝追擊。

蛆尾來回揮動尾巴，雀羽聳起脊梁上的毛髮。

鬃霜有些遲疑。企圖說服黑暗森林戰士做點好事有意義嗎？畢竟他們不是因為有顆善良的心或做出崇高的犧牲才來到這裡，也許她是白費唇舌。更糟的是，他們可能會因而發怒，那她就得面臨一打三的情況。不過她還能怎麼辦？他們不會就這樣放她走。爭取他們的支持是她最好的機會。

她胸口震顫，內心激動不已。她一定要說服他們才行。她蓬起毛髮，想像棘星會說些什麼。

「灰毛不可信，」她說。「看看他對黑暗森林做了什麼好事，」她環顧四周。「你們一定有注意到黑水氾濫，而且非常詭異，甚至看不見水中的倒影。還有濃霧，霧氣很快就會吞噬一切。灰毛來之前，森林有這樣嗎？」

蛆尾瞇起眼睛看著她，雀羽和紅柳沒有回答。鬃霜再度開口。

「你們也看到他變臉變得多快，一下子就背叛盟友，」她喵聲道。「看看他是怎麼對待雪叢的。」

「雪叢攻擊他。」蛆尾低聲咕噥。

「可是灰毛殺了他，」鬃霜喵聲回應。「雪叢不復存在，就連他的靈魂也徹底消亡。這樣公平嗎？」這一次，她沒有給他們機會回答。「我知道你們很想回到陽間部族，換作是我也不想永世待在黑暗森林，但你們生前做出了選擇，犯下無法挽回的過錯，在這裡總比根本不存在要好。你們難道不認為雪叢寧願留在這裡，而非永遠消失嗎？」雀羽是不是皺了一下眉頭？她真的說動其中一隻貓了嗎？

「灰毛出現之前，你們有自己的——」鬃霜本來想說**「生活」**，最後決定改口。「你們有地方休息度日。灰毛會把這一切奪走，為了什麼？為了與你們無關的荒唐復仇大業。你們真的在乎松鼠飛和棘星幸不幸福嗎？對你們而言，陽間的貓族出了什麼事根本不痛不癢，重要的是黑暗森林；如果你們跟隨灰毛，他會把森林連同你們熟知的一切一起毀掉。」

紅柳微微前傾，雀羽豎起耳朵。

「你們有機會做些生前在陽間森林裡沒做的事，」鬃霜繼續說。「你們有機會為良善、勇氣與忠誠而戰。你們有機會——最後一次機會，成為真正的戰士。」

他們想成為真正的戰士嗎？她試著解讀他們的眼神，但除了警戒和好奇心外什麼都看不見。

「加入我們吧，」鬃霜鐵了心想說服他們。她非這麼做不可。「加入部族貓，幫助我們打敗灰毛，保衛你們的家園，保護你們的族貓——保護黑暗森林。」她再也想不到該說什麼，只好就此打住，看著三名戰士。

紅柳的眼眸燦亮，雀羽的尾巴熱切擺動。她成功了嗎？她說服他們了嗎？

「要是我們落得雪叢那樣的下場怎麼辦？」蛆尾露出懷疑的表情。

「如果我們的盟友夠多的話，」鬃霜回答。「最終會像雪叢一樣永遠消失的只有灰毛而已。」

「可是所有貓都站在灰毛那邊，」雀羽焦慮地喵嗚說。「想戰贏他根本沒希望。」

「別這麼說。我們有希望，就算黑暗森林裡也一樣，」鬃霜對他們眨眨眼表示鼓勵。「而且，若你們能指引我回到擋在黑暗森林與星族間那道牆，就會看見希望是什麼模樣。」

第七章

根躍的胃因沮喪而翻攪。他仔細檢視囚場邊緣的陡峭石牆，一定哪裡有裂縫或隆起可以當成踏腳處，讓他撐著身子爬上高聳的巨石頂吧？然而眼前只有光滑的岩壁，他忍不住對自己咆哮。**我沒時間搞這個！**黑暗森林逐漸縮小，鬃霜還獨自在外奔逃。

他透過石牆上唯一的縫隙向外窺探，看到楓影和犬躍在那裡站崗。就是他們把他抓來這裡。**我應該跟他們戰鬥才對**。可是當時他被困在黑水湖附近，逃跑似乎無望。他有傷在身，而且寡不敵眾，不加重傷勢、拖延時間等待機會逃跑好像比較明智。或許他當下應該奮力一試。要逃出這座囚場根本不可能。他的心像一塊大石，沉重地壓在胸口。

天空墨黑無星，看不出來時間過了多久。鬃霜是不是在樹牆邊等他？影望有順利返抵月池嗎？說不定部族貓組成的巡邏隊已經踏上征途，準備進入黑暗森林了。他屈伸腳爪。若真是如此，他除了默默等候外別無他法。

這時，外頭傳來一聲細微的喵叫，根躍飛快轉身。

「他在路上了。」急齒聽起來上氣不接下氣，似乎是一路跑過來的。

根躍悄悄走向入口往外張望。那隻狡猾的棕色公貓是從哪冒出來的？

「你跟他說我們抓到其中一個時，他高不高興？」楓影望著森林問道。

「非常高興。」急齒氣喘吁吁地說。

「他當然高興了，」犬躍走向樹林。「他就是要我們這麼做。」看見灰毛從暗處現身，他熱切地豎起耳朵。「嗨，灰毛。」

「愛舔尾巴的傢伙，」楓影喃喃抱怨，看著犬躍低頭對灰毛致意，跟著他走向巨石堆。「你怎麼不在理毛時順便幫他梳一下跳蚤呢？」她在灰毛於囚場入口停下腳步時瞪著犬躍。

「閉嘴！」犬躍也回以憤怒的目光。

「你們兩個都給我安靜。」灰毛嘶嘶哈氣，踏入囚室。

根躍僵在原地動彈不得。灰毛緊盯著他不放，眼底盡是惡意和威脅。根躍強迫自己不要豎起毛髮，他不想讓這個狐狸心看見他的恐懼。「你為什麼要這麼做？」他問道。

「做什麼？」灰毛對他眨眨眼。

「企圖傷害星族！」根躍眼中滿是怒火。「傷害我們！我們從沒傷害過你。」

灰毛提步走近，根躍立刻露出爪子。他是來殺他的嗎？如果是，根躍暗暗發誓，他絕不會束手就擒。說不定他能直接幹掉灰毛，一勞永逸。他把目光從邪惡公貓的深藍色眼眸移開，打量著他肌肉發達的臂膀，推斷楓影和其他貓衝進來幫忙前，自己能攻擊他多久。

「你真以為自己能傷害我啊？」灰毛嘴角揚起一抹微笑。

「我倒想試試！」根躍露出尖牙。「你居然想摧毀我愛的部族。」

「他們不該擋我的路。」灰毛冷酷地喵聲說。

「摧毀我們你能得到什麼？」根躍瞪著他。他表現得好像不知道自己已經死了。

「你永遠無法重生。」

「是嗎？」灰毛懶洋洋地繞著根躍踱步。「我想我已經做到了。透過棘星。」

「結果好像不怎麼樣吧？」根躍哼了一聲。

「你們為什麼這麼自滿？」灰毛伸出鼻吻湊近，發出嘶嘶聲。「雷族在我生前也是一樣，太自鳴得意了，跟現在的你如出一轍。你們都認為自己很忠誠，但松鼠飛為了棘星拋棄我的時候，沒有一隻族貓支持我。一個也沒有，」他挺直身子，似乎是想讓自己恢復鎮靜。「但我讓他們看見我的能耐，統治了部族，」他甩甩尾巴。「他們完全聽命於我，放逐自己的族貓，互相爭鬥，只為了取悅我，」他的目光黯淡下來。「但松鼠飛**還是**不明白我有多強，握有多大的權勢。她的言行舉止就好像我只是普通的戰士，」他怒不可遏。「她把我當成見習生一樣踢開。可是我沒有放棄，反而把她帶來這裡。我以為我們終於可以成為伴侶，一起統治黑暗森林。」

「一名活著的戰士怎麼會想住在黑暗森林？」根躍看著他。

「當然是為了跟我在一起，」灰毛大發雷霆，眼睛瞬間蒙上一層黑影。「可是她只想要棘星。」

「她當然想要棘星！」根躍忍不住大喊。灰毛的話愈來愈荒謬了。「棘星是她的伴侶，你不過是個死掉的戰士，除了傷害貓兒之外什麼都沒做。她沒**欠**你，你愈是想摧毀貓族，她對你的恨就愈深。」

「我要毀掉的不只是貓族，」灰毛瞇起眼睛靠近根躍，他的鼻息和喵聲直竄進他耳裡。「還有黑暗森林和星族。」

根躍猛然後退，緊盯著囚場入口。犬躍就站在那裡，興致勃勃地豎起耳朵，但絕不可能聽見灰毛低語。

「少了黑暗森林，星族就無法生存，」灰毛再度開口，聲音又輕又小，傳不到犬躍耳裡。「這個地方不過是反映出星族悲慘的光景，他們會隨著森林一點一滴消失。我敢說已經開始了。濃霧會吞沒他們寶貴的狩獵場，只是星族領地遼闊，可能還沒注意到，等他們有所察覺，一切為時已晚。一旦黑暗森林消逝，星族的盡頭就不遠了。不用多久，他們就會全數消亡。」

根躍不敢相信自己的耳朵。原來灰毛是故意破壞黑暗森林，藉此摧毀星族。怎麼會有貓做出這麼殘忍暴虐的事？恐懼如冷冽的潮水襲來，吞沒根躍。灰毛究竟是怎麼成為星族戰士的？

他的目光從冷酷的灰毛飄向仍在努力偷聽的犬躍。顯然他什麼也聽不見，否則他就不會睜大眼睛、滿懷希望地豎起耳朵了。急齒在他身後徘徊，耳朵興味盎然地抽動。根躍心裡湧起一股憐憫。**他們不知道事實的真相**。這些貓在幫助灰毛，卻沒有意識到背後的含義。他們一定以為灰毛會以獎賞回報，殊不知他其實是在密謀破壞他們的生活。他對犬躍眨眨眼。要是他們知道真相，會轉而對抗他嗎？

灰毛還在說話，聲音如鴿子咕叫般輕柔，似乎沒有察覺到根躍嫌惡地瞪著他。「黑暗森林一消失，我就可以重拾自由，回到湖邊了。」

怎麼可能？根躍好納悶。難道他不會隨著其他黑暗森林戰士和星族一起消失嗎？

顯然灰毛認為自己無所不能。「我一定會讓松鼠飛嚐嚐苦難的滋味，」他嘶聲說。「她會為了背叛我而付出代價，她關心的每隻貓都無法倖免。最後她會乞求我住手，成為我的伴侶。不曉得有多少貓會受苦，她——」

另一個聲音蓋過了灰毛的言語，根躍愣在原地。那是他稍早在腦海中聽到的聲音，此刻清晰得像石頭落入平靜無波的池潭裡。

我會救你出來。

根躍脊梁上的毛髮瞬間聳立。

但你得信任我。

我相信你，他緩慢眨眼，默默答應。

那個聲音再度響起。**很好。現在，直視著灰毛的眼睛，把你聽到的話一字不漏地告訴他。**

根躍的心怦怦狂跳，心跳聲大到他必須凝神細聽才能明白那個聲音說了什麼。「你背叛了星族對你的信任。祂們不該讓你走。」他逐字複誦，打斷灰毛的胡言亂語。

灰毛驟然打住，目瞪口呆地看著根躍，彷彿發現獵物居然會說話。他退後幾步，顫抖著尾巴離開囚場。

「灰毛？」犬躍在灰毛邁步經過時跳到一旁。「你沒事吧？」

「看好他，」灰毛看都沒看犬躍一眼，怒聲咆哮。「我去檢查一下路障。」

「為什麼?」犬躍一臉困惑。「上次看還很好啊。」

但是灰毛早已奔向森林。「我得確認樹牆是不是破了。」他回頭大喊。

樹牆!根躍望著灰毛消失在樹林裡，憂懼如火花在毛髮底下迸發。他應該去那裡找鬃霜才對。他幾乎無法呼吸，急忙跑向洞口。

「你哪都去不了。」楓影帶著威脅的眼神擋住他的路，粗魯地把他撞回囚場。

楓影轉身離開，根躍將爪子刺進土壤裡。他一定要逃出去。要是灰毛抵達時發現鬃霜在那裡怎麼辦?她就得獨自面對他了。

他必須採取行動。他要保護她的安全。根躍轉身踏入岩石投下的陰影。「好了，現在怎麼辦?」他對腦袋裡的聲音輕聲低語。

第八章

歡迎影望從黑暗森林回來的藍天快速消失。烏雲緩緩拂過太陽，陰影籠罩著月池山谷。影望滿懷希望地看著各位族長。「所以你們會幫忙囉？」

兔星挪動腳掌，霧星不安地瞥了月池一眼，虎星小心翼翼地望著棘星和葉星，好像很怕他們回答。

為什麼沒有貓回應？影望覺得他的心快要爆炸了。「你們非幫不可！」驚懼竄過他的毛皮。他已經成功說服他們在黑暗森林完全消失前去救鬃霜和根躍，破壞阻斷生者與死者聯繫的樹牆。可是那些貓靈呢？他們不能冒著失去他們的風險。他已經把葉池的話告訴他們，黑暗森林和星族互相制衡，若其中一界消失，另一界也會跟著消亡，連帶陽間也會受到影響，因為這三界彼此牽動相繫。他對虎星眨眨眼。「我答應根躍和鬃霜一定會找到援助，」他不斷懇求。「你們不能讓他們失望。」

虎星凝視著他，眼神猶如心智受控的貓靈般空洞。

「我們得採取行動。」葉星若有所思地說。

「拜託一定要救他們！」影望飛快轉頭看著她。

「如果影望所言為真——」葉星自顧自地開口，好像影望沒說話似的。

「當然是真的！」沒時間懷疑了。

「如果是真的，」她慢條斯理地重複。「我們就得派出更多戰士，別無選擇。」

影望鬆了口氣，環顧四周，想解讀他們的眼神。只見灰紋盯著腳下的泥土，看起來似乎在想些什麼，但表情很平靜；他旁邊的蛾翅皺起眉頭，顯然心煩意亂。

「值得冒這個險嗎？」她問道。「要是現在已經來不及救鬚霜和根躍呢？黑暗森林危機四伏，如果展開追擊，可能會失去**更多**貓。」

影望不敢相信自己的耳朵。同為**巫醫貓**的蛾翅真的打算放棄根躍和鬚霜？他的嘴突然變得如枯葉般乾癟。為什麼沒有貓反對？

「灰毛走了，棘星回來了，貓族現在很安全，」蛾翅繼續說下去。「我們願意犧牲多少貓兒來換取和星族恢復聯繫的機會？過去幾個月我們都沒有接觸星族，不是也過得很好嗎？」

「才怪！」松鴉羽抽動耳朵喝斥。

「我們在沒有星族援助的情況下存活下來，」蛾翅表示。「還擺脫了灰毛。」

「對，在我們任憑他奪走一位族長的生命，煽動部族彼此對立之後。」松鴉羽厲聲反駁。

「我們是有損失，」蛾翅平靜地承認。「但這也證明了貓族就算沒有星族也能生存下去。」

「對，妳是活下來了，」棘星陰鬱地喵聲說。「但代價是什麼？」

霧星走到蛾翅身旁，迎上棘星的目光。「你打算讓我們折損更多？我失去一隻巫醫貓還不夠嗎？」

「我不想犧牲鬚霜和根躍，」棘星厲聲說。「別忘了，我剛從黑暗森林回來。妳不知道那個地方有多可怕，而且情況愈來愈糟，都是灰毛搞的鬼。妳真的覺得我們應該把族貓丟在那裡？他們值得更好的生活。我們必須把他們救出來。」

「還有貓靈，」影望插嘴。「他們應該加入星族。」

「他們已經走了，我族裡尚存的戰士還活著。」霧星低吼。

「妳的意思是我們應該讓根躍和鬃霜送命？」棘星豎起耳朵。

「說不定他們已經死了。」河族族長回答。

「我們必須想辦法把他們救出來！」松鼠飛的尾巴不停顫抖。「如果就這樣拋棄族貓，那我們跟惡棍貓有什麼兩樣？」

「這可能是我們最後一次與星族恢復聯繫的機會。」影望出聲提醒。難道他們忘了，就算願意犧牲戰士，還有其他危機要解決？

兔星的毛髮沿著脊背聳立。「為了星族要犧牲多少貓兒的命？」

「難道星族會希望貓兒死，好讓祂們存續下去？」蛾翅喵聲說。「祂們已經活很久了，也許我們該放手讓死者離開，把心力放在生者身上。」

「妳該不會是認真的吧！」水塘光盯著巫醫貓，放聲喵喊。「我知道妳一直都不相信星族，但我希望妳至少能理解祖靈對其他貓兒有多重要。我不能就這樣讓星族消亡，我也不會背棄我的信仰。冒著生命危險去救祂們根本不值一提，如果不這麼做，屆時只會失去更多。放棄星族就等於放棄身為戰士的意義，會威脅到部族的未來。妳可能不重視祖靈，但我願意為祂們而戰。我絕對不會放手，如果有必要，我也會冒著生命危險拯救星族。」

「你被情緒牽著走了。」蛾翅平靜地看著水塘光。

「我們可以照顧好自己。」兔星插話。

「狩獵的是我們，」霧星附和道。「星族才不會替我們抓獵物！」

「等等，妳是說身為一名戰士只要抓獵物就好？」葉星氣沖沖地甩動尾巴。

「星族會替我們指引方向！」松鼠飛鼓起胸膛說道。

影望瞄了父親一眼。虎星不發一語，若有所思地看著兔星和霧星。他也認為不值得冒險解救祖靈嗎？影望感到一陣噁心。這場討論到此為止。五大部族必須明白事理，他們非伸出援手不可。

他腦海中浮現葉池對著樹牆急喊的畫面。他答應過她，一定會找貓兒來幫忙。

「聽好！」影望看著吵吵鬧鬧的貓群。「要是不攻進黑暗森林，灰毛就贏了，」他們對他眨眨眼，腳爪微微顫抖。「他想摧毀貓族，切斷我們與祖靈的聯繫，」影望繼續說。「若我們不做點什麼，就稱了他的意。」

「沒錯，」水塘光態度強硬地揚起尾巴。「這就是灰毛想要的結果。」

「我們不能讓他毀了星族，」赤楊心走上前，鬍鬚不停顫動。「祂們多次出手保護我們，現在輪到我們保護祂們了。」

「少了星族，我們這些巫醫不過是採集藥草和調製藥膏的貓罷了。」松鴉羽抬起頭，用湛藍的盲眼看著蛾翅。

「那是我們的職責。」蛾翅連忙反駁。

「那忠誠呢？」影望追問。「根躍和鬃霜以為我們會去幫忙。這大概是目前唯一讓他們懷著希望的事。」

「要命令更多戰士赴死的又不是你！」霧星厲聲喝斥。

站在貓群外圍的樹清清喉嚨，吸引大家的目光。「你們都知道，我始終沒有完全接受部族生活，」樹走到中間，說話的聲音很輕柔，澄澈的琥珀色眼眸卻透著一絲強硬。「我覺得你們的生活方式很奇怪，有時甚至不太尊重你們對星族的信仰。於我而言，允許死者掌控生者的生活是件很莫名其妙的事。我覺得你們的信仰有時不切實際，也不合邏輯。但只要我**提出**質疑，你們都能堅定守護自身對星族的信仰，認為這是部族貓與惡棍貓、寵物貓的差別。我承認……在貓族生活的時間愈久，看到的星族事蹟愈多，我就愈了解箇中涵義，」他停頓了一下，環視貓群。「我要問的是，假如沒有星族，你們的身分為何？」他仔細端詳五位族長的臉，似乎在等他們回答。但沒有貓開口。「祂們一直是部族信仰的中心，」樹繼續說。「現在正是你們需要堅守立場、捍衛信仰的時刻，無論情勢有多嚴峻，你們都要為了自己的生活方式而戰。如果不這麼做，你們真的能自詡為戰士嗎？」

「你好大的膽子！」兔星豎起頸背上的毛髮。

霧星的喉間傳來低沉的咆哮聲。

「你們救了虎星的小貓，」樹平靜地對他們眨眼。「難道不願冒同樣的風險去救我兒子？根躍並不想進入黑暗森林，但他去了，還把棘星救回來，現在他試著拯救所有部族，為了維護貓族的生活方式而戰，你們真的打算在這種時候拋棄他？」

兔星別開目光。

鴿翅來到樹身旁。

「鬃霜也在那裡，」藤池接著說。銀白相間的虎斑母貓眼裡滿溢著情感。「那是她的選擇，她選擇幫助她的朋友，而非眼睜睜看他喪命，」她顫抖地喵聲說。鴿翅緊挨著她的側腹，表達對同胎妹妹的支持。「我去過黑暗森林，很清楚她會面臨什麼樣的危險。我絕不會把貓兒丟在那裡，特別是我親生的小貓。我願意，也樂意不惜一切代價去救她。」

影望滿懷希望地看著父親。關於拯救受困黑暗森林中的貓，樹和藤池甚至比棘星更有說服力，就連蛾翅也停止爭辯。但虎星只是瞥了腳掌一眼。

「聽我說，」鴿翅對她的伴侶眨眨眼。「影望能平安回來是我們走運，」虎星的耳朵不安地抽動。她繼續說。「難道你真的要袖手旁觀，眼睜睜看著其他貓要別家的小貓送死？」

影望屏住呼吸。鴿翅對虎星的影響力就連星族都無法與之相比。他母親願意為根躍和鬃霜挺身而出。他們不是她的小貓，但她仍願意跳出來捍衛他們。可是他父親依舊沉默不語。

影望蓬起毛髮，傷腿陣陣抽痛，但他不理會。「目睹灰毛掌控黑暗森林貓讓我明白一件事，」他喵聲說。「那就是他的控制並非無堅不摧，挑戰他的好貓愈多，就愈有機會打破禁錮。我相信，只要我們派出一支規模夠大的巡邏隊，就能徹底擊敗灰毛。」

「背叛星族就是背棄戰士的真諦，」棘星甩動尾巴。「我不會讓灰毛影響雷族。無論族貓是死是活，我們都必須拯救他們。」

兔星望著雷族族長，彷彿做出決定似地低下頭。「風族會做對的事。」

看到兔星投以期盼的眼神，霧星躊躇不決。她迎上他的目光，藍色眼眸充滿疑慮。「河族會為星族而戰。」她喃喃低語。

蛾翅的尾巴抽動了一下，看著虎星。「你也同意這種魯莽的行為？」

虎星瞥了鴿翅一眼。「對，」他回答。「影族會站在祖靈這邊。」影望看見父親臉上堅定的神情。虎星終於點頭同意做對的事。

葉星的眼神在其他族長身上飄移，接著嘆口氣低下頭。「天族會跟其他部族和星族站在一起。」

「我們要怎麼把這麼多活貓帶進黑暗森林？」蛾翅大膽地望著棘星。

「我們可以幫忙。」山谷邊緣傳來一聲喵叫。

影望立刻轉身，驚訝地望著陣雪朝貓群走來。他都忘了姊妹幫也在這。貓族七嘴八舌討論下一步該怎麼做時，她們始終保持沉默。

那隻薑黃色與白色相間的母貓在貓群外圍停下腳步，白雪和日昇跟在她身後，細長的毛髮如波輕輕蕩漾。「我們透過吟唱讓鬃霜和影望踏入黑暗森林，」陣雪說。「可以再做一次。」

「謝謝妳，」棘星感激地低頭致意，瞥見葉星的眼神。「但我們不能派出大型巡邏隊。影望說得沒錯，黑暗森林正急速縮小，我們必須盡快採取行動，做出明智的決定。小型巡邏隊比較不會被發現，可以偷偷潛入森林，移動速度也快得多。」

「冒險的貓愈少愈好。」葉星點點頭。

「我們該派誰去？」松鼠飛問道。

「這個任務太危險了，族長怎能命令族貓去呢？」虎星皺起眉頭。

「我同意。參與者必須出於自願才行。」棘星輕甩尾巴。

藤池急切地睜大眼睛。「我要去——」

「不行，」棘星硬生生打斷她。「妳的小貓已經在那了，我們不能讓妳也陷入險境。」

「讓我去。」

松鼠飛走上前，影望詫異地眨眨眼。她看黑暗森林看得還不夠多嗎？

「我想跟灰毛做個了結，」松鼠飛的喵聲聽起來非常堅決。「永遠畫下句點。」

「灰毛讓妳受了這麼多苦，妳不能再接近他，」棘星豎起毛髮，震驚之情溢於言表。「妳知道這些不是妳的錯吧？妳沒必要證明什麼。」他的雙眼閃閃發光。

「我知道，」松鼠飛回答。「灰毛竊占你的身體、懲罰破壞戰士守則的貓、綁架我——他做的一切都是他的選擇。他怪我拒絕他，但這不能拿來當藉口，為殘暴的行為開脫。所以我才要去。他必須明白自己的所作所為不會有任何回報，我要讓他知道，他無權掌控我或任何貓。我受夠了，不想再鎮日心懷恐懼，試著安撫他。他生前就想毀了我的生活，死後還不肯放過我，我有權親手結束他可悲的存在。」

影望心裡湧起一股敬慕，好佩服雷族副族長。經歷了這麼多，她仍挺身準備迎戰。

這時，移動腳掌的聲音傳來，影望的目光落在灰紋身上。這隻身為雷族長老的長毛貓終於抬起頭從棘星身旁走過，直視松鼠飛的眼睛，臉上的表情非常堅定。「很有道理，」他的喵聲似乎在山谷間迴盪。「只是這麼做正中灰毛下懷，」松鼠飛對他眨眨眼。「妳不覺得他要是知道自己成了妳背上的芒刺，讓妳甘冒生命危險去面對他，他會很高興嗎？」

松鼠飛的眼神黯淡下來。「可是我非這麼做不——」

「錯了，妳不用，」灰紋告訴她。「灰毛要的不只是妳；他要的是復仇。他想讓所有部族——尤其是雷族——為他生前的遭遇而受苦。為了打敗他，贏得真正的勝利，我們要做的不光是生存，還要成長繁盛。我們必須變得更強大，證明我們是他永遠無法匹敵的優秀戰士，」他看著松鼠飛。「我們需要妳活下來，才能達到這項目標。我們不能冒著失去妳的風險，在灰毛的地盤跟他宣戰。想想看，這會帶給他多大的滿足感。」松鼠飛別開目光，顯然無可爭辯。「妳要待在這裡，」灰紋喵聲道。「和棘星在一起。妳必須待在這裡，讓灰毛知道，不管他做什麼，都扼殺不了妳和雷族。妳對我們而言非常重要，我們不能失去妳。」

松鼠飛靜靜看著灰紋好一陣子，接著伸出鼻吻輕輕摩挲他濃密的毛髮，然後退到一旁。「好吧，」她答應。「我留下來。但是如果我不去，那誰要去呢？」

「這不是很明顯嗎？」灰紋的眼眸變得渾圓，閃爍著濃濃的興味。

松鼠飛一頭霧水。

「當然是我啊。」灰紋說。

「你太老了——」棘星立刻上前一步。

灰紋甩甩尾巴示意他退下。「部落告訴我，我仍在貓族的命運中扮演著重要角色。影望的腳掌陣陣刺痲。這位偉大的戰士自願為部族冒生命危險。他對這隻年邁的公一定跟這件事有關。我感覺得出來。我的心告訴我，時候到了。」

影望的腳掌陣陣刺痲。這位偉大的戰士自願為部族冒生命危險。他對這隻年邁的公貓萌生了一種新的情感和敬愛。雷族很幸運能有他這樣的貓。

松鼠飛瞄了棘星一眼。雷族族長吞了一口口水，低下頭。「好吧，」他對灰紋說。

「如果你覺得自己必須這麼做，我不會阻止你。」

「如果你要走，請你幫我捎個口信給灰毛。」松鼠飛挺直身子。

她俯身向前，在灰紋耳邊低語。影望豎起耳朵想知道她說了什麼，但她的喵聲非常輕柔，除了灰紋外，在場其他貓都聽不見。

最後她退到一旁。「答應我，你會把那些話告訴他。」

「我答應妳。」灰紋點頭允諾。

「你還要答應我一件事，」棘星的尾巴微微抽搐。「若局勢不利於貓族，你必須立刻離開。」

「這我不能答應，」灰紋迎上族長的目光喵聲說。「灰毛為所欲為太久了，除非他被打敗，否則我不會回來。」

恐懼緊揪住影望的心。即將到來的戰鬥突然變得再真實不過。「我們不會讓灰紋獨自進入黑暗森林，對吧？」他問虎星。

「當然不會，」虎星抖抖毛皮。「派遣戰士的不會只有雷族。各族都要有一隻貓代表，和灰紋一起去。」他看著其他族長。

「這個決定非同小可，」葉星蹙眉喵聲說。「我們必須跟族貓討論一下。讓我們回去開個會，明天再帶志願者過來。」

影望呼吸急促。**明天？**到時可能就來不及了。他沮喪地屈伸腳爪。說服族長提供援助比他想的還要難。他不敢再逼迫他們。

「不行。」陣雪走上前，眼神非常銳利。影望心裡迸出希望的火花。難道姊妹幫也希望他們早點出發？

「你們不能帶著志願者過來。」她再度開口。影望的心一沉。她是打算讓救援行動變得**更加**棘手嗎？

「不用妳們姊妹幫來告訴部族該怎麼做。」虎星怒目瞪視陣雪。

「你們需要我們的協助，對吧？」陣雪對他眨眨眼。

「是沒錯，不過——」

「我們必須集中精神才能用歌聲牽引五隻貓到另一個界域，」陣雪喵聲打斷虎星。「不能分心。」她用嚴厲的目光環視周圍的部族貓。「志願者必須獨自前來。」

棘星看了虎星一眼。「我們必須信任她們。」

「好吧。」虎星挪動腳掌低聲咕噥。

「儀式通常在日落時分舉行，」陣雪看起來似乎很滿意。「但我們必須盡快送巡邏隊到那裡。各族志願者請在日出前集合，他們一到，我們就立刻進行儀式，好讓大家在天色全亮前抵達黑暗森林。」

✦✦✦

影望坐在巫醫窩外蓬起毛髮，抵禦傍晚的清冷。樹梢開始出現點點繁星，清新的露水氣息與族貓窩穴裡的麝香味竄進他鼻子裡。熟悉的影族營地氣味撫慰著他的心，但他還是忍不住想，不曉得黑暗森林裡的鬃霜和根躍現在怎麼樣了？他們還好嗎？他們等了這麼久，是不是開始覺得救援永遠不會到來？

影族貓聚集在空地上，看著虎星站在低垂的松枝下高高揚起尾巴。鴿翅佇立在後方的陰影處，雙眼在黑暗中閃閃發光。虎星已經解釋過月池畔發生的事，正在告訴大家族長們的決定，影族戰士個個認真聆聽。

看到族貓毫無異議接受這件事，影望鬆了口氣。他原本還擔心大家可能會質疑他從黑暗森林帶回的消息，但他們顯然完全信賴族長，同意他們必須面對灰毛，除去星族與黑暗森林間的阻礙。

「所有踏進黑暗森林的貓都會冒著生命危險，一旦死在那裡，就無法於星族占有一席之地，」虎星明白表示。「我不能命令戰士投身這樣的任務，我需要一名志願者。」

緊張的喵喵聲如漣漪在空地上蔓延開來。

「我知道這個要求很過分，」虎星繼續說。「如果沒有貓願意，我會親自上陣。」

「不行！」鴿翅急忙衝上前，但虎星猛地探出鼻吻，示意她回去。

「你是我們的族長，」石翅在貓群中大喊。「我們不能失去你。」

「你不能拿你的命冒險。」蛇牙喵聲說。

「影族需要你。」焦毛附和道。

「我去。」苜蓿足往前一步。

「不，我去。」雪鳥匆匆上前。

「讓我去，」肉桂尾也跳出來表態。「蟻毛被困在那裡，要是能救他脫離黑暗森林，我一定要出一份力。」

影望覺得好驕傲。他知道族貓們勇敢無畏，但他完全沒料到會有這麼多志願者。他很希望自己能成為影族代表，畢竟他比其他貓更熟悉黑暗森林的小路和暗處。可是他帶著傷，儘管水塘光替他敷的藥草緩解了痛楚，讓傷口癒合一點，他的傷腿依舊疼痛難當。他不想像之前那樣成為鬃霜和根躍的負擔。他們得派出最強大的戰士才有可能戰勝灰毛。

話雖如此，一小部分的他還是不願去想自己沒有陪著鬃霜和根躍面對險阻。況且他跟灰毛之間發生了那麼多事，像是和他建立連結，甚至協助他逃脫——他真的很希望能再次證明自己對影族的忠誠，讓族貓和他父親為他感到驕傲。

「謝謝妳們。」虎星感激地望著苜蓿足、雪鳥和肉桂尾。

「我去！」

看到光躍穿過貓群走上前，影望的心似乎漏了一拍。**不行！**剎那間，這項任務除了危險，還變得很致命。影望跛著腳往前走，他同胎妹妹在他們父親面前停下腳步。

「讓我去，」她喵聲說。「我做得到，我很清楚自己一定做得到。」

虎星的耳朵不安地抽動。

影望奮力從族貓身旁擠過去，與此同時，光躍再度開口。

「苜蓿足不能去，」她認真地喵道。「她是影族副族長，我們不能沒有她。雪鳥是個偉大的戰士，但她快要邁入長老的年紀，這項任務對她來說太危險了。至於肉桂尾加入影族後學到了很多，但她不像我從小就和父母一起練習戰技。我是好戰士，」她回頭看看石翅，急切地對從前的導師眨眼。「不是嗎？」

石翅點點頭，深藍色眼睛閃閃發亮，彷彿在驕傲和憂懼間掙扎。「妳是我教過最優秀的見習生之一。」他喵聲道。

「看吧？」光躍熱切地望著父親。

虎星的眼神流露出一絲悲傷。

「你不能因為我是你的小貓就不讓我去，」光躍強調。「我既強壯又聰明，知道的戰技幾乎跟你一樣多。」

「她說得沒錯，虎星，」撲步走上前，帶著愛意看了妹妹一眼。「我可不羨慕那些阻擋她的黑暗森林戰士。她的腳爪很強健，一轉眼就能拆毀那道樹牆。」

「讓我去，拜託。」光躍挺起胸膛。

鴿翅站在陰影處，瞳孔因恐懼而擴大。

虎星猶豫不決，影望繞過空地邊緣，溜到母親身邊。「他不能拒絕，」他輕聲低語。「否則看起來就像他為了保護自己的親屬，不顧族貓的安危。」

「我知道，」鴿翅啞著嗓子喵嗚說。「可是她為什麼要自願呢？」

「因為她知道自己做得到。」影望這才意識到自己一心想成為巫醫貓，幾乎沒有察覺到他的同胎妹妹早已蛻變成一個勇敢強壯的戰士。

族貓們竊竊私語。

「她是我見過最敏捷的獵手。」螺紋皮喵聲說。

花莖點點頭表示同意。「上個月的戰鬥訓練她還打敗了我呢。」

「光躍！」莓心喊著窩友的名字。

「光躍！光躍！」鷗撲和板岩毛也跟著吶喊。

轉瞬間，光躍的名字就在營地之間迴盪不絕，影族貓紛紛高聲呼喊，表達支持。

虎星不安地豎起毛皮。影望感覺到鴿翅在他身旁顫抖。

「他會讓她去，」她喃喃低語，喵叫聲斷斷續續。她把鼻吻埋進影望的毛髮裡。「我很感謝兒子平安回來……但現在我可能會失去一個女兒。」

影望喉嚨一緊。他親眼目睹黑暗森林的恐怖，也知道灰毛的復仇計畫。他絕不會因為勇敢的光躍還年輕就放過她。他好想叫光躍不要去。但他憑什麼阻止她呢？

「光躍！光躍！」族貓眼裡閃著驕傲的光芒，不停呼喊她的名字。影望無能為力。部族的決定很明顯了。

第九章

鬃霜跟著三名黑暗森林戰士穿過樹林。她放慢腳步，讓他們始終遊走於視野邊緣，就連她停下來掃視森林也不例外。她不信任這些傢伙。說不定這是一個陷阱。要是他們直接帶她去找灰毛怎麼辦？

「快跟上。」蛆尾回頭瞄了一眼，低聲咆哮。

鬃霜瞇起眼睛緊跟在後。此時此刻，這是最好的選擇。她不曉得怎麼回到樹牆，但這些貓知道。她好希望自己能擁有像貓靈那樣的敏感度，可以感知到星族的拉力，這樣起碼能確定他們帶她走的方向對不對。

蛆尾把紅柳猛推到一旁，跳過光滑的樹根。紅柳氣沖沖地瞪著他，但什麼也沒說，只是默默擠到雀羽前面。雀羽豎起頸背的毛髮，在紅柳經過時咬他的尾巴。黑暗森林巡邏隊都對彼此這麼刻薄啊？鬃霜不禁渾身發抖。**我猜他們不是因為善良才來到這裡**。星族拒絕他們，卻接納灰毛……可見他們生前一定做了什麼罪大惡極的壞事，死後才會落入黑暗森林。她在心裡默默安慰自己，他們與第一代虎星不同，還沒有邪惡到變成童話故事流傳下來。

她跟在他們身後，繞過彎曲的樹根和黑色水塘前行，遠方的濃霧逐步進逼。她的胃一陣翻攪，內心惴惴不安。黑水似乎漫過整座森林，占據了每一道溝渠，每一座谷地。

「我不確定該不該這麼做。」

蛆尾的喵叫聲在汙濁的空氣中飄盪。

做什麼？鬃霜加快腳步，縮短她與黑暗森林戰士間的距離。

「如果被灰毛撞見，說我們抓到她就好啦。」紅柳喵聲回答。

他們似乎不在意被鬃霜聽到。她豎起尾巴。其實他們也沒必要在意。她身處敵方領地，而且寡不敵眾，能做什麼呢？

「你們覺得她說的是真的嗎？」雀羽回頭瞄了鬃霜一眼。

「她有很多理由撒謊，」蛆尾喵聲說。「畢竟她不想讓我們竊取她的身體。」

「可是我們**試過**了，」雀羽提醒他。「沒用。」

「可能是方法不對，」蛆尾喵喊。「說不定只有在陽間森林才會奏效。」

鬃霜抽動鬍鬚，覺得很好笑。看來這群鼠腦袋慢慢開竅了。

「我們可能要先除掉她的靈魂。」紅柳說。

「我想沒有一隻貓能同時擁有兩個靈魂，」蛆尾表示同意。「也許……」他壓低聲音。難道他想做什麼壞事怕被聽見？鬃霜急忙趕上，想聽蛆尾講什麼。他又發出一聲細微的喵叫。「也許我們得先殺了她。」

一陣寒意掠過鬃霜的背脊。

「要是殺了她，我們就沒機會幫助貓族了。」雀羽喵嗚說。

「幹嘛幫他們？」蛆尾臉色一沉。「他們只會在妳活著的時候傷害妳。」

「可是她說只要幫助他們，就能拯救黑暗森林。」雀羽提醒他。

「黑暗森林**需要**拯救也是她說的。」蛆尾爭辯道。

雀羽跳過一灘黑水，瞄了一眼。「那你解釋一下，為什麼這裡突然出現水窪？之前沒有啊。」

鬃霜注意到蛆尾的耳朵微微抽動。雖然他不想表現出來，但黑暗森林的變化顯然讓他焦躁不安。

「我認為灰毛**一直**在愚弄我們，」雀羽繼續說。「關於到湖邊展開新生活的承諾全是謊言。」

「但如果是真的，」紅柳滿懷希望地喵喵叫。「我們就可以——」

「你只是希望他說的是真的。」雀羽尖酸地喵聲說。

「妳不希望嗎？」紅柳對她眨眨眼。

「我當然希望，但他講得一副很簡單的樣子，」雀羽抖抖毛皮。「我不得不同意鬃霜的看法。若占據活貓的肉身這麼容易，為什麼灰毛會在這裡，而不是披著某隻部族貓的軀殼在湖邊生活？」

蛆尾哼了一聲。

鬃霜對雀羽萌生了幾分感激。「我認為灰毛跟我們一樣被困在這裡，」這隻黑暗森林母貓堅持不懈，執意闡述她的論點。「他只是在編造謊言，因為他需要我們為他而戰。」

「我很樂意為他而戰，就算重生的機會微乎其微也一樣。」蛆尾放聲咆哮。

雀羽對他的話嗤之以鼻。「你只是想看看能不能成為影族族長。你生前失敗了，現在整天眼巴巴盼著，想得到另一次機會。」

「我才沒有。」蛆尾厲聲反駁，頸背的毛髮昂然聳立。鬚霜猜雀羽戳中他的痛處。

「選邊站之前，我們應該先弄清楚灰毛是否真的能讓我們重獲新生，」紅柳抽動尾巴。「之前我曾被騙去為一位不在乎戰士生死的族長而戰。我不會重蹈覆轍，除非最後真的有報償。」

一股厭惡感湧上鬚霜心頭。這些戰士不在乎黑暗森林的景況，也不在乎這裡的其他貓；他們只在乎自己。也許她可以將這種自私的心態轉化成自己的優勢。

她快步追上，與他們並肩同行。「現在有一大群部族貓在月池巡邏，」她一派輕鬆地喵聲道。誇大其詞沒壞處。他們這樣的貓一定會想跟隨最強大的一方。「他們準備入侵黑暗森林，打敗灰毛。」

蛆尾用眼角瞟她一眼。

「他們知道灰毛占據了另一隻貓的軀體，」她接著說。「因此很留意任何可疑的行為。就算成功偷溜出去竊占活貓肉身，也一定會被發現。部族不會留你們活口。」

紅柳的尾巴緊張地抽動，一句話也沒說；雀羽則注視著前方的小路。鬚霜猜想，沉默代表他們在思考自己有多少機會。她在他們心底種下的疑慮是否足以讓他們懷疑灰毛計畫的成功率，即便它真有可能實現也一樣？

她好希望此時此刻，月池真的有一支戰士巡邏隊準備攻進黑暗森林。但她連影望有沒有回到家都不確定。

憂慮在她的毛皮下蔓延，她開始認出佇立在樹牆周圍的深色樹椿，心跳頓時加速。他們快到了。她嚐嚐空氣，尋找根躍的氣味。他有順利返回樹牆嗎？他是不是在那裡等她？封鎖星族的藤蔓和荊棘映入眼簾，失望讓她的胃緊揪在一起。沒有根躍的身影。她的腳爪因恐懼而刺麻。他沒事吧？

紅柳在樹牆前停下腳步。蛆尾繞著它轉圈，好奇地嗅聞一番。

雀羽舉起腳掌摸摸其中一根藤蔓。「看起來好像跟上次不太一樣，」她喵聲道。「前陣子我們和灰毛一起檢查過路障，當時這些藤蔓似乎……」她猶豫了一下，搜尋適當的字詞。「比較堅固。」

鬃霜瞇起眼睛。雀羽說得沒錯。封鎖通往星族之路的枝葉似乎脫垂了不少，比起先前她和根躍、影望看到的情況，攀纏的藤蔓好像沒那麼濃密堅實，而且……那是縫隙嗎？她湊上前嗅嗅糾結的荊棘叢，體內迸出希望的火花。她努力裝出若無其事的樣子，以免黑暗森林戰士注意到她有多興奮。光線從縫隙中滲出來。怎麼會呢？難道這些纏結的枝蔓在他們離開後變得更鬆了？

「妳不是要讓我們看看希望是什麼模樣嗎？」蛆尾對鬃霜眨眨眼，惡聲惡氣地說。

「就像這樣。」鬃霜用腳掌勾住一株藤蔓用力拉，讓藤蔓微微彎曲。

「喔，是喔。」蛆尾不屑地哼了一聲，雀羽則好奇地嗅聞樹牆。

紅柳坐下來，盯著路障看。「星族真的在樹牆另一邊嗎？」他喵聲問道。

「真的，」鬃霜回答。「之前我們還跟一隻星族巫醫貓講過話。」

「我們為什麼要幫祂們？」雀羽從樹牆邊退開。「祂們從來沒幫過我們。」

「我不是要你們幫助祂們，」鬃霜告訴她。「我要你們幫助自己。」

「怎麼做？」蛆尾瞇起眼睛。

「只要破壞這道樹牆，黑暗森林就會停止縮小。」鬃霜說。

雀羽和紅柳交換了一個眼神。他們眼中閃過的是希望嗎？

希望！鬃霜好激動，腳掌泛起陣陣刺麻。黑暗森林貓懷抱的希望能破壞樹牆嗎？

蛆尾提步走近，鼻子不停抽動。「妳怎麼知道是樹牆導致黑暗森林縮小？」

「因為它切斷了黑暗森林與星族之間的聯繫。」鬃霜喵聲回答。

「星族跟我們有什麼關係？」披著灰色虎斑毛皮的蛆尾低聲咕噥。

「星族和黑暗森林互相平衡，」鬃霜把葉池說的話告訴他，接著停頓了一下，默默推理。「就像山丘和山谷同時並存，彼此需要，一方的缺遺造就了另一方的存在。」

「在我聽來像是胡說八道的老鼠屎。」

「想想看，」鬃霜繼續說。「黑暗森林是什麼時候開始縮小的？」

蛆尾皺起眉頭，紅柳對鬃霜眨眨眼。

「我第一次注意到黑水是在灰毛進森林之前。」紅柳表示。

「濃霧也差不多是那個時候出現。」雀羽喵聲補充。

「當時他已經封鎖了星族與黑暗森林間的通道，」鬃霜抽動尾巴，看著蛆尾。要說服他可不容易。「黑暗森林日漸消亡，星族也一樣。你們和星族貓都會隨著領地消失而逝去。」

蛆尾凝望著森林深處。陰影籠罩著遠方的林木，蒼白的濃霧在其間繚繞縹緲，樹根周圍積聚著數池黑水。他忍不住渾身打顫。

「也許我們該想想辦法。」紅柳喃喃低語，透過藤蔓向內窺探。

雀羽用腳爪勾住藤蔓搖動幾下。

鬚霜心跳加速。她成功說服他們幫忙了嗎？她滿懷希望地看著三名黑暗森林戰士；就在這個時候，樹牆另一邊傳來說話的聲音，讓她僵在原地。

「我有拉啊，可是太緊了。」

她把耳朵貼在纏結的荊棘上。那不是葉池的喵聲，但**確實**有隻貓在那裡。

藤蔓微微顫動，雀羽立刻跳離樹牆。

「這樣沒用，針尾，推不動啦。」

荊棘間的縫隙突然冒出一個小小的灰色鼻頭。有隻貓試著用鼻吻推開樹牆，旋即猛縮回去。

「哎喲！」一聲喵叫再度傳來。「好刺喔！」

鬚霜立刻衝到縫隙旁往內窺視。只見樹牆另一邊有隻毛色光亮的灰貓，毛髮上還綴著星辰。**針尾？**她好像聽過這個名字？她努力回想。資深戰士有提過她對吧？影族曾被一隻惡棍貓把持，當時針尾是影族見習生……這隻灰色母貓的年紀看起來和鬚霜差不多，卻活在她還沒出生的時代，想想還真怪。

這時，鬃霜身後傳來一聲低沉的咆哮。她飛快轉頭。只見蛆尾豎起毛髮，齜牙咧嘴地盯著縫隙；紅柳蹲伏下來擺出防守姿態；雀羽驚恐地睜大雙眼。

「沒事，」她連忙安撫。「是星族貓。」

蛆尾瞇起眼睛。

「祂們不會傷害你，」她向他保證。但他會試著傷害祂們嗎？「祂們或許能拯救黑暗森林。」

「誰在那裡？」針尾在樹牆另一邊大喊。

「我是鬃霜，」她伸出鼻吻湊近。「來自陽間的部族。我是來摧毀路障的。」

針尾在荊棘縫隙後方眨眨眼。「星族正逐漸瓦解。」她的喵叫聲充滿恐慌。

鬃霜心頭一驚。她知道星族一點一滴慢慢消逝，**可是瓦解？**情況想必愈來愈糟。

「其他貓已經在路上了，」她立刻喵喊。「他們會來幫忙打破樹牆，」她心裡暗暗希望這是真的。「我們只要等他們來就好。」

「我不知道還有沒有時間等，」針尾喵叫。「這裡的樹木搖搖欲墜，草地也逐漸枯萎。無論灰毛在玩什麼把戲，都必須盡快阻止他。我們被困在這裡，力不從心。」她伸出一隻腳掌穿過縫隙，開始猛拽荊棘。

鬃霜急忙上前，從另一邊幫忙拉。她想幫針尾把縫隙弄大，讓她爬過來。若星族貓能進入黑暗森林，或可進一步削弱樹牆的威力。她瞥了那三隻黑暗森林貓一眼；老實說，她不會選他們當盟友，不久前他們還討論要殺了她，占據她的軀體。可是這裡除了他們，沒有其他貓可以問。「你們能幫我嗎？」

蛆尾緊盯著她，雀羽緊張兮兮地看著縫隙。

「拜託！」鬃霜無視螯痛腳掌的尖銳荊刺，使勁拉扯。若他們也能抱著希望，說不定能讓這道縫隙變大。她拚命拉動荊棘。「有星族戰士站在我們這邊，灰毛沒辦法傷害你們，」她再度開口。「你們也聽到針尾說的，星族正日漸消亡，如果不讓她過來，星族和黑暗森林可能就會消失，到時就沒機會打敗灰毛了。」

她迎上蛆尾的目光，驚訝地發現他眼中似乎燃著渴望。**那還用說！**鬃霜心想。雖然聽起來很怪，但是這些心懷邪惡的黑暗森林貓確實有所欲求，這是貓之常情。如果她答應給他們想要的東西，不曉得能不能爭取到他們的支持？當然可以——灰毛不就是這樣做的嗎？

但他們想要什麼呢？

她突然靈機一動。「如果能除掉灰毛，你或許可以取代他的位置，」荊棘叢聞風不動，她繼續用力。「想像一下，統治黑暗森林，成為你心心念念的部族族長。」

她把目光轉向樹牆，一邊呻吟，一邊使力拉扯荊棘。

針尾用爪子扯掉纏結的枝葉，但縫隙並沒有變寬。**「希望」是我們最好的武器。**鬃霜咬緊牙關，專注於正面思考。**根躍就快到了。影望會派出巡邏隊。他們可能已經在路上了。**

荊棘好像鬆動了一點？

她突然感覺到一簇毛髮擦過側腹，飛快轉頭，驚訝地發現蛆尾正用力拉扯糾纏的樹枝。紅柳匆匆加入他的行列，用腳掌抓住藤蔓，雀羽也上前幫忙破壞樹牆。快樂在鬃霜的毛皮下湧動。

他們在幫忙！他們真的在幫忙！

她的心怦怦狂跳，用力拉扯枝葉。針尾剛才探出鼻吻的那道縫隙逐漸變寬。黑暗森林貓孔武有力，縫隙周圍的荊棘不再如先前密實，藤蔓也隨之鬆脫，現在針尾已經能把頭探過來了。

鬃霜壓抑著想呼嚕的衝動。星族貓還無法整身穿過樹牆。她把荊棘拉到一旁，用力撐開縫隙，蛆尾也使勁扯著另外一邊。雀羽和紅柳攜手合作，把縫隙下方的藤蔓拽到地上。針尾悶哼一聲，成功將肩膀擠出縫隙，沿著樹牆滑落到黑暗森林大地。

她站起身抖抖毛皮，毛髮中的繁星隨之閃爍。她瞥了黑暗森林貓一眼，臉上寫滿困惑。「他們不是部族貓。」

「我說服了一些黑暗森林貓來幫忙。」鬃霜告訴她。

「是我們決定要幫忙。」蛆尾哼了一聲。

紅柳點點頭。「我們跟你們一樣想拯救自己的領地。」

「真的？」針尾帶著懷疑的眼神環顧森林。

鬃霜焦急地對她眨眼睛，暗暗希望針尾不要冒犯到黑暗森林貓；畢竟後者是因為生前犯下惡行才會淪落至此，星族貓可能不太尊敬他們。

然而，針尾感激地低下頭致意。「謝謝。」她喵聲道。聽見她這麼說，鬃霜寬心不少。「挺身對抗灰毛這樣的貓需要很大的勇氣。」

「我們也可以很勇敢。」蛆尾抬起鼻吻氣惱地說。

「根躍呢？」針尾對鬃霜眨眨眼睛。「葉池說他和妳在一起。」

鬃霜的心跳因恐懼而加速。「我不知道，」她坦承。「我們分頭引開灰毛的巡邏隊，本來要在這裡會合，可是他還沒來，」她望向樹林，暗暗祈求根躍已經在路上了。「希望他沒事。」

「我是他母親的老朋友，」針尾揮動尾巴安慰鬃霜。「紫羅蘭光的小貓都像老樹皮一樣堅韌。我相信他能照顧好自己。」

但願如此。焦慮在鬃霜胃裡不住翻騰。根躍早該到了。他會不會出事了？鬃霜突然一陣暈眩，血液一股腦湧至腳掌。**我要昏倒了嗎？**她的視線逐漸模糊，眼前浮現出根躍的臉。他在說話，眼睛因為驚慌睜得好大。

鬃霜！他的聲音竄進她耳裡。**灰毛來了！**

一陣恐慌竄過鬃霜體內，驅散了頭暈感。她對其他貓眨眨眼。「灰毛來了！」

紅柳立刻豎起毛髮；蛆尾貼平雙耳，飛快掃視森林。

「我們快走！」針尾用鼻吻頂著雀羽，要她走過空地。

可是那隻褐色虎斑母貓似乎嚇得動彈不得。「他在哪裡？」她眼裡閃著恐懼無比的光芒。

「我回到樹牆另一邊找救援。」針尾對他們說。

「不行——暫時不要把其他星族貓帶過來，太危險了，」鬃霜警告。「等部族巡邏隊抵達再說。要是星族戰士死在這裡，祂們會——妳會——永遠消失。」

「我知道。」針尾看著她，眼神滿是堅定。「但有些事值得冒險奮鬥，」她瞥了黑暗森林戰士一眼。「謝謝妳把這些貓帶來這裡，給了他們希望。無論他們生前做了什麼，他們的勇氣在在證明了戰士精神永垂不朽。」

蛆尾揚起下巴，紅柳也鼓起胸膛。

「他來了，我聽見了！」雀羽突然蓬起尾巴。

「快走！」鬃霜把針尾推到樹牆邊。一陣腳步聲從遠方傳來，響徹大地。灰毛並非獨自前來；從聲音判斷，應該是整支巡邏隊朝著他們的方向前進。

針尾將頭探進樹牆，使勁擠過去，兩隻後掌擦過地面拚命亂踢。縫隙太小了。她悶哼一聲使力，鬃霜用肩膀頂著針尾下腹幫忙推。「把縫隙弄大一點。」她對三名黑暗森林戰士說。

紅柳立刻抓起一株荊棘使勁拉扯；蛆尾用牙齒拽著藤蔓；雀羽將腳爪伸進針尾身旁的空隙，用力撕扯枝葉。

如雷鳴般轟隆的腳步聲愈來愈近，逐漸慢下來。此時，鬃霜轉身望著樹林，恐懼如鯁在喉。

灰毛走上前，沙鼻、溫柔皮和爆發石隨侍在側。斑紋叢和松果足站在莓鼻與玫瑰瓣身後，擠在貓群間。儘管鬃霜知道從前的導師玫瑰瓣已成了灰毛奴役的貓靈之一，可是一瞥見她的身影，她的心依舊一沉。她是很棒的導師，也是一隻很懂得傾聽的貓，當初鬃霜以為自己會因莖葉而心碎，就是玫瑰瓣開導她的。等等，後面是莖葉和柳光嗎？她的心猛然墜落，如大石般壓在胸口。她本來還希望他們能順利逃走，顯然灰毛把他們抓回去了。

她伸出爪子，雀羽、蛆尾和紅柳也鬆開藤蔓，轉身面對灰毛。鬃霜能嗅到他們身上的恐懼。一看到他們，灰毛的眼睛便瞇成一條細縫。「叛徒。」他豎起耳朵怒聲咆哮。

就在這個時候，針尾放棄掙扎，滑下樹牆，目不轉睛地盯著灰毛。

灰毛迎上星族戰士的目光，頸背毛髮昂然聳立。「別管那幾隻叛徒，」他嘶嘶吩咐巡邏隊。鬃霜這才發現貓群中有隻她不認識、瘦骨嶙峋的黑色公貓。「我晚點再收拾那些懦夫，」他的尾巴在身後甩動，散發出濃濃的惡意。「殺了那隻星族貓。」

第十章

根躍從囚場陰影處向外張望，看見楓影懶洋洋地躺在土壤深黑的幽暗空地上。這隻白色與玳瑁色相間的母貓伸展四肢，有節奏地來回舔洗前腳，急齒則無所事事地凝望著森林。

剛才犬躍看見灰毛離開便追了過去，現在只剩楓影和急齒守衛囚場。根躍心想，不曉得他能不能趁機殺出一條血路。然而，灰毛離開後不久，暗紋就從樹林裡現身，後面還跟著銀鷹。根躍不可能獨力擊退四名戰士；此刻的他只能默默觀察，希望他們能分心，讓他有機會逃跑。隨著時間點滴流逝，他內心對鬃霜的擔憂節節高漲。灰毛抵達樹牆了嗎？有沒有撞見鬃霜？一想到這裡，他的胃就緊揪在一起。

「走開。」暗紋用鼻子頂開在平坦處休息的銀鷹，逕自坐下，眼睛半瞇，彷彿沐浴在陽光下發懶。銀鷹氣憤地瞪著他。

根躍回到囚場陰影處。灰毛朝樹牆飛奔而去後，他腦中的聲音始終保持沉默。根躍皺著眉頭沉思。**你跟我被困在這裡了，**他對那個神祕的聲音說。**有什麼好主意嗎？**他屈伸腳爪，沒有回應讓他萬分沮喪。為什麼要做出你無法實現的承諾？那個聲音依舊不發一語。**據我所知，你不過是讓鬃霜面臨更多危險，我甚至完全幫不上——**

終於，神祕的聲音再度響起，打斷了根躍的思緒。**我正在努力。**

正在努力！根躍煩躁地踱步。那個聲音知道自己在做什麼嗎？它真的站在他這邊嗎？**我為什麼要相信你？**

因為我想幫你。那個聲音回答。

根躍壓抑著內心的怒火。**我寧願你去幫鬃霜。她有危險。去引起暗紋注意。**

為什麼？根躍一陣惶恐。

相信我就對了！聲音厲聲喝道。**這是你最好的機會。**

根躍滿腹狐疑地走到巨石堆之間的洞口。「暗紋，」虎斑戰士轉過頭，根躍硬是把體內的顫抖壓下去。「我……我想跟你談談。」

暗紋慢條斯理地站起來。楓影沒有動，只是看著暗紋走到岩穴入口；急齒豎起耳朵；銀鷹饒富興味地瞇起眼睛。

「什麼事？」暗紋凝視著囚場暗處，雙眼炯炯有光。

重複我說的話。

根躍強迫自己不要蓬起毛髮。聲音再度在他腦中響起；他開始複誦那些在腦海中迴盪的話語，一顆心撲通狂跳。「你喜歡當灰毛的手下嗎？」根躍迎上暗紋憤怒的目光，暗暗希望體內湧動的恐懼不會經由眼神流露出來。

「我不是誰的手下。」暗紋厲聲喝道。

「是嗎？」根躍專心細聽，重複腦中的聲音。「先是虎星，然後是灰毛，」暗紋銳利的眼神中透著一絲猜疑，一句話也沒說。「服從命令害你喪命。難道你就不會挺身捍衛自己嗎？」

「你懂什麼？」暗紋豎起脊梁上的毛髮。

「我懂得夠多了。」根躍喵聲說。其實他根本什麼都不知道，對自己吐出的話渾然不解。

「你這種小貓怎麼會了解虎星？」暗紋問道。

「灰毛跟虎星一樣邪惡，」根躍照著神祕聲音的話說。「甚至更不在乎那些替他上戰場的貓。」

「你根本什麼都不懂！」暗紋放聲咆哮，表情愈趨冷酷。

「你說過，」根躍再度開口。「為了你關心的一切，就算把森林裡所有貓都變成鴉食也在所不惜。」

這番話如利爪般擊中暗紋，讓他驚愕不已。「我——我沒對你說過這些！」

「可是你選擇跟隨灰毛，」根躍不理他，繼續說。「你何必在乎那個狐狸心想要什麼？天下的貓何其多，你為什麼要幫他？你難道不知道他正帶著你走向毀滅嗎？」

「灰毛只是達成目的的手段，」暗紋眼中再次燃起怒火，湊近鼻吻嘶聲說。「等他帶我們返回陽間部族，我就能重獲新生。在那之後，他會有什麼下場我完全不在乎。任何貓都不關我的事。我會重生，我只在乎這個。」

根躍回望著他，忍住不發抖。暗紋的臉一僵。「你的眼睛！」他驚恐地盯著根躍。「你的眼睛怎麼了？你在耍花招嗎？」

他猛揮腳掌，根躍及時躲開他的利爪。

恐慌如火花在根躍體內迸發。**你真的知道自己在做什麼嗎？**根躍在心裡默問，但那個聲音沒有回答。

楓影站起身走向囚場，急齒和銀鷹望著暗紋，銳利的眼神中閃爍著興味。

「你們看他的眼睛！」暗紋一邊後退，一邊發出嘶嘶聲。

根躍的胸口一緊。這話是什麼意思？他眨眨眼。他的眼睛怎麼了？他的視力沒問題啊，感覺不到什麼異狀。**怎麼回事？**他問那個聲音。

繼續，神祕的聲音命令道。

「追隨灰毛只是死路一條。」根躍重複這些話語，恐懼在他的胃裡打轉。**拜託一定要成功！**

暗紋噘起嘴唇，眼中的畏懼轉為憤怒。

楓影又往前幾步。

看來戰鬥是免不了了！那個聲音說。

我不能跟他們對戰！根躍盯著四名戰士。**我寡不敵眾。**

別擔心，雖然根躍的思緒飛馳，腦中的聲音聽起來卻很平靜。**讓我來。**

為什麼這個聲音認為他能和這些戰士搏鬥？

我當戰士的時間比你長很多，神祕聲音接著說。**我會贏的。**

根躍躊躇不決。暗紋像獵手看著獵物般緊盯著他。

聲音再度響起。**讓我附在你身上，我會帶你離開這裡。**

這個神祕的聲音想控制他的身體？聽到這句話，根躍腳掌竄起一陣恐慌。是灰毛在玩把戲想控制他嗎？

相信我，聲音喵聲安撫，**我不是灰毛。我想帶你到安全的地方，讓你去救鬃霜。**

根躍好猶豫。**我怎麼知道你沒騙我？**

我為什麼要騙一隻救了我女兒和她伴侶的貓？

一股寒意掠過根躍的脊背。**這個聲音是……？**根躍吞吞口水，不敢往下想。**你是……火星？**

對。清晰嘹亮的貓語宛如烏鶇鳴叫，在他腦中迴響。**你有聽過我的名字嗎？**

當然有。從前天族還住在峽谷的時候，是火星讓天族與另外四族重建關係。湖邊沒有一隻貓沒聽過這位雷族傳奇族長的故事。

我不會讓你受到傷害，那個聲音向他保證。**但你必須信任我。我想救你和鬃霜，還有其他受灰毛威脅的貓。**

根躍感覺到毛髮沿著脊梁聳起。**火星**是來幫他的。他不知道該覺得寬慰還是害怕，只知道這是他逃離囚場最好的機會，也許能搶在灰毛發現鬃霜前趕到她身邊。

他壓抑內心的恐懼，閉上雙眼。**你可以附在我身上……一下下。**他強迫自己放鬆，只見一個披著火紅毛皮的身影踏出眼簾後方的暗處，朝他走來。黑暗席捲而至。

✦✦✦

火星呼吸著黑暗森林充滿霉味的空氣。在星族狩獵場芳香的草原待了那麼久，突然聞到腐爛殘葉的刺鼻氣味，讓他一陣噁心。他伸展腳爪，感受一下根躍的身體，站起來面對暗紋。

暗紋緊盯著他，眼裡蒙上一層困惑；楓影退到後頭，兩隻耳朵興味盎然地抽動；急齒和銀鷹則在巨石堆邊緣張望。

那種真正的毛髮沿側腹聳立，還有真正的腳掌聽他指揮的感覺，讓火星心跳加速。根躍的體型比他小，毛也比較蓬鬆，上頭的傷口陣陣抽痛。火星必須善用這名年輕戰士的體力來彌補傷勢帶來的弱點。他改變重心，感覺到根躍毛皮下藏著強壯的肌肉，四肢也很敏捷。

「嗨，暗紋，」火星的眼神掃過虎斑戰士。「嗨，楓影，」他瞄了其他戰士一眼。「急齒，」他之前在黑暗森林裡見過這隻公貓。「你好嗎？」

急齒齜牙咧嘴，沒有回答。火星的目光落到銀鷹身上。

「很高興見到你。」

銀鷹緊張地低吼。

「你們為什麼要跟隨灰毛？」火星問道。「你們應該夠了解他，知道他一點也不在乎你們。他切斷星族與部族間的聯繫，而這麼做也會毀了黑暗森林。」

「誰在乎啊？」暗紋放聲咆哮，替黑暗森林貓回答。「我們在生者軀體裡很安全。

黑暗森林會變得怎麼樣不重要。」

火星對虎斑戰士眨眨眼。他從加入雷族成為見習生起就認識暗紋，知道他不是傻瓜。「灰毛是這樣告訴你們的？」

「他還用行動證明，」暗紋嘶聲哈氣。「占據了棘星的肉身。」

火星哼了一聲。「他是在兩條命更迭之間偷偷溜進他體內，」他喵聲說。「不代表每隻黑暗森林貓都能隨心所欲竊占活貓肉身。」

「為什麼不行？」急齒不安地挪動身子。

「如果可以，你們怎麼還沒到湖邊生活？為什麼灰毛要你們等？」火星聳聳肩。

「他要我們先懲罰部族，」楓影甩動尾巴，鬍鬚興奮顫抖。「我很樂意助他一臂之力。灰毛的復仇就等於我的復仇。我要看著他們與寶貝的星族斷聯，看著他們毀滅。」

火星壓抑內心的怒氣，憤怒的力量之強，讓他有些訝異。他很久沒有這種感覺了。他努力遏制熊熊怒火，強迫自己保持冷靜，看著楓影。「如果妳這麼恨貓族，為什麼還要跟他們住在一起？」

「閉嘴！」暗紋猛地探出鼻吻。

急齒和銀鷹在他身後，看起來侷促不安。

火星沒有退縮。「讓這名年輕的戰士離開吧。」他喵聲道。

「什麼年輕的戰士？」暗紋皺起眉頭。

「根躍。」

「你不就是根躍嗎！」

楓影擠到暗紋前方。「別再耍花招了。」

「我不需要耍花招，」火星對她說。「我警告你們，如果不讓根躍離開，你們就得面臨星族和五大部族的征伐。」

楓影喉間傳來低沉的咆哮聲。「星族？」她冷笑說道。「灰毛會摧毀祂們，我們會幫他。」

「你們唯一會摧毀的會是自己，」火星說道。「灰毛是個騙子。根躍想救你們。讓他走。」

「讓**他**走是什麼意思？」暗紋用鼻子推開楓影。「如果你不是根躍，那你是誰？」

火星挺起肩膀，感覺到肌肉沿著側腹起伏。「你們沒猜到嗎？」

急齒退後幾步，銀鷹慢慢移到楓影後方。

暗紋看著他，接著抬起頭，雙眼直探入火星的眼眸。**沒錯**，火星滿意地想。**你見過這雙眼睛，對吧？**

暗紋似乎終於明白自己在跟誰說話，嫌惡地瞇起眼睛。「火星，」他露出閃閃發光的尖牙。「你在這裡幹嘛？這地方可容不下寵物貓。」

「這地方容不下任何正派的貓。」火星低聲咆哮。

暗紋不屑地哼了一聲。「你連死後都這麼愛管閒事啊？」

「因為我要保衛部族，也永遠都會守護他們。」火星往前一步。過去幾個月，暗紋一直從中作梗，該讓他知道黑暗森林永遠無法戰勝部族了。

「你殺了虎星兩次！現在我要永遠除掉你，」暗紋壓平耳朵，眼裡閃過一絲滿足。「我要把你和那個討厭的根躍變成鴉食。」

火星伸出爪子。他原以為自己再也不用戰鬥了。但如果這些貓不講理，他別無選擇。他發出一聲嚎叫，從囚場洞口跳出來撲向暗紋。

暗紋就跟生前一樣孔武有力。火星伸爪勾住暗紋的毛皮，感覺到他的肌肉緊繃硬實。但根躍的身體很強壯，讓他得以將暗紋往後頂，朝他的鼻吻猛烈揮擊。他的爪子劃過暗紋下巴，銀鷹嚇得連忙後退。

火星聞到血的味道，這股氣味讓他借來的身軀豎起毛髮，充滿活力。他望著其他貓，準備面對攻擊，但急齒像腳生了根似地動也不動，楓影也只是好奇地看著他，沒有動作。

暗紋甩掉下巴上的血，轉過身，一雙眼眸被憤怒染黑。火星第一次看到這種怒火時還是雷族見習生，但現在的他不再是見習生了。他花上無數個月學習、訓練，習得許多戰技。就算在這具陌生的軀體裡，他也知道自己準備好迎戰了。根躍的腳爪聽從他的命令挪移，動作敏捷有力，讓他愉悅無比，心跳加速。

暗紋發動攻擊，火星飛快低身突襲，一口咬住暗紋的前腿，將他撂倒在地。暗紋側身著地，重摔到一旁，火星立刻抓住他的肩膀，用後爪猛抓他的腹部。暗紋放聲怒吼，一股滿足感湧上火星胸膛。他忘了戰鬥有多刺激。血液在他耳裡奔流，興奮感讓他毛髮聳立。暗紋根本不是他的對手。他鬆開腳爪，讓暗紋掙脫。

暗紋站起來，像狐狸一樣繞著他轉。

「出招吧。」火星輕甩尾巴要他發動攻擊。

暗紋眼裡閃爍著喜悅的光芒，咆哮著撲向火星。火星及時閃避，但暗紋早就料到他會躲，迅速低身用前爪猛擊，劃過火星眼下。火星大為震驚，倒抽一口氣。暗紋把他往後拖，利爪深深刺進他的肩膀，伸出後腳使出一記巧妙的踢擊。

火星胸膛閃過一陣恐慌。他跌落在地，粗糙的泥礫擦過根躍的傷口，痛楚如烈焰般灼燒著他的腿。火星抑制那股噁心感。他不能輸——可是暗紋壓在他身上，伸出利爪朝他的鼻吻狂揍，打歪他的鼻子。鮮血從火星眼裡汩汩湧出，沿著鼻子滴落下來。

這是根躍的鼻子，他猛然想起。**我要保護根躍**。火星鼓起全身上下每一絲力量，使勁推開暗紋，從他身下爬出來，站穩腳跟。他轉向暗紋，開始一拳又一拳朝他猛攻，速度快如閃電，以致暗紋失去平衡，踉踉蹌蹌地後退。他蹲下身採防守姿態，伸出一隻腳掌胡亂揮舞。

火星打掉暗紋的腳掌，跳到他身上，爪尖刺進他肩頭，將他壓制在地。「夠了！」火星放聲怒吼。「灰毛會毀了黑暗森林，你們也無法倖免！」

「我寧願被毀滅，也不想向你投降！」暗紋嘶嘶哈氣，尖銳的聲調反映出痛楚，但沒有一絲畏懼。

火星感覺到暗紋在身下拚命掙扎，強大的力氣滲進每一寸肌肉。**他不殺了我絕不罷**

休。火星胃裡湧起一股預感，令他作嘔。**要是我死了，根躍也會死**。要結束這場戰鬥唯有一途。想到這裡，他不禁打個冷顫。

他會做他該做的事。這才是真正的戰士，而他從生到死，始終是一名戰士。

「這是你自找的，」他湊到暗紋耳邊嘶聲道。「你的下場就跟虎星一樣。」這一次，他不會給暗紋機會。他張嘴咬住暗紋頸部，尖牙深深刺進肉裡，直到骨頭在齒間啪地斷裂。

暗紋的身體在他身下癱軟。火星閉上眼睛。這隻虎斑戰士不會再傷害其他貓了。他鬆開下顎，戰鬥時的怒火逐漸消退，悔恨在他胃裡糾結。這幾個月以來，他一直期盼暗紋能學到教訓，知道自己錯在哪裡。他直起身子，從暗紋身上下來。他的軀體逐漸淡入黑暗。

火星環顧四周，不見楓影。

急齒驚恐地睜大雙眼看著他，慢慢後退。「我不想跟這件事扯上關係。」說完他便轉身夾著尾巴鑽進森林，消失在荊棘叢裡。

「是真的嗎？」銀鷹的耳朵緊張地抽動。

「什麼是不是真的？」火星看著他，嘴裡還殘留著血腥味。

「灰毛一直在騙我們嗎？」銀鷹瞇起眼睛。「我們真的不可能回到湖邊生活？」

「目前只有一件事為真——如果灰毛得逞，黑暗森林就會跟著星族一塊消失，你也會隨之消亡。」火星看著他說。

銀鷹瞄了暗紋的屍首一眼；原本應該是身體的地方只剩下模糊的輪廓，幾近消逝。

「你可以幫我阻止灰毛，」火星再度開口。「加入我，我們一起讓黑暗森林存續下去。」

「你為什麼要這麼做？」

「我要拯救星族和貓族。」

銀鷹猶豫了一下，點點頭。「好吧。」他喵聲答應。

火星看著這名黑暗森林戰士。他真的能信任嗎？「答應我，根躍的靈魂重返肉身後，你不會傷害他。」

「我答應你。」

「**立下誓言。**」火星命令道。

「我以燼曙的靈魂發誓。」銀鷹喵聲道。

「燼曙？」火星沒聽過這個名字。

「她是我的伴侶，」銀鷹解釋。「她死了。」

火星沒有在星族狩獵場看過燼曙，聽起來她也沒有和銀鷹一起待在黑暗森林。他很好奇這隻神祕的母貓是否和銀鷹身處此地有關，但沒時間提問了。他答應根躍會保護鬃霜，現在該把他的身體還給他了。

火星閉上眼睛，腳掌因憂慮而刺麻。他把自己和全體星族戰士的未來託付給一隻沒有經驗的年輕公貓。但根躍已經突破重重關卡來到這裡，他有無畏的勇氣和力量。火星只能相信根躍能完成任務，相信星族會平安無事。他專注於毛皮裏身的溫暖，讓思緒悄悄墜入黑暗。

✦✦✦

根躍覺得腿好痛，鼻吻和肌肉也刺痛難當。火星有成功逃出巨石囚場嗎？他害怕地睜開雙眼，不知道會看見什麼景象。他發現自己站在空地上，楓影和急齒都不見了，暗紋也是。火星究竟是把他們趕走，還是殺了他們？根躍全身顫抖，赫然發覺嘴裡有血的味道。銀鷹看著他，毛皮很平滑。根躍慢慢後退，還沒意識到那隻灰色虎斑貓眼裡其實不帶威脅。

「暗紋呢？」根躍問道。

「火星殺了他。」銀鷹回答。

根躍不安地豎起毛髮。他的腳爪殺了一名戰士。要是沒有火星，他做得到嗎？

「他要我幫他對抗灰毛。」銀鷹繼續說。

「你答應了？」

「對，」銀鷹瞥了森林一眼。「現在我們該怎麼做？」

根躍以緩慢的速度深吸一口氣，很清楚自己要做什麼。「我們去找鬃霜。」他喵聲道，邁步走向樹林。

第十一章

貓靈大軍和那隻黑暗森林公貓在灰毛周圍呈扇形散開，鬚霜彎曲腳爪刺進土壤。灰毛眼中閃爍的滿足感讓她怒不可遏。他的命令在她耳邊迴盪。**殺了那隻星族貓。**

莖葉蹲下來擺出攻擊姿態，柳光壓平耳朵，他們的眼眸像冰層覆蓋的水一樣蒙上陰翳。莓鼻和溫柔皮步步進逼，鬚霜立刻一個箭步擋在針尾前面。她絕不讓任何貓傷害星族戰士。

「等等。」灰毛甩動尾巴。

莓鼻和溫柔皮停下腳步，莖葉和柳光僵在原地，其他貓靈沉默地注視著他們。鬚霜飛快掃視莖葉的目光，希望能看到一絲認出她的跡象，但他只是茫然回望，耳朵轉向灰毛，等待下一道指令。

「妳大可不必死在這裡，」灰毛盯著針尾，平靜地喵聲道。「妳可以加入我。」

針尾從鬚霜身後走出來，全身毛髮昂然聳立。「想都別想。」她怒目瞪視著灰毛。

「這樣啊？」灰毛睜大雙眼，裝出無辜的樣子。「可是我們很像，妳跟我。」

「我才不像你。」針尾低聲咆哮。

「妳從未真正屬於星族，」灰毛似乎沒聽見，逕自喵道。「妳跟我一樣，不夠格待在那裡。妳從未真正相信部族。妳看到戰士守則讓他們變得軟弱。妳和我一樣反骨。這裡才是妳的歸屬。我可以讓妳重獲新生。」

「我以前聽過這種空話，」針尾齜牙嘶聲道。「我不會再上當了。」

「好吧，」灰毛聳聳肩。「那妳就葬身於此，再也無法回星族，」他微歪著頭。「為了部族，值得嗎？」

「永遠值得。」針尾厲聲說。

鬃霜注意到蛆尾、紅柳和雀羽從她身旁慢慢退開，心猛然一沉。他們會為了自救而拋棄她嗎？

那她就得獨自面對了。「為什麼要殺她？」她走向灰毛。「根本沒必要。星族正逐漸瓦解，為什麼不讓針尾回去跟族貓一起度過最後的時光？」

「她回不去了。」灰毛撇撇嘴。

鬃霜注意到他眼裡閃過一絲焦慮。為什麼？她瞇起眼睛。**他怕了**。她瞥了蛆尾、雀羽和紅柳一眼。這群黑暗森林戰士協助她破壞樹牆，莖葉和柳光一度逃離他的掌控。她抬起下巴。**他的計畫分崩離析，而且他不想讓星族知道**。若針尾回去告訴星族，他對黑暗森林的控制不如表面那麼強，祂們一定會派出更多戰士。**他很清楚自己不夠強大，無法對抗整個星族**。

「妳一定要回去，」她傾身貼近針尾的耳畔用氣音說道。「告訴祂們灰毛的力量弱化了。」

「祂們已經察覺到了，」針尾緊盯著灰毛，眼裡閃爍著威脅。「我不會逃跑，」她邁步朝他走去。「我會正面迎戰。」

灰毛平靜地眨眨眼睛，背脊的毛髮卻不安聳立。「殺了她。」

他一聲令下，莖葉便往前一躍，莓鼻也飛撲過去。鬃霜連忙直起後腿想保護針尾，不過她早已轉身跳向大樹，腳爪抓著樹幹懸晃了一拍心跳的時間，旋即一躍而起，速度比松鼠還快。

莖葉抬起頭茫然地看著她，莓鼻露出困惑的表情，彷彿在想是誰偷了他的獵物。

灰毛氣沖沖地看著針尾在樹枝間躍竄，跳到另一棵樹上。「快去追她，你們這群鼠腦袋！」

莓鼻有如大夢初醒般追奔上前，莖葉緊跟在後。灰毛的前額因專注而泛起皺紋，其餘貓靈也開始行動，跳到周圍的枝幹上，腳步輕盈到好像沒有重量。過沒多久，樹上就爬滿了貓。松果足推開玫瑰瓣；溫柔皮從爆發石身上飛躍而過，撲向另一棵樹。莓鼻沿著樹枝疾奔，鑽進旁邊的枯萎橡木。貓靈大軍緊追著針尾不放，鬃霜四周的枝幹不停顫動，凋零的樹葉沙沙作響。

灰毛尾巴僵硬，身體動也不動，聚精會神地指揮貓靈進攻。顯然他是將自己的怒氣傾注到他們身上。貓靈們魯莽地穿過樹林，似乎不在意自己可能會因為一個失足而墜地身亡。

鬃霜看到針尾柔軟靈活的身軀掠過遠方的枝椏，毛皮上的星辰於葉隙間閃爍。莓鼻就快追上她了。原本跟在她身後的莖葉此時已趕到前頭，轉過身，準備攔截她的去路。

看到那兩隻公貓朝針尾進逼，鬃霜不禁一陣恐慌，毛髮飛快豎起。要從這裡阻止他們只有一個辦法。**我必須打破灰毛的控制。**

她飛身撲向灰毛，用爪子勾住他的肩膀，感覺到他的身體如死去的獵物般僵硬。灰毛在她的衝撞下應聲倒地。鬃霜死命抓著他不放，抬頭環視樹林，看到莖葉踉蹌的瞬間，驚懼緊攫住她的心。**拜託別摔下來！**莓鼻於高處搖晃前行，彷彿突然意識到自己在樹上。但針尾毫不猶豫，反而加速狂奔，跳上另一棵樹，沿著枝幹跑到下一棵。

莖葉！緊抓住灰毛的鬃霜一看到莖葉腳爪打滑，從樹上掉下來，立刻倒抽一口氣。她不想讓貓靈受傷！她瞬間繃緊神經，幸好莖葉及時用前爪攀住下方的樹枝，在半空中懸晃，她才鬆一口氣。

她感覺到灰毛的身體在爪間漸趨柔軟，不如先前僵硬。他突然一陣抽搐，像條魚在她身下拚命扭動，咆哮著甩掉她。他目光如炬，惡狠狠地打量鬃霜，接著抬頭仰望交錯的樹枝，再次集中精神侵入貓靈的心智。

可是已經來不及了。鬃霜瞥見針尾消失在枝葉後方，一顆心怦怦直跳。

灰毛瞪著她放聲大吼。「妳要為此付出代價！」他瞄了蛆尾、雀羽和紅柳一眼，三名黑暗森林戰士垂著尾巴逐步靠近。鬃霜的嘴巴好乾。看來他們不打算捍衛她，對抗灰毛。她只能孤軍奮戰。

她一邊後退，一邊瘋狂地四處張望，想找尋逃脫的機會。她的眼神掠過蛆尾，發現這名黑暗森林戰士直勾勾地看著她。鬃霜大為驚訝。蛆尾眼裡竟閃耀著熱切的光芒。

他閃電般地衝到她身邊面對灰毛。「我們做得到！」他放聲咆哮著，雀羽和紅柳也加入他們的行列。

一股感激湧上鬃霜心頭。「謝謝你們！」

「他寡不敵眾。」紅柳亮出利爪。

「我們殺了他。」雀羽輕聲低吼。

灰毛匆匆望向貓靈大軍。此時他們已停止追捕，開始轉身穿過枝葉，走向灰毛。灰毛立刻撇頭，冷冷地看著鬃霜。

柳光從樹上跳下來，輕輕落在灰毛身旁；沙鼻和溫柔皮像蛇一樣順著樹幹滑至地面；莓鼻和玫瑰瓣自枝幹一躍而下，腳掌輕柔地踏上林地。貓靈們如狼步步進逼，在灰毛後面排成一列。

「現在他貓多勢眾了。」鬃霜顫抖著對紅柳說。

「集中火力攻擊灰毛，」蛆尾喵吼。「他一死，貓靈們就會罷手。」

鬃霜點頭的同時，莖葉也蹲伏下來採取攻擊姿態，莓鼻咧嘴露出尖牙。他們像盯著氣味記號線彼端的敵貓巡邏隊一樣，怒目瞪視三名黑暗森林戰士。

鬃霜專心望著灰毛，盡量不去看那群貓靈。只要擊倒灰毛，就能阻止一切。

灰毛對她眨眨眼，眸中洋溢著勝利的喜悅。他微微頷首，貓靈們便在他的命令下直奔向前。松果足狠狠衝撞雀羽，讓她呈大字型倒進落葉堆；莖葉撲向蛆尾；沙鼻朝紅柳衝去。莓鼻伸爪抓住鬃霜，將她拖倒在地；一瞥見奶油色毛皮閃過視野邊緣，鬃霜立刻出拳猛擊，連自己都嚇了一跳。她嚎叫一聲，後腳一蹬，朝莓鼻腹部進攻，將他打倒在地，隨即倉皇起身怒瞪灰毛。

只見灰毛身旁環繞著眾多貓靈，他就站在圓圈中心，用意念指揮他們。鬃霜飛也似地衝向他，低身躲開莓鼻的攻擊。爆發石從陣列中跳出來撲向鬃霜，她及時轉身閃躲，使勁朝地面一蹬，從他們之間的空隙逃脫。她張嘴露牙，準備咬向灰毛的腿，怎知突有利爪勾住她的肩膀將她拎起來，痛楚不斷螫刺著她的身體。鬃霜驚訝地倒抽一口氣，柳光則用力把她甩到後面。一隻巫醫貓怎麼會有這麼大的力氣？鬃霜腳掌落地打滑了一下，差點失去平衡。柳光趁機跳到她身上，將她的頭壓制在地。另外三名黑暗森林戰士奮力擊退貓靈，尖吼和嚎叫聲此起彼落。鬃霜用四隻腳掌推開柳光，柳光立刻出爪劃破她的毛皮。她幾乎沒察覺到疼痛，飛快轉身面對這隻巫醫貓。

柳光惡狠狠地瞪著她，綠色眼眸裡充滿仇恨。**那是灰毛的恨**。柳光絕不可能懷有這般惡意。「妳看那邊！」鬃霜對樹牆點點頭。

柳光壓低身子，擺出進攻的姿勢。

「藤蔓鬆了！」鬃霜喵聲嚎叫。真正的柳光還在那副貓皮囊裡嗎？「我們弄出了一道縫隙！」

她看見準備跳起來的柳光尾巴微微顫抖。

「針尾也穿過縫隙來到森林了！」鬃霜好希望柳光能理解她的話語。「星族可以幫助我們。妳必須挺身反抗灰毛！」

柳光停止動作，似乎僵在原地。鬃霜心底湧現出希望。她的眼睛轉為清澄，轉頭瞥向路障，眼底閃過一絲帶著生命的微光。

「妳看，」鬃霜注視著樹牆，大氣也不敢喘一口，只見一株藤蔓略為鬆脫，讓一根細枝得以擺落束縛，重獲自由。「只要懷抱著希望，就能拯救星族！」

然而柳光只是眨眨眼，將目光從樹牆上移回來，雙眼再度染上混濁。鬃霜的心猛然一沉。柳光咆哮一聲撲向鬃霜，狠狠重擊她的耳朵。

鬃霜直起後腿，用腳掌壓著柳光的脊背。灰色母貓側著身子從下方抓住鬃霜的腿，將她摞倒在地。鬃霜奮力一踢，擊中柳光的下巴。柳光痛苦哀嚎，蛆尾則從一旁滾過，和莖葉扭打成一團，眼裡充滿決心。與此同時，雀羽不斷出擊，將玫瑰瓣逼向大樹；鬃霜赫然意識到她從前的導師和這群貓靈若死在黑暗森林貓手下會有什麼後果，內心泛起一陣恐慌。任何葬身此地的貓都會在現實生活中死去，既不會去星族狩獵場，也不會落入黑暗森林。

而是滅逝殆盡，不復存在。

鬃霜顫抖著張嘴想呼喚雀羽；就在這個時候，爆發石跳上前把玫瑰瓣拉走。

鬃霜腦中思緒紛亂。玫瑰瓣差點就死了，但黑暗森林貓不得不自衛。貓靈數目眾多，他們根本無法接近灰毛。她不能冒險殺掉任何一隻貓，無論是貓靈或黑暗森林戰士皆然。一旦死在這裡，就會永生永世消失。

「撤退！」鬃霜飛快起身嚎叫。柳光重新站穩腳跟，再次飛撲攻擊。鬃霜及時閃過，奔向樹林，甩動尾巴要黑暗森林戰士跟她走。「我們快離開這裡。」

樹牆邊緣環繞著幽暗的溪流。鬃霜一躍而過，回頭瞄了一眼，確認其他貓有跟上。

雀羽擊退莖葉追上她，蛆尾在她們身後疾馳，紅柳早已於林間不住飛奔。

鬃霜沿著崎嶇起伏的小徑越過森林。途中的每塊凹地都漫著黑水，她從一座高崗跳到另外一座，好怕把腳掌弄溼。蛆尾緊跟著她，紅柳和雀羽則尾隨在後，匆匆逃離貓靈大軍。

鬃霜的心好像快從喉嚨裡跳出來了。**至少我們還活著**，她告訴自己。而且針尾也成功脫逃。她跳過另一條涓涓小河，路面漸趨平緩，直直穿過樹林。她用力踏著地面飛快狂奔，利用平地的優勢與貓靈拉開距離。她邊跑邊回頭看，注意到林間有動靜。一聲嚎叫劃破冷冽潮溼的空氣。

「我看到他們了！」

咆哮聲在他們身後迴盪，貓腳爪不停重擊大地。鬃霜加速狂奔，但腳步聲愈來愈近。她集中注意力望著前方的森林，肌肉因使力而疼痛，呼吸愈趨急促。**繼續跑！**她邁開步伐，害怕地半睜著眼回頭望。爆發石和斑紋叢離紅柳的尾巴好近，就快追上了。

她轉頭掃視小徑，一顆心恐慌到快爆炸。前方幾步遠有條寬闊的溝壑橫貫大地，可是她的速度太快，很難蹲低身子跳過去，衝力也大到無法緊急煞住。溝渠裡黑水湍流，她慌亂地及時停下腳步，毛髮因恐懼而聳立。「小心！」她喵聲尖叫，伸爪勾住蛆尾肩膀往後拉，免得他不明所以地衝進水溝。

雀羽在他們身旁猛然側身煞步，害怕地睜大雙眼。

「紅柳！」鬃霜失聲驚叫，望著那隻薑黃公貓疾馳而過。他的速度快到停不下來，她又慢到抓不住他。紅柳直直落入水中。蛆尾立刻縮起身子，鬃霜也急忙退後，黑色水滴濺落在他們四周。

「紅柳！」雀羽衝到溝渠邊晃著身子，驚恐地看著紅柳的肩頭被黑水淹沒。紅柳拚命揮舞腳掌想攀住溝岸，可是距離太遠搆不著。他嚇得睜大雙眼放聲尖叫，溪水汩汩湧入喉間，就這樣沉到黑如烏鴉的水面下，歸於無聲。

鬃霜不敢相信自己的眼睛。黑水漫過紅柳的身體，逐漸閉合，彷彿未曾受到攪擾。

「他走了。」雀羽啞著嗓子說。

這時，後方傳來一聲咆哮。鬃霜立刻轉身，只見爆發石直起後腿，揮舞著利爪撲向她，臉孔因仇恨而扭曲。

鬃霜僵在原地準備受擊，但一旁的蛆尾飛快跳出來衝向爆發石，用一記重拳擊退那隻棕色虎斑公貓，讓他踉蹌幾步。

「快走！」蛆尾助跑幾步後旋即蹲下，小心跳過溝渠，示意雀羽和鬃霜跟上。斑紋叢和溫柔皮發出如雷的怒吼衝向他們。

雀羽壓低身子一躍而過。鬃霜告訴自己別想太多，蹲伏下身跟著跳過去，連滾帶跑地撞上另一邊的地面，沿著小徑飛快狂奔。她盡量不去想紅柳。前一刻他還活蹦亂跳，現在卻離世了。但他們沒時間哀悼，只能盡快逃跑。

「抓住他們！」灰毛的命令劃過樹林。貓靈大軍呈扇形散開，嚎叫聲從四面八方傳來。

「上來！」上方突然冒出一聲喵叫，鬃霜立刻抬頭，發現這裡的樹林枝葉繁茂，更加濃密。她認出了那個移動的身軀。是針尾！星族戰士正在他們頂上的枝幹間疾奔。

「快點！」針尾嘶聲吶喊，鬃霜猛地停下來。「他們從地上看不到這裡。」

蛆尾滑行了好一段路，在鬃霜身邊煞住腳步，兩貓交換了一個眼神；雀羽也即時駐足，回頭瞄了一眼。幸好小徑探入下坡，隆起的山崗成了天然屏障，追趕在後的貓靈看不見他們的身影。

「爬上去！」鬃霜用爪子勾住最近的樹幹，攀上第一根樹枝。蛆尾緊跟在後，雀羽則爬上他們旁邊的樹。他們從枝幹上一躍而起，沙沙地穿過樹葉，直到幾乎看不見下方的林地為止。鬃霜停下來僵在原地，屏住呼吸，腳爪踏地的聲音在底下沉沉作響。

雀羽動也不動地坐在她上面，蛆尾則蹲在旁邊的樹上，驚恐地圓睜雙眼。針尾輕輕落在鬃霜身旁，對她眨眨眼睛，要她別擔心。

「把他們找出來！」樹下響起灰毛的嚎叫聲，憤怒讓他的語氣變得更加冷峻。鬃霜瞥見溫柔皮和斑紋叢攀上附近的樹木，連忙縮起身子緊貼著樹皮，暗暗希望他們不會發現她躲在濃蔭之後。

針尾飛快對著樹幹點點頭。只見莓鼻跳上彎曲的枝杈，鬃霜的心猛然一沉。那隻奶油色公貓迎上鬃霜的目光，眼眸立刻睜大，盈滿勝利的喜悅，舉步沿著枝幹朝她走去。

鬃霜豎起耳朵。在樹上這片戰場，莓鼻屬於少數的一方，只要讓他離灰毛夠遠，就可以擺脫他的控制。她強忍著恐懼，挺直身子衝向他。莓鼻驚訝地瞪大雙眼，鬃霜一把抓住他，將他的下巴按在枝幹上；莓鼻發出一聲嚎叫，拚命踢著後腿想掙脫，針尾立刻跳上去壓制他。

無力反抗的莓鼻只能緊緊地巴住樹皮，鬃霜將他的頭緊緊壓在樹枝上，讓他無法張嘴哀號。

幾下心跳之後，鬃霜感覺到莓鼻的鬥志消失了。他靜靜躺在那裡，雙眼因憤怒而蒙上一層黑暗，但她不理會，對針尾使了個眼色。「去抓其他貓靈，愈多愈好。」她命令道。

針尾點點頭，慢慢從莓鼻身上下來，無聲無息地跳上另一棵樹，鬃霜旋即接手，用力壓住莓鼻。

她輕甩尾巴，對蛆尾打信號。蛆尾瞥了鬃霜一眼，似乎明白她的意思。一看到莖葉攀上他底下的枝幹，他的眼睛立刻亮了起來。

那隻橘白毛皮的戰士沒有看到他們。他一邊掃視樹木，一邊嗅嚐空氣。蛆尾沿著上方的枝幹潛行，跳到毫無戒心的公貓身上。莖葉還來不及大叫，蛆尾就按著他的鼻吻貼緊枝幹，將他壓制在那裡，興高采烈地對鬃霜眨眨眼睛。

他們的舉動雀羽想必都看在眼裡。那隻黑暗森林母貓主動突襲柳光，鬃霜的心跳因喜悅而加速。柳光踮著腳尖走過枝椏，雀羽則悄悄跟在後面，敏捷地制服了她，速度快到讓她沒機會反擊。柳光被雀羽按壓在枝幹上，只能無聲地蠕動身軀。

別讓他們出聲。鬃霜的心在她耳畔怦怦狂跳。

「怎麼還沒找到他們?」灰毛在樹下大吼,憤怒讓他的語氣變得更激動。

鬃霜低頭俯視,透過枝葉瞥見他的身影。只見灰毛來回踱步掃視森林,脊梁上的毛髮昂然聳立。松果足和玫瑰瓣站在附近,凝視著樹林。

「他們一定是逃到山崗另一邊了。」灰毛邁步離開,尾巴不祥地甩動,松果足和玫瑰瓣立刻跟上。

灰毛及其黨羽的腳步聲逐漸消失,莓鼻在鬃霜的壓制下不停扭動,但她仍緊按住他。他硬是擠出一聲含糊的喵叫,鬃霜看了他一眼。

雷族戰士望著他,眼底滿是懇求。她遲疑了一下,鬆開手讓他說話。

「哎唷!」莓鼻語帶責備地喵聲叫,扭著頭想掙脫。

「灰毛還在控制你嗎?」鬃霜依舊壓著莓鼻,只是沒之前那麼用力。

「沒有。」莓鼻喵聲回答。

雀羽從她壓制柳光的枝幹往下看。那隻巫醫貓的綠色眼眸閃爍著憤怒的光芒,但那股茫然的仇恨已經消失了,被蛆尾按住的莖葉則拚命用尾巴拍打樹枝。

「我想他們已經恢復正常了。」鬃霜用氣音說。

「放開我!」莓鼻努力想擺脫束縛。鬃霜隨之鬆手,警戒地往後退。莓鼻站起來抖抖毛皮,開合下顎,好像在測試自己的嘴巴還能不能用。「我的鼻吻應該永遠無法恢復原來的樣子了。」

「對不起,」鬃霜低頭表示歉意。「但這是解救你的唯一方法。」

另外兩隻貓靈也紛紛起身。莖葉一臉震驚，柳光看起來如釋重負。他們跟針尾、蛆尾和雀羽沿著枝椏前行，來到鬃霜與莓鼻身邊。

「謝謝。」莖葉對鬃霜低頭致謝。

鬃霜開心呼嚕，很高興從前的族貓再次擺脫了灰毛的控制。

「現在爬下去安全嗎？」柳光俯瞰著林地問道。

「灰毛失去了對我們的掌控，可見他離我們很遠。」莓鼻喵聲說。

「我先下去探路。」針尾斜倚著樹枝喵喵叫。

「不行，太危險了。」鬃霜搖搖頭。針尾還來不及爭辯，她就匆匆跑向樹幹，垂著尾尖跳下去，飛快掃視一下森林。沒發現什麼動靜。幽暗的溪流在大地上縱橫交錯，周遭的一切不是被黑水淹沒，就是被濃霧所吞噬。遠方陰晦的樹林蒙上一層蒼白的霧氣，她小心翼翼避開附近樹根流淌而出的溪水。「很安全，」她對著上方大喊。「但要小心黑水。」

其他貓爬下來和她會合。

雀羽落地時蓬起毛髮，回頭望著來時路，眼裡滿是悲傷。「紅柳。」她輕聲說。

鬃霜迎上她的目光，一股憐憫之情湧上心頭。「他值得更好的。」她告訴雀羽。

「但他是黑暗森林戰士耶。」莖葉訝異地看著鬃霜。

「他有勇氣挺身反抗灰毛，」針尾看著莖葉喵聲道。「不是每隻貓都這麼勇敢。」

「大概吧。」莖葉皺起眉頭，低聲咕噥。

「謝謝你們出手搭救，」莓鼻用腳掌摩挲著下巴說道。「只是方法可以再溫柔一點啦。」

「你剛才還想殺了我哎。」鬃霜沒好氣地看著他。

「是灰毛想殺妳，」他指正。「再說，我也不知道自己會不會聽命。灰毛的控制力好像愈來愈弱，愈來愈容易抵抗了。」

「或許是我們愈來愈上手也說不定。」莖葉喵聲道。

「不管怎樣，」柳光插嘴。「我們別再閒晃了。」她走向樹林。

「我們要去哪裡？」鬃霜跟上去。

「當然是回樹牆啊，」柳光回答。「針尾成功踏上黑暗森林，那其他星族戰士或許也行。」

「灰毛不會也去那裡嗎？」蛆尾追上她們。

鬃霜停下腳步。沒錯，樹牆那邊可能已經有埋伏了。「我們應該冒著再次面對他的風險嗎？」她望著針尾。

「我們需要更多貓。」一個聲音在林間迴盪。

鬃霜立刻蓬起尾巴飛快轉身，想看看究竟是誰在說話。一認出那隻穿過樹林朝她走來的公貓，她的毛皮頓時掠過一股安心感，猶如涼風吹拂。

「根躍！」她拔腿跑向他，幸福在她的掌間滋滋作響。她來到根躍身邊，鼻吻探入他柔軟的頸毛，快樂地呼嚕叫，接著退開身子，用下巴摩挲著他。「你沒事。」

「妳也是！」根躍也回蹭著鬃霜，發出響亮的呼嚕聲。

他們拉開一點距離，凝視著彼此，鬃霜看到他的藍色眼眸裡映照出她的喜悅。針尾帶著好奇的目光走向他們。「這是誰？」她盯著那隻站在根躍後面、毛髮蓬亂的淺灰色虎斑公貓。鬃霜對他眨眨眼，直到現在才注意到他。

「銀鷹。」蛆尾繞著他踱步。「你也加入我們了嗎？」

「我沒太多選擇，」灰色公貓點點頭，警戒地看著根躍。「這名戰士戰力極強。他殺了暗紋。」

「暗紋？」鬃霜睜大雙眼。

「殺了他的不是我。」根躍看起來很難為情。

「什麼意思？」難道根躍有更多盟友？

「妳還記得我在樹牆邊聽到的聲音嗎？」他問道。

「那不是葉池嗎？」鬃霜覺得好困惑。

「是更早之前，」根躍喵聲說。「我們剛到那裡時，我聽見一個聲音。」

鬃霜想起來了。只有根躍聽到那個神祕聲響。「是誰？」

「是火星。」

鬃霜豎起毛髮。她聽過很多關於那位偉大雷族族長的事蹟。

「他一直和我在一起，」根躍繼續說。「暗紋和楓影把我囚禁起來時，火星附了我的身，替我擊退他們。」

鬃霜伸出鼻吻，好奇地嗅著根躍。他聞起來沒什麼不同。「他現在還在你身邊嗎？」

「應該吧，」根躍回答。「但他把身體還給我後就再也沒出聲了。」

「火星跟我們在一起？」針尾用腳爪刨抓地面。

「我覺得是。」根躍告訴她。

「那我們就沒什麼好擔心啦。」針尾高興地搖著尾巴。

「我認為還是謹慎為上。」根躍提醒道。

但針尾已經走進樹林。「我們回樹牆吧。」

「要是灰毛在那裡怎麼辦？」鬃霜匆匆追上她。

「妳看！」針尾回頭望了帶著猶豫跟在後面的蛆尾、雀羽和銀鷹一眼。「我們有三名黑暗森林戰士，三隻貓靈，還有一隻伴著火星靈魂的部族貓。」

鬃霜眨眨眼。針尾說得對。他們現在準備得更充分，更有能力面對灰毛。她知道，一旦接近灰毛，可能就會失去貓靈們的支持，但也許不會馬上；也許有時間爭取更多援助。他們只要抵達樹牆就好。說不定有更多星族戰士試著穿過裂縫，打破路障。假若影望成功返回月池，說服部族派遣巡邏隊，那援軍應該已經出發了。他們還是有機會贏得這場戰役。

第十二章

影望停下來喘口氣。這條坡路很陡，他的傷口也好痛，但就快到了。他抬頭望向月池谷地外緣。山谷彼端帶著乳白的淡青色天空預告著黎明將至。太陽很快就會升起。

「快點。」光躍用略帶氣音的聲調對著他喵喊。根據姊妹幫的指示，她本該獨自前往會合，但影望答應鴿翅會護送妹妹安全抵達山谷，遠離月池，盡量尊重姊妹幫的意思。儘管他和鴿翅都很清楚，一旦光躍抵達月池，前方的旅程遠比穿越部族領地危險得多，但他不能讓她孤身面對這麼艱困的任務，他一定要和她道別。

影望爬上最後幾塊巨石，光躍已經消失在山頂另一邊。他跟著她踏上那塊往月池傾斜的光滑岩石，心口隱隱作痛。山谷在晨曦照耀下看起來宛若在水底，被藍色的陰影籠罩，等待太陽從四周的峭壁上升起，傾瀉日光。他驚訝地發現灰紋和松鼠飛已經來到山頂等候，就站在光躍身旁。顯然他們也決定不聽從姊妹幫的指示。霧星和蘆葦鬚也到了，二貓在微暗的光線下緊張地走動，影望心想，不曉得河族是派誰進入黑暗森林。他猜應該是蘆葦鬚；畢竟霧星先前似乎不太贊同這個計畫。風皮、鴉羽、紫羅蘭光、樹和針爪聚在一起。其中又是誰會和光躍一同執行任務呢？

樹點頭致意，霧星驚訝地瞥了光躍一眼，又看看影望受傷的腿。「你們誰要去？」

「我。」光躍抬起下巴。

霧星的耳朵不安地抽動。她是不是以為虎星會派一隻更有經驗的貓？或自家親屬以外的戰士？也許她認為該去黑暗森林的是**影望**，就算他受傷也一樣。

影望的目光掠過斜坡。只見姊妹幫聚在月池畔，低頭準備儀式。他還有點時間提醒志願者接下來會面對什麼景況。黑暗森林在灰毛的統治下發生巨變，即便像風皮這種曾於大戰役時去過那裡的貓，也無法提供志願者什麼有用的資訊。雖然影望的傷勢讓他無法成為肩負任務的強大戰士，但他的所見所聞有其價值。他忍不住想，或許這也是他決定過來的原因。

「你們誰要去？」他環視周圍的部族貓。

「我。」霧星第一個回答。影望點點頭，試圖掩飾內心的驚訝。**我猜就連族長也可以改變主意。**

「還有我。」紫羅蘭光低下頭。

鴉羽簡單點點頭，瞇起眼睛。影望猜這是風族副族長表達自己是部族代表的方式。風皮焦慮地瞥了父親一眼。

影望看著妹妹，好希望影族派的是其他戰士。與別族代表相比，她顯得格外年輕，缺乏經驗。她真的夠堅強，足以承受接下來的考驗嗎？光躍的眼睛因著興奮熠熠發光，但影望很了解她，看得出來她的尾尖緊張得微微抽動。他鬆了一口氣。如果她害怕，那她在黑暗森林裡會比較安全。

他傾身向前，嚴肅地望著各族代表。「要小心森林裡的黑水，」他警告。「一旦落水就會被淹沒，逃都逃不了。」除了光躍之外，眼前這些貓都是資深戰士，叮囑他們的感覺有點奇怪，但他知道這些情報有其助益。「黑暗森林正在縮小，逐漸被濃霧和黑水吞噬，所以路很難走，很容易迷失方向。黑暗森林與星族狩獵場間的原始通道已經消失了。灰毛挖了一條新的隧道，還築了一道樹牆當作路障。沒有太陽或星辰可以指引你們，而樹牆就位於黑暗森林中心，所在的林間散落著許多焦黑的樹樁，只要看到就會知道了。」

「我們要怎麼找？」鴉羽皺起眉頭。

「一直往黑暗前進，遠離濃霧，」影望回答。「另外還要小心貓靈。他們無法進入星族狩獵場，只能在黑暗森林裡遊蕩，但你們不能信任他們，因為他們可能受灰毛控制。如果他們想傷害你們，表示灰毛就在附近。許多黑暗森林戰士也站在他那邊，但他無法直接操控他們。」一陣寒顫掠過影望後頸，彷彿有腳爪拉扯他的思緒。**灰毛能感知到我在說他嗎？**想到自己與灰毛之間的連結，他便渾身發抖，覺得反胃，努力推開這個想法。

「灰毛是怎麼控制貓靈的？」霧星蹙眉提問。

「用他的意念，」影望回答。「他會集中心神指揮他們。只要打斷他的注意力就能切斷聯繫，但他很強大、很固執，無法在短時間內成功打破他的控制。」

「還記得我們談過的嗎？」蘆葦鬚緊張地看著河族族長喵聲說。

「我不會改變心意的。」霧星用堅定的眼神迎上他的目光。

「妳是我們的族長，」蘆葦鬚不安地看了其他貓一眼，好像很怕在他們面前質問族長，但他非這麼做不可。「要是妳出了什麼事——」

「你一直都是很優秀的副族長，」霧星打斷他的話。「如果我死了，你就會變成優秀的族長，」她喵聲道。「你有能力接任我的位置，我對你很有信心。」

蘆葦鬚眼裡閃爍著恐懼的光芒，影望這才想起他不但是霧星的副族長，同時還是她的兒子。

霧星用鼻吻輕觸蘆葦鬚的臉頰。「你會讓我感到驕傲，」她柔聲喵語。「一定會的。」

他閉上雙眼片刻，接著退到一旁抬頭挺胸。「我會努力，」他說。「但我希望不用走到這一步。」

「我們都是拿著自己的生命，」霧星的目光掠過其他志願者。「還有我們在星族的未來做賭注。一旦任務失敗，部族就會失去更多。這就是為什麼他們派我們前進黑暗森林，否則雷族怎會讓像灰紋這樣備受敬愛和尊崇的長老冒險呢？」她恭敬地對灰色公貓低頭致意，他也低頭回應。接著她望向鴉羽。「身為風族的副族長，你一次又一次證明了自己的價值，」她對紫羅蘭光點點頭。「妳是一名崇高的戰士，勇敢地迎戰暗尾，沒有貓會忘記妳的勇氣和力量。」

霧星轉向光躍，影望的喉嚨瞬間抽緊。

「妳是最年輕的志願者，」她喵聲說。光躍不安地看著腳掌。「表示妳比我們冒更多風險。身為一名戰士，眼前還有許多個月在等妳，也許妳會想找個伴侶，生養小貓。

妳賭上的不只是妳在星族的未來，還有妳在湖邊的未來。」

悲傷螫刺著影望心頭，他身子一僵，別開目光，發現姊妹幫已然散開，陣雪沿著斜坡走來。她會因為他們陪同志願者進入山谷而斥責他們嗎？

霧星似乎沒注意到陣雪靠近。「我們之所以冒這個險，是因為不這麼做不行。我們必須阻止灰毛，拯救星族。松鼠飛昨天那席話完全正確，」她感激地對雷族副族長眨眨眼。「貓族與祖靈間的羈絆造就我們成為戰士，我們必須維繫這種連結。我先前不該質疑派遣援軍的主意，這是我的錯，我很樂意親身參與任務，證明我對星族的忠誠。」

紫羅蘭光尾巴微顫，鴉羽移動腳掌。

灰紋轉頭看著走近的陣雪。「我們準備好了。」他告訴她。陣雪在部族貓前面停下腳步。

陽光在高聳的崖頂上閃動。「我們沒時間蹉跎了，」她嚴肅地環視貓群。「不去黑暗森林的貓現在就離開。」

松鼠飛對姊妹幫點點頭，在灰紋離開前用鼻吻輕觸他的鼻吻。霧星用慈愛地望著蘆葦鬚，對他眨眨眼，跟著灰紋走下斜坡，在半路上駐足片刻，彷彿想將兒子的臉刻印在心底。

樹挨近紫羅蘭光，用鼻吻摩挲她的脖子。「平安回來。」他輕聲說。

針爪繞著母親轉一圈，毛髮拂過她的身體。「保重。」她喵聲道。

「晚點見。」風皮瞥了父親一眼，喃喃低語。

鴉羽點點頭，用鼻吻拍拍風皮的頭，走向其他志願者。

風皮目送他離開，眼中突然閃過一絲淚光。他立刻撇頭，但沒有離開現場。

「再見。」光躍對影望眨眨眼，眸裡情感滿溢。她努力擺出堅決的神情，但影望從她凝視的雙眼看得出來，她在尋求鼓勵。

「要勇敢，」他用鼻子碰碰她的臉頰喵聲說。「妳和其他戰士一樣堅強。相信妳的直覺，記住，我們會一直惦念著妳。」

光躍輕柔呼嚕，聲音中流露出一絲顫抖，但影望還來不及多說什麼，她就轉身離開。他的心緊揪在一起。「注意安全。」他望著光躍跟陣雪沿蜿蜒小路往下走的背影，放聲大喊。

「我們該走了。」松鼠飛嘴上這麼說，腳掌卻在山谷外緣躊躇不決。

「要是儀式失敗怎麼辦？」影望喃喃自語，一顆心怦怦直跳。「要是他們找不到根躍怎麼辦？」他想像蟄伏在黑暗森林中的危機，腦袋飛快旋轉。

這時，他感覺到耳畔有股溫暖的氣息。針爪來到他身邊，挨近身子。「放心，」她輕聲說。「根躍和鬃霜一定會逃出來，光躍和紫羅蘭光也是。」

影望對她眨眨眼睛，暗暗希望這是真的。

巡邏隊逐步靠近月池，風皮望著父親，看起來就像第一次獨自留在育兒室的小貓。樹在他身邊徘徊，用尾巴摟著他的肩膀安慰他。影望聽見黃色公貓低聲對風皮說了幾句話，但聽不清楚內容。只見風皮滿懷感激地對樹低頭致意，眼底的陰鬱一掃而空。

巡邏隊躺在月池畔，姊妹幫圍繞在他們身邊。影望豎起耳朵尋找歌聲，但山谷裡一片寂靜。太陽逐漸從懸崖上升起。她們應該很快就會高聲吟唱，舉行儀式了吧？「也許我們該離開了。」他轉身走向外圍，看了巡邏隊最後一眼，懸在胸口的心比石頭還重。

保重，光躍。

「等一下。」松鼠飛喵聲說，影望立刻轉身。

陣雪正沿著蜿蜒盤繞的小路朝他們奔來。

「我們要離開了。」他對著她大喊，覺得很內疚。他們一定是阻礙到儀式進行。他飛快探尋她的目光，以為會看到惱怒的神情，沒想到她眼中卻閃著焦慮。他看到光躍跟在陣雪後面，帶著條紋的棕色尾巴頹然地垂在身後。

「有點問題。」陣雪在松鼠飛跟前停下腳步。

驚慌從影望的腳掌竄起。巡邏隊無法進入黑暗森林嗎？光躍似乎瑟縮了一下，影望開始緊張起來。怎麼了？他妹妹做錯什麼了嗎？

陣雪的眼神平和而澄澈。她沒有看光躍，而是對著大家開口。「並不是每隻貓都能保持心神寧靜，讓歌聲探入思緒。」她溫柔地喵聲解釋。

她指的是光躍！影望的心好痛，急忙跑到妹妹身邊。

「光躍沒辦法進入月池。」陣雪繼續說。

「沒關係，」影望對著光躍耳語。「重要的是妳有足夠的勇氣去嘗試。」

「我想幫忙，」光躍猛地躲開。「我只是……擺脫不了恐懼。」她斷斷續續地說。

「若要派五隻貓，你們其中一隻必須代替光躍。」陣雪環顧貓群說。

「我去。」松鼠飛揚起鼻吻自告奮勇。

「不行，」樹也抬起鼻吻。「要是讓妳去，棘星永遠不會原諒我們。」

「讓我去。」風皮喵聲道。

松鼠飛搖搖頭。「不能讓你們父子倆都冒著生命危險，你們的親屬一定會很難受。」她對風皮說，雙眼緊盯著蘆葦鬚，似乎也在提醒他。

「我去，」影望走上前喵聲說。雖然他的傷口還是很痛，但水塘光替他敷上的藥膏稍稍緩解了痛楚，也用了足夠的蜘蛛絲妥善包紮，防止傷口再次裂開。他與光躍四目相交，希望她能明白這麼做是對的，她不必因為他代替她而感到羞愧。「影族應該要參與任務。」他告訴松鼠飛。

光躍回頭望著他，眼神看起來很受傷。愧疚重重壓在影望胸口，讓他幾乎聽不見松鼠飛焦慮的喵叫聲。

「你的傷勢沒問題嗎？」

他把目光從光躍身上移開，看著雷族副族長。「我會撐住，非撐不可。」光躍也非理解不可。

做出決定後，他的心情頓時輕鬆不少，跳動的速度比當時知道光躍要去還慢，感覺好多了，彷彿是命中注定。他對妹妹眨眨眼，希望鴿翅或虎星能在這裡安慰她。但若他們真的在場，可能會試著說服他留下來。可是他不能。他必須這麼做。

光躍對他眨眨眼，方才那種受傷的神情已然消逝，只剩下憂懼。影望猶豫了一下。要是他再也見不到她怎麼辦？要是他再也見不到他的**親屬**呢？他連忙甩開這個念頭，以免心被撕裂。

「該舉行儀式了。太陽很快就會升起。」陣雪甩動尾巴。

她沿著小路往下走，影望匆匆跟上，斜睨著逐漸灑進山谷的陽光。經過光躍身邊時，他用尾巴拂過她的側腹。「妳自願出任務真的很勇敢。」他輕聲說。

她用鼻子碰碰他的耳朵。「平安回來。」

她的語氣聽起來很焦慮，影望很想留下來安慰她，但一縷玫瑰色光芒點亮了地平線。太陽正緩緩升起。他滿懷希望地回頭看了樹一眼。這隻天族公貓會像對風皮那樣和藹地安撫光躍嗎？

影望來到月池，霧星正在池畔踱步；紫羅蘭光瞥了他一眼，眨眨眼睛要他放心；鴉羽不耐煩地抽動尾巴；灰紋坐在地上簡單舔洗肚子，彷彿今天又是在營地裡平凡的一天，但陣雪一回到姊妹幫圍成的小圈圈，他便立刻站起來。

姊妹幫緊挨著彼此，圍在巡邏隊身旁。她們的身影擋住了天空中逐漸渲染的色彩，影望心跳加速。霧星和紫羅蘭光躺下來，鴉羽趴伏在地，灰紋輕輕側臥，影望則躺在他身旁，長老身上豐厚的灰色毛髮透出陣陣溫暖，撫慰著他的心。他閉上眼睛，一顆心怦怦直跳。姊妹幫的歌聲在他周圍響起，他準備好再次踏入黑暗森林了。

第十三章

鬃霜壓低身子走過一根歪七扭八、探入陰影的矮樹枝，根躍緊跟在後。他的肩膀好痠痛。**火星想必是卯足全力迎戰。**把身體借給其他戰士的感覺好怪，但至少現在血腥味消失了。他沒感覺到身上有新傷，儘管對那場戰鬥毫無印象，他的肌肉依舊隨著戰鬥的記憶而抽搐。**我的腳爪打敗了黑暗森林中最強大的戰士之一。**他既已知道自己的能耐，就急著想親身測試一下。但這個想法讓他有點緊張。若前方有場戰鬥，也會是一場艱困的硬仗。

鬃霜帶著大家穿過兩潭黑水，根躍焦慮地看了她一眼。他一定會優先保護她，就算冒著生命危險也在所不惜。

接近封鎖星族的樹牆時，黑暗森林似乎變得比先前更陰鬱、更晦暗，林地上所有溝壑和窪地都漫著黑水。他們繼續往前走，一片空曠的樹林映入眼簾。鬃霜放慢腳步讓他跟上；針尾與他們並肩同行，毛皮上的繁星點亮了陰影；蛆尾和雀羽跟在銀鷹後面；莓鼻和莖葉則殿後，警戒地豎起耳朵。

柳光猛地停下腳步，嗅嚐空氣。

根躍看著她。不曉得是什麼引起她的注意？「灰毛在附近嗎？」

「他想控制妳嗎？」鬃霜的尾巴不停抽動。

「不是，」柳光凝視著陰影。「只是這個地方讓我毛骨悚然，」她瞄了莖葉一眼。「你有感覺到他嗎？」

「沒有，」莖葉回頭看了一眼。「但若我們想搶先抵達樹牆的話，還是加快腳步比較好。」

根躍遲疑了一下。他不像其他貓那樣急著趕回樹牆，灰毛一定知道他們會去那裡。「我們需要更多盟友。」

「我們有啊。」鬃霜對巡邏隊點點頭。

根躍懷疑地瞄了貓靈一眼，不想明說他們不可信。

柳光反而沒那麼吞吞吐吐。「別指望我們。」她直率地警告。

「為什麼不行？」針尾對她眨眨眼。

「妳忘了灰毛能控制我們嗎？」柳光喵喵叫。

「我們會努力對抗他，但灰毛在這裡握有強大的力量。」莓鼻蓬起毛髮說。

「但你們是真正的戰士啊。」針尾非常堅持。

「這還不夠，」莓鼻的語氣透著一絲憂鬱。「妳以為我們沒反抗嗎？只要灰毛在附近，打定主意操控我們，就不可能擺脫他的禁錮。」

「如果我們背叛了你們，那不是我們的錯。」莖葉挪動腳掌解釋。

根躍對他湧起一股憐憫。一個忠誠的戰士要承認這點並不容易。「我會帶你們去星族，」他保證。「如果針尾能穿過樹牆，你們也可以。你們在那裡很安全。」

莖葉別開目光，似乎因為自己需要被保護而感到困窘。

鬃霜輕甩尾巴。「如果我們行動敏捷，團結一致，灰毛或許就沒機會掌控你們。他得像真正的戰士一樣面對挑戰，到時他就不是我們的對手。就算你們無法反抗，蛆尾、雀羽和銀鷹也會跟我們並肩作戰。」

根躍望向那三名黑暗森林戰士，好希望自己的生命安全無須仰賴這群狡詐的貓。鬃霜想必察覺到他的疑慮。「蛆尾救了我的命，」她喵聲說。「而且，根據你的說法，火星與暗紋搏鬥時，銀鷹並沒有幫他。」

「也沒幫火星。」根躍說。

「我們跟你一樣想打敗灰毛。」雀羽強調。

根躍皺起眉頭。她說的是真的嗎？「就算可以信任這群戰士好了，這還不夠。你們也知道，很多貓站在灰毛那邊。」

「我們可以拉攏更多黑暗森林貓，」針尾轉向蛆尾。「你知道還有誰願意反抗灰毛嗎？」

「別問我。」蛆尾聳聳肩。

「在黑暗森林裡，很難知道誰能信任，」雀羽抽動著耳朵喵聲說。「這裡不像部族，我們不會生活在一起，每隻貓都獨來獨往。」

「我不太清楚黑暗森林裡還有誰，」銀鷹喵道。「我認識的貓，像薊爪和急齒，都不跟其他貓交流。我不知道他們怎麼想，也不知道他們是否準備背叛灰毛。」

「薊爪會背叛任何貓。」雀羽喃喃表示。

根躍的心一沉。這些貓似乎毫無忠誠度可言。依賴他們真的明智嗎？

「好，我們走吧，」鬃霜再度舉步。「去樹牆那裡。看來星族是我們現在最大的希望了。」

針尾匆匆追上她。「那妳朋友呢?他不是要回湖畔帶巡邏隊過來嗎?」

根躍的毛皮因焦慮而泛起陣陣刺麻。影望有順利逃離黑暗森林嗎?「我們不確定他有沒有成功。」

「如果他失敗，我們早就知道了。」鬃霜看著他說。

「怎麼說?」根躍對她的篤定感到疑惑。

「要是灰毛抓住他，一定會告訴我們。」她喵聲回答。

根躍瞇起眼睛。鬃霜說得沒錯，灰毛絕不會放棄任何吹噓的機會。

針尾似乎燃起了希望。「說不定巡邏隊已經在路上了?」

根躍還是很擔心。根據他的經驗，幾位族長可能不太願意團結互助。灰毛假扮棘星的時候，他們很快就彼此對立，互相攻訐。「如果他能說服貓族派援軍來的話。」

「還有，如果他們能成功進入森林的話。」鬃霜補上一句。

針尾的眼神瞬間暗淡下來。「看來妳說得對，星族是我們最大的希望，」她加快腳步，林間開始出現扭曲的樹樁。「樹牆快到了。」

「小心!」根躍對著急忙追上針尾的鬃霜喊道。她們倆突然跑了起來。「留意腳下!」

黑色的小溪橫貫林地。鬃霜跳過水面，根躍的心怦怦狂跳，連忙疾奔而上，不敢把目光從她身上移開。抵達樹牆那一刻，他鬆了口氣。灰毛不在這裡，空地上也沒有黑水漫流。他在鬃霜身旁停下腳步喘口氣，莖葉、莓鼻與黑暗森林戰士也來到他們身邊。

「更多藤蔓鬆脫了。」鬃霜急切地繞著樹牆走動。

柳光越過空地，伸爪攫住一條藤蔓。它的確鬆動了一下。「真的！」根躍滿懷希望地嗅聞枝蔓。針尾之前擠過來的縫隙似乎變寬了點，四周的荊棘也脫垂了。

針尾將根躍輕推到一旁，把鼻子探進去。「有貓在嗎？」

「針尾！」

樹牆另一邊傳來回應，讓根躍嚇了一跳。纏結的樹枝後方響起低沉的喵喵聲。是誰？他走近路障，鬃霜和柳光擠在針尾旁邊努力往內窺探，莓鼻和莖葉在她們後方興奮躁動，三名黑暗森林戰士則後退幾步，眼裡閃爍著警戒的光芒。

「部族需要幫助！」針尾喊道。「但光憑我一己之力做不到。」

樹牆開始顫動，好像有隻貓想擠過來。鬃霜驚訝地往後跳，柳光睜大雙眼，但針尾似乎有些遲疑。

「這裡很危險，」她透過交纏的樹枝警告。「一旦死在黑暗森林，就會永遠消失。」

「我們待在這裡一定會死，」那個聲音回答。「我們必須恢復星族與五大部族之間的聯繫，拯救我們的領地。我們的森林就快消失了。」

一隻綴著星辰的小小棕色腳掌穿過荊棘。

根躍心跳加速。星族真的會來幫忙嗎？希望湧上他的胸膛，他聽見火星的聲音在腦中響起。

我該離開了。

不！根躍身子一僵。**留下來跟我們一起並肩作戰！**

別擔心。火星平靜地喵聲說。**相信星族。**

光是信念夠嗎？根躍閉上雙眼。**可是我們需要你！**他告訴火星。

就算沒有我，你也夠強，火星回答。

真的嗎？根躍不太確定。他的腳爪能在沒有火星控制的情況下擊敗灰毛嗎？

放心，火星輕聲安撫。**你做得到。**

根躍的胸口似乎變得愈來愈空，好像心臟突然被掏空一樣。火星要離開了。**不要走！**他將爪子刺進土裡。**我需要你！**

樹牆在他旁邊窸窣作響。根躍睜開雙眼，只見一隻身軀柔軟靈活的棕色公貓奮力擠過縫隙，肌肉在綴滿星辰的毛皮下如波起伏。

「一星！」針尾高興地揮動尾巴。「你成功了。」她熱切地望向他身後。樹牆再次震顫。一隻銀黑相間、有雙銳利藍眼的母貓跟著來到空地，全身漾著淡淡星光。

「嗨，銀流，」針尾聽起來很開心見到她，第二隻銀色虎斑貓出現時，她的眼睛變得更加明亮。那隻母貓的毛髮如雲朵般鬆軟，尾巴宛若一縷輕煙。「羽尾。」

銀流對她眨眨眼，轉向鬃霜。「妳是雷族貓對吧？」她熱切地抽動耳朵，沒有等鬃霜回答。「灰紋還好嗎？」

「他很好。」鬃霜回答。

羽尾發出呼嚕聲，蓬鬆的尾巴微微顫抖。「妳能告訴他我們有問起他嗎？」

「沒問題。」鬃霜很好奇這兩隻貓為什麼對灰紋這麼感興趣。

銀流似乎看穿了她的心思，用鼻吻輕拂羽尾的耳朵。「羽尾是他的小貓，」她解釋。「也是我的。」

一名玳瑁戰士接著從縫隙探出身子，後面還有一隻黑色公貓。「紅尾，」針尾依序向他們打招呼，尾巴高興地抽動。「雲雀歌。」

「真不敢相信灰毛能惹出比虎星還大的麻煩。」紅尾陰鬱地掃視空地，低聲咆哮。

雲雀歌雙眼圓睜看著鬃霜，眼底盡是擔憂。「火花皮和我們的小貓過得好嗎？」

「他們很安全。」鬃霜對他眨眨眼保證。

他聳立的毛髮趨於平滑。「我很擔心他們，」他喵聲說。「自從那個冒牌貨阻斷我們與部族的聯繫後，我就看不到他們，內心萬般煎熬。我一直保護著小爍，但不能看顧其他貓的感覺實在很難受。他們應該長很大了吧。」

「對啊，而且他們過得很好，」鬃霜再三保證。「火花皮是很棒的母親。」

星族貓的毛髮璀璨奪目，照亮了空地，讓根躍忍不住瞇起眼睛。他心想，不曉得黑暗森林自古以來有沒有見過這般光芒。

樹牆再次震顫。又一位星族戰士？他們實在不該讓這麼多貓冒險。「祢們知道這場戰役有多危險——」根躍開口，可是一看到縫隙中出現橘色毛皮，他的聲音就逐漸淡去。一雙綠色眼眸在荊棘叢後面閃閃發光，一隻體型龐大、毛色如火的大公貓努力擠過裂縫。真的是他嗎？根躍屏住呼吸，針尾低頭致意。

「火星，」她熱切地喵喵叫。「你來了！」

火星點點頭。「可以說我在這好一陣子了，」他走向根躍。「謝謝你，」他親切地眨眨眼睛。「你勇氣可嘉，願意信任我，但我很慶幸你這麼做。」

根躍差點說不出話來。他聽過很多關於這位傳奇戰士的事，儘管和他的靈魂相處過，此刻跟他面對面依舊讓他侷促不安。「沒什麼啦。」他低下頭喃喃地說。

「別那麼害羞，」火星呼嚕呼嚕地笑道。「我們算是老朋友了。我一直活在你的思緒裡，」他望向鬃霜，雙眼閃閃發光。「很多都跟妳有關，」鬃霜別開目光，有點難為情；火星繼續說，「很高興終於見到本尊。」

「很——很高興見到你，」鬃霜毛髮聳立，結結巴巴地說。「我聽過很多關於你的事情。」

莖葉和莓鼻看著這群星族戰士，柳光透過他們倆之間的空隙張望。「這樣看來，是不是只要打敗灰毛，我們就可以去星族？」

「如果妳想，現在就可以加入。」火星看著她說。

柳光搖搖頭。「雖然我是巫醫貓，」她喵聲道，「但我不會逃避這場戰役。」

「我也是。」莖葉插嘴附和。

「還有我。」莓鼻鼓起胸膛。

「何苦拿你們在星族的地位冒險呢？」蛆尾瞇起眼睛尖酸地說。

「為了拯救我的部族，我願意冒任何風險。」莖葉立刻反駁。

莓鼻揮動尾巴表示同意，火星看著蛆尾喵聲說：「對真正的戰士而言，部族的未來比自己的未來更重要。」

蛆尾嗤之以鼻，銀鷹懷疑地盯著貓靈，雀羽則凝視著星族戰士，彷彿在想像披著綴有繁星的毛皮會是什麼樣子。

根躍環視空地上擁擠的貓群。他們現在有很多盟友……但他們能打敗灰毛嗎？

這時，針尾突然豎起頸背的毛髮，目光閃向樹林。她看到什麼了？根躍飛快轉頭，一顆心撲通撲通狂跳。是灰毛嗎？

一個身影在暗處移動。針尾壓平耳朵，根躍伸出爪子。戰鬥的時刻到了嗎？

然而，偷偷潛入空地的不是那隻灰色冒牌貨，而是一隻瘦削的黑色公貓。根躍之前從未見過他。

「刺柏爪。」針尾撇撇嘴。

「大家好。」公貓緊張兮兮環顧四周。

火星動也不動，大大的綠色眼睛裡閃爍著好奇的光芒。「你對天族的獵物堆下毒，拯救影望的生命還不足以將你從黑暗森林解放出來。」他說。

刺柏爪溫順地低下頭。

「你來這裡做什麼？」火星問道。

「謠傳有陌生的貓進入黑暗森林，」黑色公貓避開星族戰士們的目光。「聽說他們打算跟灰毛宣戰。」

「你幹嘛在乎？」一星瞪著刺柏爪，絲毫不掩飾他的厭惡。

「我想幫忙。」刺柏爪瑟縮了一下。

「我們為什麼要相信你？」

刺柏爪瞄了蛆尾和銀鷹一眼。「你們相信他們，不是嗎？他們的惡行比我更嚴重。」

「你對部族的獵物堆下毒，」蛆尾狠狠駁斥，毛髮沿著脊梁聳立。「還有什麼比這更嚴重？」

「我以為自己這麼做有正當理由，現在我知道我錯了，」刺柏爪不安地挪動身子。「我想贖罪。」

「如果你是想離開黑暗森林，省省吧，」針尾厲聲說道。「你的所作所為無可饒恕。」

「我不是！」刺柏爪飛快回答。「這些我很清楚。我只是想對自己和我的部族證明，無論發生什麼事，我都是一名真正的戰士。」

「現在才反省有點晚了，」雲雀歌走上前。「你讓小貓和長老置身於險境。」

「你的行為就像惡棍貓，不是戰士。」紅尾補上一句。

「所以我才想幫忙，」刺柏爪強調。「我想彌補過去所做的一切。」

「就算永遠死去也沒關係？」紅尾問。

「我不介意為部族而死，」刺柏爪低頭看看腳掌。「這不是我第一次為了救其他貓而喪命。我的同胞手足爆發石是隻好貓，他和我一樣被困在黑暗森林。如果我幫助你們，說不定就能讓他自由，進入星族狩獵場。」

根躍有點同情這隻黑色公貓。雖然他不了解事情的經過，但他聽起來似乎誠心想彌補過錯。但蛆尾瞇起眼睛看著刺柏爪。

「你有點自尊好不好！」蛆尾低聲咆哮。

刺柏爪不理他，目光落在火星身上。「拜託，讓我幫忙。」

「我沒意見，」火星環顧四周。「但我不是這裡唯一有發言權的貓。」

針尾皺起眉頭。

「他的確救了影望。」根躍插嘴。要是沒有影望幫忙，他們可能無法走到這一步。而且他是根躍和鬃霜最重要的朋友。

「我想援助愈多愈好，」一星繃起臉看著其他黑暗森林戰士。「無論來自何者。」

鬃霜走到他們前面，像母親保護小貓一樣高高昂起下巴。「這些貓是為了保護家園而戰，我們應該表示尊重才對。」她喵聲說。

一星看起來不太相信。其他星族貓互望了一眼。

根躍走到鬃霜身旁。「我知道你從沒想過會和黑暗森林戰士並肩作戰，」他對一星說。「我也覺得不太自在，但我們沒本錢挑剔。這些貓想阻止灰毛破壞黑暗森林，」他對銀鷹和雀羽點點頭。「這裡是他們的家，他們也許會像星族戰士一樣激烈奮戰，保護領地。」

「但願你說得對。」一星陰鬱地喵聲道。

「要對他們有信心。」火星對他說。

一星哼了一聲。「我是星族戰士，」他低聲咕噥。「應該是他們要對我有信心。」

根躍的身體突然一僵，毛皮下有種心神不寧的感覺蠢蠢欲動，彷彿有什麼東西在他的思緒邊緣拉扯。他聽見一聲詭異的哀號，就像有隻貓在遠方的樹林中嚎叫。他吞吞口水，豎起毛髮。是灰毛在召喚他的追隨者嗎？他望向陰暗的樹林，想聽得清楚一點，可是聲音逐漸消失，寂靜再次籠罩林間。

「你們有聽到嗎？」他問其他貓。

他們也蓬起毛髮。

「有。」火星飛快掃視森林。

柳光後退幾步。「如果是灰毛，我們該走了，」她看著莖葉和莓鼻。「我很想學會抵抗他的控制，但我目前還沒有信心能做到。要是他離得夠近，我們可能會讓大家身陷危險。」

莓鼻抖抖毛皮。「我才不走，」他放聲咆哮。「我說了，我要參與這場戰鬥。就算會死，我也不在乎。」

柳光睜大雙眼。「可是如果你還沒準備好——」

「這是我們必須承擔的風險，」莓鼻硬生生打斷她。「我們怎麼知道自己準備好了？我只知道自己生前任憑灰毛操控，」他吼道。「當時我並非沒得選擇，儘管他做了棘星絕不會做的事，下達任何戰士都不會下的命令，我依舊聽從他的指揮，最終導致自己喪生。我真的好希望當初有挺身反抗他。現在我要試著抵抗他的控制。我要為部族而戰，必要的話，我願意為了貓族再死一次，永永遠遠死去。」

鬃霜對著奶油色公貓眨眨眼。「雖然可能會失敗，但我很高興你願意努力。」她的聲音透著一絲寬慰；根躍猜想，莓鼻生前背叛雷族一定讓她很傷心。他突然湧起一股強烈的保護慾。她經歷這麼多，依舊隨時做好準備支持族貓，即便他們犯了錯也一樣。

不過，有些事還是要說。根躍知道鬃霜不願點明，於是便看著莓鼻喵聲道：「你應該明白，假如反抗灰毛失敗，我們就得跟你戰鬥，甚至殺了你。」

「沒關係，」莓鼻平靜地回答。「要是遇上這種情況，千萬不要猶豫。你們一定要拯救部族。」

「我也想自白，」銀鷹喵聲搭話，讓根躍大吃一驚。「我在森林裡待了很長一段時間，」他說。「生前我企圖殺害族長，好讓我的小貓篡位。我以為他當副族長當得夠久了。最後我的所作所為讓我們倆都丟了性命。這裡的日子黑暗到我難以想像。但那是我的錯。我選擇幫助楓影和灰毛。我除了糟糕的決定外一事無成。可是現在——」他看看根躍，又看看鬚霜。「我知道身為一名真正的戰士，為了其他貓冒險是什麼模樣，」他望向火星。「如果幫助你們打敗灰毛可以彌補我的過犯，那我願意。」

「接下來你就會求他們讓你加入星族了。」蛆尾不以為然地抽動耳朵，低聲咕噥。

銀鷹瞪了他一眼。「我不配加入星族，也永遠沒資格。但我虧欠他們，虧欠部族。」

「自白又怎樣？」紅尾不耐煩地甩動尾巴咆哮。「道歉有何意義？你一開始就不該那麼做。」

「開戰後就知道你是不是真心的。」銀流尖刻地附和道。

「出一張嘴模仿戰士的口吻很簡單，」羽尾插話。「做起來卻很難。」

根躍挪動腳掌。星族戰士一定要這麼嚴厲嗎？銀鷹眼中閃爍著悔恨，看起來很誠懇。若他不安好心，何必要坦承一切？他想彌補過錯，星族應該要高興才對啊。根躍想起雪叢。那隻黑暗森林戰士為了拯救生者，捨棄了自己的未來。只要最終成為真正的戰士，無論花了多少個月，都該被接納不是嗎？尤其是那些待在此地的時間比陽壽更長的貓？換作是根躍，他會讓雪叢加入星族，這些貓至少要有機會得到某種救贖。一定要有貓站出來支持他們。「這樣公平嗎？是不是應該——」

樹林間傳來一陣沙沙聲，打斷了他的話。**灰毛？**火星豎起頸背的毛髮，一星蹲踞下來擺出防禦的姿態，鬚霜驚恐地看了貓靈一眼。

根躍將目光轉向樹林。**他在那裡嗎？**

貓群在陰影中悄然潛行。根躍看到他們的眼睛在黑暗中閃閃發光，胃瞬間抽緊。這一次，火星不會替他出戰，他得自行控制腳爪。他露出爪尖，準備迎戰。

火星發出一聲帶有警告意味的咆哮，全身肌肉不停抽動，彷彿無法克制體內奔湧的期待。根躍看著雷族族長衝進樹林，撲向最近的攻擊者。

第十四章

灰毛？一隻大公貓突然從空地衝出來撲向灰紋，影望瞬間楞在原地。灰毛一直在等他們嗎？**我沒有戰鬥能力。**巡邏隊穿越黑暗森林時，恐懼便螫刺著他的心，現在公貓將灰紋撞倒在地，恐慌更是如潮水來襲。**我不該來這裡。**

旁邊的霧星豎起毛髮，鴉羽瞪大眼睛，可是他們躊躇不決。**為什麼？**難道他們也被灰毛凶猛的攻擊嚇得僵住了嗎？**快救他！**

灰紋跌到樹根上，影望的思緒飛快旋轉。大公貓怒吼一聲撲向灰紋，耳朵壓平，尖牙在黑暗中閃閃發光。時間彷若靜止在這一刻。

影望赫然察覺樹林散發著微光，就像星光灑落黑暗森林。只見更多貓朝巡邏隊衝來。**他們是誰？**黑暗森林戰士？貓靈大軍？血液在他耳內咆哮奔湧，讓他幾乎無法思考。為什麼霧星和鴉羽不發動攻擊？為什麼紫羅蘭光像腳生了根似的動也不動？襲擊者飛奔而來，他們的毛皮似乎點亮了森林；輝光熠熠中，影望瞥見那隻撞倒灰紋的公貓披著橘色毛皮。**那不是灰毛！**

「灰紋！」毛色火紅的公貓立刻放開他。

灰紋發出喜悅的嚎叫，影望驚訝地屏住呼吸。

「火星！」灰紋發出響亮的呼嚕聲，音量之大似乎震得晦暗的林木嗡嗡共鳴。他滾繞著那隻橘色公貓磨蹭了好幾遍，不停舔舐他的脖子和臉，彷彿找到一隻走失的小貓。

「真的是你嗎？」

影望眨眨眼睛。**火星？**雷族的傳奇族長？那隻幾個月前死去，在黑暗森林大戰中拯救部族的貓？

「火星。」霧星開心地蓬起毛髮。鴉羽拂動著尾巴。

被灰紋壓倒在地的火星也呼嚕呼嚕叫，將鼻吻探進長老濃密的長毛裡。「你的體重增加囉。」他含糊咕噥。

「沒辦法，」灰紋站起身，雙眼幾乎和身上綴著繁星的貓兒毛皮一樣明亮。其他星族貓此時就站在幾條尾巴外的地方。「我老了，」他飛快打量火星。「你看起來比以前更年輕、更強壯了。」

「我不是唯一一個。」火星望向那群越過樹林朝他走來的貓。

影望看見泛著微光的毛皮，一顆心怦怦直跳。**星族**來了！他們成功踏進黑暗森林。路障打破了嗎？他掃視林間。鬃霜和根躍解決問題了嗎？他們在哪裡？

他快速環顧空地，瞥見根躍鮮亮的黃色毛皮。**他在那裡——鬃霜就在他旁邊！**影望朝他們飛奔而去，在鬃霜身旁急煞住腳。看到莖葉和柳光依舊和他們在一起，他鬆了口氣。還有莓鼻！他們從灰毛手中救出了另一隻貓靈。

他呼嚕著對根躍眨眨眼。他身上似乎多了幾道抓痕，側腹的毛髮成簇突出。「你沒事吧？」

「我沒事，」根躍抖抖毛皮。「你離開後，事情變得……」他停頓一下。「**很有意思**。看來你成功返回月池。有遇到什麼麻煩嗎？」

影望搖搖頭。「只有和部族溝通那一次。我沒料到他們這麼難說服。」

鬃霜的眼睛閃閃發光。「不過你做到了，」她從他身邊望過去，火星和霧星正護送部族巡邏隊前往空地。一看到鴉羽、灰紋和紫羅蘭光，她臉上立刻綻出喜悅。「你帶援軍來了！」

她講話時，紫羅蘭光突然脫隊跑向根躍。她來到他身旁，將鼻子貼在他頭上，嗅聞著他的氣味，尾巴快樂地顫抖。「你沒事。」她閉上雙眼，彷彿內心如釋重負的感覺強烈到難以承受。

一隻銀色母貓跟著紫羅蘭光步出樹林，毛髮興奮地蓬起。影望不認識她。「那是誰？」他問道。

「針尾，」鬃霜回答。「她是第一個穿過樹牆的星族戰士。」

針尾雙眼燦亮，注視著紫羅蘭光。「見到妳真好。」

紫羅蘭光立刻轉身看著星族戰士，眼睛亮了起來。她用鼻吻觸碰針尾的臉頰。「妳為我付出的一切，我永遠無以為報。妳讓暗尾殺了妳，好讓我有機會逃生。正因為妳的犧牲，我現在才有了一個家庭，」她瞥了根躍一眼。「這是我的小貓。」

「妳好。」根躍禮貌地點頭致意。

「很高興能見到紫羅蘭光的小貓。」針尾也低頭回應。

紫羅蘭光點點頭。「他還有一個妹妹，」她柔聲喵叫，往前傾身看著針尾的眼睛。

「而且……我把她取名叫小針。」

針尾睜大雙眼。「妳是用我的名字替她命名的嗎？」

「**當然。**」紫羅蘭光用鼻子輕推一下她的老朋友。「我的小貓值得一個真正的戰士名。」

火星帶著灰紋穿過樹林時，有兩隻星族母貓差點被灰紋的尾巴絆倒。她們披著一身光滑的銀色毛皮，上頭閃爍的星光讓她們看起來比較像魚，而不是貓。她們來到空地，擠過火星身旁，高舉尾巴環繞著灰紋。

影望不認識那兩隻貓。他輕推鬃霜一下。自他離開黑暗森林後似乎發生了很多事。「她們是誰啊？」他低聲問道。

「羽尾和銀流，」她回答。「她們是河族戰士。羽尾是灰紋和銀流的小貓。」

「你還好嗎？」羽尾發出呼嚕聲問灰紋。

「很好很好，」他喵聲回應。「很久沒這麼好過了。」

銀流打量他的側腹。「你的體重增加了。」

「為什麼大家都這麼說？」灰紋鼓起胸膛。

「我猜你還是很討厭看到獵物堆有剩食。」火星發出情感滿溢的呼嚕聲。

「風族還好嗎？」一星急切地繞著鴉羽踱步。

「雖然發生了很多事，但獵物始終不虞匱乏。」鴉羽對前風族族長點點頭，目光卻落在羽尾身上。影望看見他眼底的惆悵，心裡好納悶。他們來自不同的部族，為什麼看起來好像很熟識對方？

霧星匆匆跑向柳光。「很抱歉讓妳冒這麼大的險。」

「妳阻止不了我，」柳光低頭喵聲說。「我怎麼說都要試一試。」

霧星用鼻子碰碰柳光的頭。「妳就跟戰士一樣勇敢。」她喃喃地說。

星族貓和老友敘舊時，影望注意到這裡還有幾隻陌生的貓。他們顯然不是星族戰士，看起來比較像來自黑暗森林的貓。

根躍似乎察覺到影望盯著那群貓。「鬃霜招募了他們，」他用氣音說道。「他們過去常替灰毛征戰。那是蛆尾，」他朝體型最大的公貓點點頭。「母貓是雀羽，那隻是銀鷹。」

三名黑暗森林戰士緊靠在一起，不安地望著部族巡邏隊。影望瞇起眼睛。起碼他們看起來很強壯。但他們夠忠誠嗎？

等等，旁邊那是刺柏爪嗎？影望隱約記得自己還是小貓時不慎溺水，是那位影族副族長救了他一命。他想必也打算幫忙。影望心跳加速。他環顧空地，這裡不僅有星族、五大部族，還有外表凶猛的黑暗森林戰士及其他貓靈。這是他第一次覺得他們真的有可能擊敗灰毛。他的腳掌因興奮而陣陣刺麻。

「那是誰呀？」他朝一隻有深薑黃色尾巴的玳瑁星族戰士點點頭。他在後方躊躇不前，似乎不認識任何一隻部族貓。

「那是紅尾，」火星一邊回答，一邊走過來。「他的年紀比我還大。他在我加入雷族前就去世了。」

「當時你還是一隻寵物貓，對嗎？」影望對火星眨眨眼。

「對，」火星的鬍鬚不停顫抖，似乎覺得很好笑。「當時我還是一隻寵物貓。謝謝你提醒我。」

影望突然覺得好熱。**我提這個幹嘛啊？**他微微瑟縮，火星走到空地中央對貓群大喊：「我們必須擬定計畫。雖然路障已經打破，黑暗森林仍在縮小。灰毛讓一切失去了平衡。」

鴉羽和紫羅蘭光的眼神變得銳利；灰紋揚起鼻吻；一星和霧星走到火星身旁；羽尾、銀流和針尾轉向雷族族長。

「灰毛來黑暗森林是為了躲藏，」一星喵聲說。「但他躲不了太久。」

「這一次，我們要把戰事端到**他**面前。」霧星伸出爪子。

「我們要怎麼找到他？」鬃霜提問。

「我們可以默默等候，他一定會來找我們。」柳光喵聲說。

「我想我們沒時間等了，」霧星不安地環顧四周。「黑暗森林正迅速縮小。」黑色水渠在林間閃閃發光，環繞空地的溪流比先前更接近樹牆。再過不久，這片森林就會小到沒地方讓部族巡邏隊和死者駐足。

「能躲的地方所剩不多，」根躍喵聲發言。「很快就會變少。」

蛆尾的毛髮沿著脊梁聳立。「森林縮小不只會影響灰毛，也會衝擊到我們。我們得盡快找出他的下落。」

一陣顫慄掠過影望的毛髮。他能利用自己和灰毛的連結找到他嗎？

「我去找灰毛。」影望斜著身子湊近根躍低聲說。

根躍猛地轉頭，眼睛睜得老大。「你說什麼？」

「我想看看能不能利用我和他之間的連結來感知他的藏身處，」影望解釋。「注意我的情況。如果我開始抽搐或移動，請叫醒我，」他嚴肅地看著根躍。「要是連結太強，我可能會傷害其他貓。」

「你確定這麼做不會傷到自己？」根躍挪動腳掌。

「這是我們能盡快找到他的唯一方法。」影望說。根躍還來不及爭辯，他就把腳掌塞進肚子下，集中精神，直到他能感知灰毛的存在，如同噩夢的記憶般拉扯他的臟腑。他思緒飄離空地，跟隨內在的感覺，讓它向外擴展，他能感覺到灰毛的憤怒如暴風雨前的厚重烏雲，沮喪沉甸甸地壓在胸口。

他察覺到內心深處有個嗓音，立刻豎起耳朵。他專心觀想這個聲音，讓它膨脹，直到每個念頭都隨之迴響。**一定要摧毀星族**。當初就是這個聲音告訴他，破壞戰士守則的貓必須受罰，就是這個聲音說服他殺死棘星。**我要報仇**。

影望壓抑住內心的恐懼，邀請那個聲音進來。**灰毛**。他用意念召喚暗色戰士。

他感覺到周圍的空氣變冷，彷彿禿葉季毫無預警降臨，接著飛快睜開眼睛。他環顧四周，發現自己站在陡峭的山腳下，身後座落著森林。草地泥濘不堪，布滿踐踏的痕跡，黑色天空杳無星辰。黑水漫淌至他的尾巴，他沿著山坡往上看，只見山頂有個戰士的輪廓襯著天幕，劃過一道陰影。公貓背對著他，影望放聲大喊。

「灰毛？」影望嚇得喉嚨一緊，那隻公貓緩緩轉身，臉上透著詭異的光芒，似乎是從內心散發出來的。他緊盯著影望；恐懼瞬間籠罩，他的心好像快要爆炸了。

那是他自己的臉，往下俯視著他。

影望身上每根毛髮都因為驚恐而放聲尖叫。正當他畏縮之際，有什麼東西重重打在他身上——一隻看不見的巨爪猛地抓住他往後甩。他屏住呼吸，被黑暗團團包圍。

第十五章

「**影望！**」鬃霜看著那隻失去知覺的巫醫貓。他怎麼了？他躺在空地上放聲嚎叫，身體不停抽搐，雙眼卻一直緊閉，現在他身側冒出一道傷口，鮮血汩汩湧現。

「快醒醒！」根躍抓住他的後頸用力搖。影望發出一聲悶哼，沒有醒來。

「他怎麼了？」火星匆匆越過空地。鬃霜還是不敢相信雷族族長來了，那隻傳奇故事多到數不清的貓就在眼前，準備和他們並肩作戰，感覺好不真實。火星探出鼻吻查看影望。「他怎麼醒不過來？」

「他看到異象嗎？」霧星擠到火星身旁問道。

根躍鬆開影望的後頸。「他在找灰毛，」他坦承。四周的貓群驚詫地豎起毛髮。「他們之間有某種連結，影望認為應該可以透過夢境找到他。」

「影望，快醒醒，」柳光蹲在他旁邊用力舔舐他的臉頰。「回到我們身邊。」

影望呻吟了一聲，緩緩睜開雙眼。

「你沒事吧？」鬃霜鬆了口氣，連忙探尋他的眼神。他的雙眸灰濁片刻，隨即轉為清澄。

「嗯。」他虛弱地喵聲回應。

「這是灰毛幹的嗎？」柳光嗅嗅他側腹的傷口。

「不知道，」影望奮力站起身，痛得瑟縮一下。他看看傷口，仔細嗅聞一陣，然後抖抖毛皮。「但我沒事。」

「一定很痛吧。」柳光掃視空地，似乎在找尋可用來治療傷勢的東西。

「沒關係。」影望說。但鬃霜看得出來他臉上閃過一絲痛苦。

「你有看到灰毛在哪裡嗎？」火星注視著影望，耳朵不停抽動。

「我不確定，」影望喵聲回答。「我以為有看到他，可是他的臉很像……我。」他的語氣滿是困惑。「我不知道自己在哪裡。看起來像黑暗森林，感覺起來又像別的地方，我先前從未去過的地方，」他的眼神黯淡下來。「我們可能找不到他了。」

鬃霜頓時不知所措。這樣不就沒望了嗎？他們在這裡還有何意義？他們要如何在變幻莫測的黑暗森林裡打敗灰毛？這裡餵養他的黑暗只會毒害他們，吸走他們的勇氣。**我們就要死了，星族也會永遠消逝。**

「不會有事的。」根躍走到她身旁小聲說。

她對他眨眨眼。他能察覺到她的感受嗎？她看見他的眼神盈滿愛意，忍不住心痛。她用鼻吻碰觸他的耳朵。「但願如此。」她柔聲喵道。她無視胃裡那股想回家的拉力；她的家既安全又熟悉，還有許多族貓簇擁身旁。不過至少她在黑暗森林裡時可以和根躍在一起。

火星挺直身子，綠色眼眸燦亮如光。「別擔心，」他告訴影望。「你想找到灰毛真的很勇敢，但我們不需要異象。我們受過狩獵訓練的戰士，擁有豐富的技能和經驗，一定會像抓獵物一樣逮到他。」

火星看起來堅定無畏。這名傳奇戰士和他們站在一起，她怎能放棄希望呢？看看他們現在有多少盟友。她的目光掠過巡邏隊。要是大家都能保持專注、堅毅剛強，也許就能成功戰勝灰毛，離開黑暗森林，回到陽界。

「黑水逐漸上漲，」火星再度開口。「灰毛應該會遷往高處。我們去那裡找他。」他邁步走向森林，腳下的地勢逐漸爬升，探入暗處。火星攀上斜坡，灰紋立刻跟上，一星和霧星也緊隨在後。貓靈們匆匆追上去，黑暗森林戰士和巡邏隊其他成員一起踏入樹林。

根躍走在紫羅蘭光身後，鬃霜猶豫了一下。她該和他同行嗎？或許還是跟莖葉和莓鼻一起走比較好。她擔心紫羅蘭光會發現她和根躍的關係變得很親密。她一定不贊成。畢竟鬃霜來自另一個部族。

根躍回頭看她一眼，揮動鼻吻催促她跟上。「快點。」

她戒慎地朝跳過樹根的紫羅蘭光點點頭。**她會不會介意？**

根躍似乎看透了她的想法。「巡邏隊成員要走近一點。」他聳聳肩喵聲說。

「來吧，鬃霜，」紫羅蘭光轉過身。「別落在後面。」

鬃霜有些訝異。紫羅蘭光的口吻就像對族貓講話一樣。她急忙跟上，和根躍交換了一個眼神，與他並肩同行。他的雙眼閃閃發光，是在克制自己不要發出呼嚕聲嗎？

部族貓在林間悄然前進，避開幽暗的池潭，耳朵如同巡邏時一樣高高豎起，但星族戰士卻沒那麼小心翼翼。落葉在銀流和紅尾腳下窸窣作響，顯然他們已經很久沒有穿越敵方領地了。他們沒意識到灰毛或他的間諜可能會聽到嗎？相較之下，銀鷹和刺柏爪就謹慎許多；他們放輕腳步，但鬃霜擔心這樣還是有可能暴露行蹤。他們好像忘記這座森林不再屬於他們，而是受一隻更險惡的貓靈掌控。

鬃霜焦慮到腳掌陣陣刺痲。灰毛會聽見他們的聲音嗎？更糟的是，他能感覺到嗎？她記得灰毛曾說，黑暗森林裡的一切他無所不知。也許巡邏隊發出聲響與否根本沒差；也許灰毛早就知道他們的位置，等待時機發動突襲。

不行，她克制住想發抖的衝動。她不能有這種想法。她必須懷抱著希望。灰毛是個大騙子。他一次又一次證明他的話完全不可信。然而，不安感依舊在她的毛皮下蠢動。

鬃霜發現前方的巡邏隊停下腳步。火星在一棵銀樺樹下駐足。它的樹皮呈白色，像剝光血肉的骨頭，在焦黑的樹林中顯得格外醒目。火星環顧四周，他的翠綠色眼眸在幽暗的森林裡晶亮異常。

鬃霜注意到他前方的樹林往外開展，探向一片黑暗的水域。她看看這邊，再看看那邊，發現水域朝兩個方向延伸，有條河流截斷了他們的去路。到另一邊有多遠？她努力想看清黑暗中的小徑，希望能瞥見遠方的河岸，卻只捕捉到模糊的暗影。他們走得夠遠了嗎？

「離黑水遠一點，」一根躍警告大家。「我之前不慎落水，差點就死了。這些不是一般的水。它會試著碾碎你的靈魂。」

「如果不能游泳，那要怎麼過去？」霧星驚恐地望著河流。

一星沿著水岸前行，似乎想找到另一條路。

雀羽往反方向走，過沒多久又折返回來。「黑水蔓延四周，」她的聲音透著幾分驚惶。「很快就會切斷我們的退路。」

「我們不需要退路。」灰紋低聲咆哮。

鬃霜把腳爪探進土壤，與內在的恐懼搏鬥。「我們必須前往高地。」

「怎麼去？」銀流望著幽黑的惡水拍打河岸。

灰紋環顧四周。「過得去，」他匆匆走向一塊冒出地表的巨石。「用岩石。」

「我們要怎麼在不弄溼腳爪的情況下搬動大石？」影望露出懷疑的表情。

「也許河水很淺。」灰紋滿懷希望地喵聲道。巨石旁嵌著一塊比較小的岩石，灰紋伸爪刨抓泥土，用前掌拽出石頭，將它滾向水域推下去。水面如黑霧般悄無聲息地淹沒岩石，灰紋失落地垂下尾巴。

「我們還是回頭吧，以免道路完全被切斷。」鴉羽喵聲提議。

「不行，」火星凝望著水面。「如果對岸有高地，灰毛一定就在那裡。」

鬃霜對他眨眨眼。他聽起來很肯定。可是他們要怎麼渡河？

「要是過不去，他在哪裡有差嗎？」鴉羽低聲咕噥。

火星的眼神依舊堅定。「我們一定會想出辦法。」他看著鴉羽，大大的綠色眼眸裡沒有一絲懷疑。鬃霜突然覺得身體輕盈了不少。她能感覺到心臟在胸口撲通狂跳，想像著它和火星的心同步搏動。他們非想出辦法不可。部族的未來岌岌可危。他們都已經努力了這麼久，不是嗎？

火星傾身靠近灰紋，對他低聲說了幾句話。霧星和一星也加入他們的行列。資深戰士們商議時，鬃霜環顧四周。遠處的下游有幾根樹木漂浮在水面上。她走過去踏踏樹幹，仔細檢視樹枝。

根躍來到她身旁，沿著她的目光看過去，發現一根探入黑暗的橡樹枝。「妳在想那根樹枝能不能通到對岸？」

鬃霜搖搖頭。枝椏看起來太細了。「我覺得不夠長。」

這時，她注意到遠方岸邊有棵樹斜探出來越過水面，心跳猛然加速，急忙跑過去細看，發現這裡的陸地皺縮，將兩棵樹擠到一處。一棵榆樹與一棵山毛櫸的樹根互相碰撞，迫使樹木往上探伸，突出地面，以致樹幹傾斜越過水域，根部像極欲求得安全的動物一樣緊抓住泥濘的河岸。「我們可以爬上去。」鬃霜提議。

根躍瞇起眼睛。鬃霜看見他眼裡閃過一絲疑慮。這棵樹不夠斜；就算斜度適當，它真的能通往彼岸嗎？

「如果能推過去一點……」鬃霜遲疑地喵聲說。「最高的樹枝或許能觸及對岸。」根躍嗅聞盤踞的樹根，它們看起來就像築到一半的巢穴，部分埋在地底，部分裸露在外。

鬃霜跳到樹根間，刨起一爪泥土。「只要大家同心協力，就可以把樹根挖鬆。」她沒有等到根躍回答便匆匆跑向貓群。這是他們最好的機會。「我有個主意。」

「什麼主意？」火星看著她。

她突然覺得很不自在。「我不確定有沒有用。」

根躍追上她。「我認為值得一試。」他對火星說。

「說吧。」火星對她眨眨眼。

鬃霜飛快用鼻吻指著傾斜的山毛櫸。「我想我們可以把那棵樹推過去，利用它渡河。」

「推倒一棵樹？」鴉羽的耳朵抽動了一下。

「它的樹根已經有一半露出地面了，」根躍告訴他。「我們可以把周圍的土挖出來。」

「那棵樹只是勉強扎根在岸邊，」鬃霜點頭附和。「只要大家一起努力，一定可以把根部挖鬆。」

「帶我們去看看。」火星揮動尾巴。

鬃霜走向山毛櫸，幾乎不敢呼吸。火星可能會看一眼，認為她的方法不可行。她退後幾步，讓資深戰士們檢視樹根。

灰紋從他們中間擠過去，開始挖掘。「土壤已經碎得差不多了。」他喵聲道。

鴉羽和霧星立刻跳到他身旁刨抓地面。

火星沿著傾斜的樹幹望過去。「我們挖樹根時，需要有貓兒推樹幹。」他喵聲說。

莓鼻和莖葉一聽，馬上伸出前掌開始推，柳光、雀羽、紫羅蘭光和銀流也上前幫忙。火星開始加入挖掘的行列，和灰紋一同努力。

鬃霜抬頭看了一眼。巡邏隊刨挖樹根時，樹頂的枝椏不停顫抖。他們的力氣足以推倒大樹嗎？她擠到紫羅蘭光身邊，使勁推著樹幹。

樹木嘎吱作響。貓兒們拚命刨土，愈來愈多樹根露出地面。樹幹發出一陣呻吟，往下傾斜，離水面只剩一根鬍鬚的距離，但根部仍牢牢攫住河岸。

鬃霜沿著樹幹望去，發現樹枝不停抖動，頑強地懸在水面上。她的腳掌因沮喪而感到發癢。

灰紋停止挖掘，抬起頭。「要是樹冠重一點就好了。」

鬃霜的心怦怦狂跳。她必須讓樹倒塌才行。「我來，」她攀上樹，經過雀羽和銀流身邊，站在樹幹上回頭望。「我會爬到樹頂。」

「太危險了！」根躍驚恐地睜大雙眼。

「要是樹幹沒有觸及對岸怎麼辦？」紫羅蘭光豎起毛髮。

「如果妳落水呢？」針尾倒抽一口氣。

鬃霜回頭對他們眨眨眼睛，注意到火星一雙綠色眼眸凝望著她。她好不容易走到這裡，絕對不能放棄。「我做得到，」她非常堅持。「我不會跌進河裡的。要是樹幹不夠長，我會馬上跑回來。」雖然嘴上這麼說，但她很清楚自己只是盡量保持樂觀。若這棵樹倒落河裡，沉到水下，也許就沒機會跑了。**不可能**。她把爪子刺進樹皮裡。**不會的**。這是巡邏隊渡河找到灰毛最好的機會。她不得不冒險。

她避開根躍的目光。他藍眼睛裡閃現的恐懼讓她害怕。她轉過身，開始沿著樹幹走。「繼續挖！」她大喊。「用力推！」

她輕手輕腳地前進，腳下的樹皮逐漸碎裂，殘骸飄落水面，消失在黯淡無光的黑水裡。樹幹開始分裂成細小的枝椏，她放慢速度，像穿越薊叢一樣，小心翼翼地一步一步往前走。她的呼吸愈來愈淺，過了好一陣子才意識到自己幾乎不敢喘氣。她停下腳步，穩定心情，深吸一口氣。她做得到。她非成功不可。

樹木在她腳下不停震顫，她回頭一看，只見原本在挖樹根的蛆尾和刺柏爪跳出來幫忙推樹幹。樹枝變得好細，她不敢再往前走。她駐足原地，將自己的重量加諸在樹上，讓樹幹貼近水面。她伸出爪子緊抓著樹幹，盡量不往下看。

樹木聞風不動，彷彿在呼吸，接著緩緩下沉。樹根發出一陣呻吟，吱嘎聲隨之而來，轉為刺耳的尖叫，樹木逐漸扭曲擘裂，她身下的樹幹突然墜落，速度快到鬃霜能感覺到風拂過她的毛髮。她閉上眼睛緊抓住樹幹，一顆心恐慌到快要爆炸。**如果這就是我的結局，拜託一定要讓其他貓順利抵達對岸。**

然而，樹木突然停止動作，在她爪間不停晃動，周圍的枝椏也隨之顫抖。原來樹幹撞上堅實的陸地，想必是銜接到對岸了！她身後的樹枝落入水中，激起陣陣水花；鬃霜立刻往後縮，嚇得毛髮直豎。**千萬不能碰到水！**水珠落在地上，沒有濺到她。她鬆了口氣，站起身走到樹梢盡頭，帶著勝利的喜悅跳上彼岸，凝望著身後的暗處。不見巡邏隊的蹤影。「安全了！」她對著黑暗大喊。「你們可以過來了。」

過沒多久，根躍從陰影處現身，沿著樹幹匆匆跑來，淡色毛髮如霧靄般掠過樹枝。

「小心！」鬃霜看著他像松鼠一樣沿著樹枝蹦蹦跳跳，連忙出聲叮嚀。「不用這麼急！」

他來到她面前，鼻吻貼著她的臉頰。「妳嚇壞我了。」他喵聲說。

「但是成功啦。」鬃霜開心地呼嚕，退到一旁。其他貓隨後出現。針尾跳到他們身旁。「妳好勇敢喔。」她稱讚鬃霜，眼裡閃爍著晶亮。灰紋和柳光走到他們跟前，莖葉也來到她身邊，繞著她呼嚕叫。

「太厲害了。」他開心地喵聲說。

巡邏隊成員一個接一個排成縱隊，跳上遠處的陸岸，大家落地時都帶著敬慕對她眨眼睛。他們交頭接耳，顯然很高興能成功渡過黑暗水域，也鬆了一口氣，只有影望緊張地盯著山坡。

火星是最後一隻走過樹幹的貓，他腳步輕盈地跳到鬃霜身旁。「這個主意很棒，」他對她表示讚許，眼中的燦亮驅散了幽暗和陰鬱。「妳很勇敢，願意冒險攀上樹頂。」

鬃霜緊張地看著雷族族長。「我非這麼做不可，」她小聲說。「我們費了好大的勁才把你們帶來這裡，一定要想辦法過來。」

火星點點頭，轉向其他巡邏隊成員。影望緊盯著斜坡，雙眼因恐懼睜得好大。河流另一邊的森林變得很稀疏，陸地往上延伸，通到一片草木搖曳的狹長草地，那裡到處都是帶著節瘤的樹木，無星的黑色天空如暴風雨般籠罩著大地。「大家小聲一點，」影望輕聲低語。「灰毛就在附近，」聽到他這麼說，鬃霜的腳掌緊張到陣陣刺麻。「我能感覺到他。」

他還透過異象跟灰毛連結嗎？她抑制住想顫抖的衝動。沒時間害怕了。他們是來找灰毛的，機會就在眼前。

「好，」火星點點頭，瞥了莖葉、莓鼻和柳光一眼。「你們殿後，」他說。「如果看到灰毛，或感覺到他在控制你，就立刻逃跑。」

莓鼻惱怒地豎起毛髮。

「沒有貓會因為你們離開而小看你們，」火星解釋。「我們貓數眾多，大家都是強壯的戰士，少了你們，我們也會沒事的。最重要的是要阻止灰毛繼續壯大。掌控的貓愈少，他的勢力就愈弱。」

莓鼻哼了一聲。「好，隨你。」他語氣生硬，一邊後退，望著其他巡邏隊成員跟著火星爬上山坡。

鬃霜來到根躍和紫羅蘭光旁邊，他們母子倆正穿過長長的草叢。行進期間，她感覺到根躍的毛髮拂過她的毛皮。他沒有看她，但他身體散發出的溫暖讓她覺得好舒服、好安心。

「這是我見過最勇敢的舉動，」紫羅蘭光看了鬃霜一眼。「妳爬上樹幹時把我們嚇得半死，但我真不知道除了這麼做還有什麼辦法能把樹推倒。」

鬃霜心裡湧起一股驕傲。此刻的她再次踏上堅實的陸地，她不敢相信自己居然這麼大膽。光是知道自己可以這麼勇敢，就讓她滿懷希望。她確信自己不是這裡最勇敢的貓。剎那間，她腦海中浮現贏得這場戰役，平安回家的畫面。她的心隱隱作痛，好想回到雷族營地。她幾乎能聞到森林裡的霉味，看見湖水在林間漾著波光。前方的巡邏隊放慢腳步。她頓時緊張起來。他們看到什麼了嗎？

她回頭瞄了一眼，發現莖葉、莓鼻和柳光僵在原地，耳朵驚恐地豎起。

「怎麼了？」她輕聲詢問莖葉。

「灰毛。」莖葉脊梁上的毛皮昂然聳立。

「他想控制你嗎？」她又問。

「還沒有，」莖葉的喵叫聲小得像耳語。「他還沒察覺到我們在這裡。」

鬃霜急忙往前走，輕輕掠過草地。她經過蛆尾和銀鷹身邊，感覺到根躍的氣息緊跟在後。領頭的火星和灰紋蹲踞在地，針尾、紅尾和其他貓呈扇形散開，像石頭一樣動也不動，在長草叢中靜靜等待。

鬃霜匆匆趕到火星身邊。他蹲伏在草地上窺望，只見前方有片遼闊的空地，遠處座落著濃密的樹林，林木因著收縮的陸地擠在一起，枝葉互相纏繞，形成一堵如岩石般難以穿透的牆。灰毛就在樹牆前走來走去。

他形單影隻，似乎不知道有貓在監視他。「我一定會讓他們付出代價。」

他在跟誰說話？鬃霜飛快掃視空地，沒看到其他貓。**他在自言自語嗎？**她嚐嚐空氣，聞到腐肉的惡臭。

「我要他們全都付出代價，」灰毛怒聲咆哮。「他們自以為能羞辱我，我要讓他們在死前搖尾乞憐。」

「他在做什麼?」她小聲問火星。

「不知道，」雷族族長瞇起眼睛。「怪了，他身旁居然沒有護衛，很容易受到攻擊。他一定知道這樣很危險。」

「或許他不曉得我們現在有援軍了。」鬃霜輕聲說。

灰紋哼了一聲。「應該是他與現實脫節了吧，」他低吼。「灰毛的腦袋裡一直有蜜蜂。」

「也有可能是陷阱。」火星輕甩尾巴，其他巡邏隊成員向外散開，在空地邊緣悄悄潛行。

鬃霜瞥了根躍一眼。他在一條尾巴外的地方停下來，緊盯草莖間的縫隙，頸背的毛髮昂然聳立。

「我們什麼時候進攻?」他低聲問道。

「稍安勿躁，」火星對灰紋眨眨眼。「你能嗅到其他貓的氣味嗎?」

「只有巡邏隊的氣味，」灰紋回答。「我想這裡應該只有灰毛而已。」

希望如氣泡在鬃霜皮下嘶嘶作響。這是絕佳的良機。只要殺了灰毛，就能打破他對貓靈的控制，黑暗森林戰士也會無所適從。他們可以破除封鎖星族的路障，讓一切恢復正常。她急切地往前傾身，繃緊神經，等待火星下令。

「跟我來，」火星慢慢爬出草叢，示意巡邏隊進入開闊的空地。「維持隊形。」

就在這個時候，灰毛猛地轉頭。他看到星族貓和黑暗森林戰士走過草地，忍不住瞪大雙眼。他們慢慢前進，他卻動也不動，尾巴勾住纏結的灌木叢。

鬃霜的心跳加速。**他被困住了！**

她端詳灰毛的眼睛，想看看他眼底的恐懼。他讓貓族承受這麼多磨難，她要讓他感到害怕。他必須明白自己的惡行，他理當受苦作為懲罰。

可是他眼中絲毫沒有恐懼的徵象。他熱切地對火星眨眨眼。「你來啦！很好！」他喉嚨裡傳來的是呼嚕聲？他不是應該憤怒咆哮嗎。**他是怎麼了？**「很高興見到你。」

鬃霜緊盯著灰毛。他為什麼一點也不害怕？

「太完美了，比我想的更棒，」灰毛揚起尾巴。鬃霜困惑地瞄了火星一眼，看得出來他一樣對灰毛的殷切感到莫名其妙。難道他自認能贏得這場戰鬥？「我們可以一起解決，一勞永逸。」

「你傷害了部族，難道你都不覺得後悔？」火星看著他。

「後悔？」灰毛一臉疑惑。「幹嘛後悔？」

「我們原諒你那麼多次，」火星喵聲說。「還讓你加入星族，給你機會改過自新，你卻用這種方式來回報我們的仁慈，千方百計想毀掉我們，毀掉一切。」

灰毛不屑地哼了一聲。「星族蠢不是我的錯。為什麼我要因為你們原諒我而過意不去？我從沒原諒過你們。」

鬃霜簡直不敢相信自己的耳朵。他難道忘了當初落敗的時候嗎？

「我從沒原諒過任何貓，」灰毛雙眼閃閃發光。「我並不軟弱，我沒有原諒棘星奪走屬於我的東西，也永遠不會原諒松鼠飛一而再，再而三地拒絕我。我給了她滿滿的愛，她卻狠狠背叛我，彷彿我的愛毫無價值，」他臉色一沉。「我會讓她過得比其他貓更痛苦，好好享受折磨她的快感。」

火星發出低沉悠長的嘶嘶聲，毛皮上的星辰微微顫動，憤怒似乎占據了他全身每一塊肌肉。他看起來就像獾一樣強壯，鬃霜不懂灰毛為什麼自認能憑一己之力打敗火星。

「看得出來你在星族那段日子並沒有削弱你的信心，」灰毛望著他，眼裡盡是輕蔑。「你和棘星真像，你們倆都認為自己是森林裡最偉大的戰士。你的傲慢讓我生厭。該讓星族看看真實的你有多軟弱。解決你之後，我會去找松鼠飛，讓她——」

「住口，」灰紋走上前低聲咆哮，打斷他的話。「你輸了，你還不懂嗎？」

「是嗎？」灰毛緊盯著雷族長老。「難道你們沒發現星族其實一點也不特別？」他看著鴉羽。「你們和他們之間唯一的差別是你們活著，他們死了，」他的眼神轉向紫羅蘭光。「他們只是一群不願放棄掌控權的貓屍，根本不在乎你們。他們只是喜歡發號施令，告訴你們該怎麼做，好讓你們滿足他們的欲求，而非為自己而活。」

灰毛惡狠狠地瞪著霧星，她似乎僵在原地動彈不得。

「跟隨死去的祖先除了替你們帶來麻煩外有何好處？」他齜牙低吼。「他們製造一大堆問題，要求你們冒著生命危險解決。若你們當初忽視這些問題，現在早就過著寧靜快樂的日子，而不是流血戰鬥。」

鴉羽的耳朵不安地抽動。風族副族長該不會真的在聽他胡言亂語吧？

「只要忽略星族，你們就能過著平靜的生活，」灰毛強調。「他們只是讓你們忙得團團轉，這樣你們才不會意識到哪些事物對你們有益。沒有他們，你們會過得更好。」

「真不敢相信我們曾以為你很在乎戰士守則。」紫羅蘭光豎起毛髮嘶聲說。

灰毛輕蔑地瞟她一眼。「問題就在於你們什麼都信，」他甩動尾巴。「所以你們才會在這裡，參與另一場貓族戰役，」他環視其他生者。「幫助我摧毀星族。你們就能從他們愚蠢的陰謀裡解放出來，隨心所欲地生活。你們可以統治森林，不欠任何貓。」

霧星不發一語地盯著他看。鬚霜身子一僵。灰毛說動她了嗎？她緊張地瞥了鴉羽和灰紋一眼。他們會同意這隻無恥惡貓的說法嗎？

霧星不屑地噴噴鼻息，鬚霜這才鬆了口氣。

「你不配擁有戰士的名字。」她厲聲咆哮。

「你是個蠢貨。」鴉羽瞇起眼睛瞪著灰毛。

「我們還在等什麼？」紫羅蘭光甩動尾巴問火星。「快殺了他。」

鬚霜屈伸腳爪準備戰鬥。她看著火星。**快下令啊**。愈早解決掉這個狐狸心愈好。

灰毛眼裡閃著歡愉的火花，一副沾沾自喜的模樣。他不知道自己的生命就快走到盡頭了嗎？

就在這個時候，他們身後的草地窸窣作響。鬚霜飛快環顧四周，只見一隻肌肉發達的白色公貓從灌木叢裡走出來，她驚訝地睜大雙眼。

「暗尾！」

霧星的嘶嘶聲讓鬃霜胃裡激起陣陣恐懼。**暗尾？**他不是那隻在她出生前差點毀掉部族的惡棍貓嗎？

針尾瞬間豎起毛髮；一星睜大眼睛；空地周圍的巡邏隊成員驚慌失措。暗尾昂首踏上空地，更多貓從草地潛行而出，一隻接著一隻，直到鬃霜的喉嚨因恐懼而抽緊。巡邏隊被陌生貓群團團包圍。他們毛髮蓬亂，鼻吻上布滿疤痕，不是耳朵帶著撕裂傷，就是尾巴嚴重受損，總之幾乎每隻貓都傷痕累累。他們究竟是誰？

暗尾停下腳步，迎上灰毛的目光。「他們還真的自投羅網，跟你說的一樣。」他得意地喵聲道。

「你來黑暗森林做什麼？你不是戰士，不屬於這裡。」一星抽動著尾巴，對白色公貓放聲咆哮。

「哦，我的父親，」暗尾的眼睛閃閃發光。「我跟戰士們共同生活了很長一段時間，當然有資格來這裡，」他歪著頭，睜大雙眼。「你不覺得嗎？」

愈來愈多貓越過草地；看到沙鼻、斑紋叢、溫柔皮及其他貓靈如夢遊般茫然地盯著前方，鬃霜的心猛然一沉。

灰毛早就設下了圈套。

「我就像其他貓一樣很訝異自己來到這裡，」暗尾繼續說。「但一切都很順利。灰毛給了我一個復仇的機會。雖然生前計畫失敗，但死後我總算可以摧毀貓族。」

「你不能和戰士一起生活，」火星撇撇嘴。「無論生死，連那些傷害所屬部族的戰士也不行。」

「你是怎麼把惡棍貓帶來這裡的？」灰紋壓平耳朵，嫌惡地環視暗尾的巡邏隊。

「這些都是最近死亡的貓，就像你們的族貓一樣，」灰毛回答。「他們才剛成為靈體，帶他們來很容易，畢竟星族很……」他猶豫了一下，好像在搜尋適當的詞彙。「**忙**。」

暗尾的鬍鬚不停抽動，似乎覺得很有趣。「他們活得那麼辛苦，最後終於找到安棲之所，你難道不高興嗎？」他問道。

「你不過是在利用他們！」火星嘶聲哈氣。

「講真的，火星，」灰毛揚起尾巴怒斥。「你太天真了。既然有資源，我幹嘛不好好用來摧毀部族呢？」

「我們開始吧？」暗尾期待地對灰毛眨眼睛。

鬃霜感覺到一股寒意籠罩著她，彷彿空氣瞬間結冰。

「好，」灰毛點點頭。「來吧。」

他輕甩尾巴，暗尾直起後腿，惡棍貓巡邏隊和貓靈大軍立刻往前衝，像飢餓的狗群一樣放聲嚎叫。

第十六章

根躍僵在原地。他望著暗尾越過空地，時間似乎變慢了。毛髮蓬亂的惡棍貓咆哮著從長草叢裡狂奔而出，宛如奔湧的黑水席捲戰場。霧星和鴉羽消失在貓群裡；看到溫柔皮和斑紋叢自藏身處衝出來加入攻擊時，根躍全身上下的毛髮都發出恐慌的尖叫。不曉得莓鼻、柳光和莖葉有沒有成功抵抗灰毛的控制？他試著在貓群中尋找他們的蹤影。也許他們在灰毛得逞前就逃走了。

他看到犬躍、急齒、薊爪和惡棍貓靈肩並肩站在一起。顯然還是有不少黑暗森林戰士追隨灰毛。沙鼻猛撲向紫羅蘭光；爆發石出爪劃過銀流的鼻吻；爪面和楓影朝灰毛奔去，在他身邊齜牙咧嘴。

部族巡邏隊寡不敵眾。急齒從他身旁疾馳而過，根躍立刻猛地揮拳，但那隻棕色公貓幾乎沒注意到他。他瞇著眼睛，目光鎖定紅尾。根躍的思緒飛快旋轉，身體就快被恐懼吞沒，但站在一旁的鬃霜立刻直起後腿，用腳爪攻擊一隻花紋斑駁的灰色惡棍貓，狠狠打中對方側腹時，他的腦袋突然清晰不少，如伸出的尖爪般銳利。他絕不會讓巡邏隊成員死在這裡。

他揮舞腳爪，勾住那隻灰色惡棍貓的腿。正打算轉向鬃霜的她頓時失去平衡，絆了一跤；鬃霜立刻跳到她背上。響亮的嚎叫聲劃過冰冷的空氣，根躍這才瞥見影望。

影望轉過身瞪大眼睛，笨拙地攻擊包圍他的惡棍貓。**他是一隻巫醫貓，不會戰鬥。**

他看到影望身上的新傷閃爍著溼潤的光芒，後腿包紮的蜘蛛絲紛紛脫落，在空中飄蕩。

他沒辦法撐過這場戰役。根躍瞥了鬃霜一眼，只見她把那隻惡棍貓壓制在地，用後爪撕扯她。看來她暫時應付得了。他飛快奔過空地，閃避針尾，躲開犬躍。「影望！」

一聽到根躍呼喚他的名字，影望猛地轉頭。

「快跑！」根躍直直撞上一隻薑黃色母貓，讓她往後踉蹌幾步。他朝灰毛身後的樹牆點點頭。那是唯一可以躲藏的地方。

影望迎上根躍的目光，再看看他後方，眼裡閃著畏懼的光芒。根躍飛快轉身，發現犬躍朝他衝來。黑暗森林戰士跳起來放聲咆哮，利爪深深刺進根躍的肩膀。根躍砰地摔倒在地，疼痛如火灼燒著他的毛皮。他瞥見影望走近。「別過來！」他痛擊犬躍下腹，焦急地看著他的好友。「你沒受過戰鬥訓練！」他喊道。影望立刻停下腳步，眼裡滿是困惑。「快躲起來！」根躍大聲嚎叫。「我們不能一邊跟他們作戰，一邊保護你！」影望似乎明白他的意思。根躍看著他轉身跑向樹林，攀上最近的樹幹，爬到枝椏上，這才鬆了口氣。

根躍將注意力轉回犬躍，他正把他壓制在地。根躍將後腿縮到犬躍腹部下方，狠狠踹了一腳。他感覺到犬躍鬆開腳爪，立刻站起身。剛才被他撞倒的那隻薑黃色惡棍貓也站了起來，怒氣沖沖地瞪著他。她發出嘶嘶聲，跳到犬躍身旁，他飛快衝向根躍，發動第二次攻擊。

根躍飛快蹲下閃躲，滑到犬躍伸出的腳掌下方。黑暗森林戰士被他絆倒，撞上那隻薑黃色母貓。他們火大地咒罵對方。根躍心裡燃起一絲希望。這些貓很凶殘，但顯然不習慣團結作戰。惡棍貓再次對他發動攻擊，他立刻揮爪劃破她的臉。犬躍一把攫住他的後腿，但根躍奮力掙脫，猛地轉身，狠咬他的前掌。犬躍退後幾步，琥珀色眼眸閃爍著痛苦的光芒。惡棍母貓又撲向根躍，狠狠揍他一拳，攻擊力強到讓他的身體搖搖晃晃。他的腳掌在溼漉的泥地上打滑，不小心摔倒。他靈機一動，滾到敵貓搆不著的地方，找空隙逃跑。與此同時，蛆尾從他身邊疾奔而過，擊退一隻惡棍貓。

根躍不停翻滾，擺脫薑黃色惡棍貓。這時，他聽見水流輕輕拍打著大地，愣了一下，慢慢轉頭。眼前的景象讓他的心劇烈狂跳。他的鼻吻距離黑水只有一根鬍鬚的長度，幽暗的池潭如傷口般裂開，漫過大地，從長長的草原往四面八方流淌，啃噬著空地外圍。戰場正在**縮小！**

他匆匆站起身，毛髮因驚恐而聳立。他後退時，另一隻貓撞上他的背，突如其來的衝擊讓他張開四肢往前傾。根躍跌跌撞撞地接近水邊，恐懼掠過他的胸膛。他胡亂屈伸腳爪，就像在懸崖邊想抓住什麼一樣，同時感覺到有貓爪從後面用力推他。他回頭看了一眼，原來是那隻薑黃色惡棍貓追了過來。她雙眼閃爍著貪婪的光芒，想把他推進水裡。根躍突然應聲倒地，腹部砰地撞上土壤，身體變得癱軟無力。惡棍貓驚訝地睜大眼睛，彎曲前掌，身體搖搖晃晃。根躍飛快翻身，伸出後爪勾住她的腹部，悶哼一聲，用力把她踢進水裡。惡棍貓嚇得放聲哀號，臉孔扭曲片刻，旋即消失無蹤。一池黑水如大湖般吞沒了她。

水波漸趨平緩，冷冽的恐懼悄悄滲入根躍的毛皮。水面上一絲漣漪都沒有，完全看不出有貓跌進去。他心頭一驚，想起自己在小島旁失足落水，感覺到黑水再次淹過他的頭頂。他覺得好不舒服，使勁甩開這個念頭。痛苦和憤怒的尖叫聲從他身後傳來，撕裂了空氣。他一躍而起，轉身準備回到戰場。

一隻毛色斑駁的惡棍貓飛也似地衝過他身旁，撲向一隻白色與薑黃色與相間的公貓。根躍身子一僵。**莖葉？**他沒有逃走。他飛快掃視空地，看到莓鼻就在戰場中心附近。**兩名戰士都在這裡！**根躍遲疑了一下。他們是看到敵方陣勢龐大，所以前來幫忙嗎？他的胃緊揪在一起。灰毛在控制他們嗎？這時，他才意識到莓鼻正對著爆發石發動一連串精準的攻擊，莖葉則撲向那隻毛色斑駁的惡棍貓，將他撂倒在地。根躍眨眨眼睛。他們在跟灰毛的貓搏鬥。一陣興奮感竄過他的身體。**他們站在我們這邊！**

根躍飛奔到猛揍急齒的莖葉身旁，直起後腿。「不要離灰毛太近，」根躍朝灰毛點點頭，他正蹲踞在纏結的樹牆前，楓影和薊爪護衛在側，讓他遠離戰火。「他可能會再度控制你。」

「你以為我不知道啊？」莖葉哼了一聲。「我可沒太多選擇。」他望著吞噬大地的不祥陰影——黑水從空地另一邊滲流，逼著他們回到樹林。根躍抑制住內心的恐慌。他們必須趁還有空間時盡快結束這場戰鬥。

「堅強點。」他對莖葉說。

莖葉點點頭。「我一直在想點毛。」他的眼裡充滿決心。「我在想，要是我能專心想著她和我們的小貓，就能抵抗灰毛的意念。」

急齒在他們面前蹲伏而下，採取攻擊的姿態。莖葉推開根躍。「讓我來。」他低聲咆哮。

根躍點點頭，不打算插手。另一名戰士可能需要他的援助。他只希望灰毛忙著指揮其他貓靈。要是他成功控制莓鼻和莖葉，他們的盟友就更少了。

他再次掃視空地，發現火星與灰紋兩位老友肩並肩，面對一群惡棍貓。一隻虎斑貓衝上前，眼裡閃爍興奮的光芒。火星猛地出拳，利爪劃過他的鼻吻。另一隻貓立刻補位，但灰紋揮拳狠揍她的背，火星則猛踹後爪，擊退一隻從後面突襲的薑黃色公貓。這兩位老友默契十足，他們飛快轉了一圈，對著敵貓又踢又揍，腳爪合作無間，總是精準攻擊對方的鼻吻和利爪，時間抓得非常完美，彷彿當年受訓就是為了此刻。兩次出擊間，火星的目光掠過灰毛，顯然想將戰場推到他那邊，但周圍的惡棍貓讓他們分身乏術。與此同時，楓影和薊爪瞇起眼睛、貼平耳朵保護灰毛，好像他是他們的小貓一樣。

根躍心想，說不定他加入火星和灰紋能讓他們占上風，殺出重圍逼近灰毛。他朝他們走去，避開翻滾而過的羽尾，一隻咆哮的公貓緊抓住她。他躍過鴉羽，他正把犬躍拖到地上壓制在地。根躍在惡棍貓群間穿梭，他們像一群老鼠不斷嘶嘶聲哈氣，惡狠狠地咒罵他。敵方的貓實在太多，但若他們能擒住灰毛，他的巡邏隊可能會棄戰投降。

根躍離那群惡棍貓愈來愈近，就在這個時候，空地上響起一聲痛苦的哀號。根躍愣在原地。那是他母親的聲音，如椎刺穿了他的心。他四處張望，發現紫羅蘭光在黑水環繞的空地邊緣獨自面對兩隻惡棍貓。一隻虎斑貓出爪攻擊，另一隻黑貓撕扯她的尾巴，但紫羅蘭光動作飛快，立刻抬起前腿踢開虎斑貓的腳爪，用頭撞飛他，旋即轉身劃破黑色母貓的耳朵。

鮮血灑落大地，紫羅蘭光絕望地看著漆黑的水面，再度放聲嚎叫。「針尾！」她的喵喊透著一絲恐慌。根躍隨著她的目光望過去。她叫不是為了自己，而是為了她的朋友。針尾趴伏在水邊，擺出防禦的姿態，暗尾逐步進逼，她的雙眼因恐懼而圓睜。

根躍朝針尾的方向奔去。利爪劃過他的側腹，但他掙脫束縛，邊跑邊把腳掌從敵貓口中拉出來。暗尾舉起前爪準備攻擊，扭曲的臉孔充滿惡意。根躍使勁狂奔，縱身一躍，像老鷹掠過黑暗的水面，在暗尾的尖爪碰到針尾前狠狠撞上他，用力把他往後推。

這隻白色惡棍貓踉蹌幾步，迎上根躍的目光。根躍追了上去，一把抱住他，將他摜倒在地。暗尾眼裡閃過一絲震驚，像具腐爛的屍體癱倒在根躍腳下。驚訝如火花般在根躍胸口迸發。他一時失去平衡，身體搖搖晃晃。暗尾直起後腿，像烏鴉襯著無星的天空昂然屹立，揮舞著前掌撲向他，爪子就像黑荊棘一樣尖長。根躍僵在原地。

爪子掠過臉頰那一刻，根躍飛快閃避，接著猛然低頭，左閃右躲，避開暗尾的連續攻擊。他聽到爪子在耳邊劃破空氣的聲音，及時扭動身體躲開暗尾的拳頭，害怕地半閉著眼。恐懼掏空了他的胃。黑水在哪裡？

根躍頭暈目眩，低頭瞄了一眼，發現腳掌旁有個黑色水窪。他嚇了一跳，急忙往旁邊一閃，卻被暗尾揍了一拳。他的耳朵疼痛難當，感覺好像撕裂了一樣。根躍看到鮮血濺灑在地，感覺到暗尾的腳爪勾住他肩上的毛皮。這隻惡棍貓發出勝利的呼喊，將他狠狠摔倒地上。根躍狂踢後腿，卻只感覺到空氣，因為暗尾將他壓制在地。他奮力抵抗暗尾強而有力的腳掌，每根毛髮都痛苦地尖叫。他輸了，無法掙脫，黑水離他的臉只有一根鬍鬚的距離。

暗尾眼裡閃爍著興奮的光芒。「再見。」他低聲咆哮。

暗尾的尖牙飛快咬向他的喉嚨，根躍絕望地使出最後一推。千鈞一髮之際，他瞥見銀色毛皮。針尾一把攫住暗尾的頸背將他往後拉，但暗尾就像狐狸一樣強壯。他用爪子緊緊掐住根躍的喉嚨，讓他無法呼吸。

根躍拚命掙扎，依舊無法擺脫暗尾。他的勇氣彷彿被黑水吞沒，一點一滴流失。他怎麼會以為他們能贏得這場戰役？這裡是黑暗森林，暗尾和灰毛這樣的貓於此地滋養茁壯，每一絲惡臭的呼吸和每一根焦黑的樹枝都沾染著痛苦和絕望，他們就是在這樣的負能量中變得愈來愈強大。根躍覺得希望如夕陽餘暉逐漸消逝，暗尾眼裡閃爍著他在灰毛眼中見過的那種瘋狂和邪惡。

我們會死。我們全都會死。他瞄了空地一眼。**鬃霜！**他的心似乎裂成兩半。他讓她失望了。

霎時，黑白相間的毛皮閃過他的眼角。紫羅蘭光跳過黑黝黝的水面，落在針尾旁邊，毛皮因憤怒而聳立。她高聲嚎叫，一口咬住暗尾的脖子，使勁往後拉。

毛髮蓬亂的白色公貓放開根躍，驚訝地睜大眼睛。針尾咬住他的後腿將他拽倒在地，紫羅蘭光則對著他的耳朵猛揍一拳，讓他在地上滾了好幾圈。

「你要為了讓我受苦而付出代價。」針尾撲向他，出爪攻擊他的鼻吻。

暗尾悶哼著站起身。

針尾再度發動攻擊。「還有你對紫羅蘭光造成的痛苦！」

紫羅蘭光從針尾身旁飛奔而過，伸出前掌掐住暗尾的喉嚨，將他壓制在地，用後爪猛抓他的肚子。「你帶給部族的苦難還不夠嗎？」她眼底燃著熊熊怒火。「我永遠不會原諒你對我和針尾所做的一切。」

她從他身上滾下來，落在針尾身邊。兩隻母貓都帶著仇恨的冰冷眼神，看著暗尾搖搖晃晃地爬起來。針尾猛地出拳，伸爪劃破他的眼睛。暗尾發出痛苦的哀號，踉蹌幾步，震驚到無法自衛。紫羅蘭光抓傷他的臉頰，針尾接手攻擊，把他趕回長長的草地上。

根躍掙扎著站起身，甩甩血淋淋的毛皮。他屏住呼吸，看著母親和針尾一拳接一拳猛揍那隻邪惡的惡棍貓，直到他曲著腳掌倒臥在地。

「他死了嗎？」紫羅蘭光齜牙咧嘴地瞪著他。

針尾俯身嗅聞他的鼻吻，旋即張嘴咬住他的脖子，速度和蛇一樣快。暗尾又抽搐了一下，一動也不動。針尾帶著沾滿鮮血的下顎往後退，看著紫羅蘭光。「現在死了。」

根躍感覺到冰冷的空氣滲透他的毛皮。他克制住想發抖的衝動。巡邏隊夥伴仍在他身後奮戰，尖叫聲於空地迴盪不絕。他轉過身，發現有隻貓消失在長草叢裡。那是惡棍貓嗎？他們似乎受暗尾指揮。現在他死了，不曉得他的追隨者會不會一哄而散？

希望如火花在他心底閃動。他看到鬚霜和一隻虎斑貓扭打在一起，一隻灰色公貓趁機咬她的尾巴，她眼中燃著憤怒的光芒。犬躍瞇起眼睛朝她走去。戰鬥還沒結束。

根躍飛也似地衝過空地。這一次，他沒有轉向或閃躲，而是直直猛衝，硬是穿過正在搏鬥的貓群，無視那些咬他尾巴的大嘴，用力甩掉勾住毛皮的爪子。他從刺柏爪身邊跑過，一隻惡棍母貓企圖攻擊他，但前影族副族長及時抓住她，把她拖走。根躍對刺柏爪眨眨眼，感謝這位黑暗森林戰士站在他們這邊。他追上犬躍，伸爪攫住那隻瘦骨嶙峋的黑色公貓，將他猛甩到一旁，把虎斑貓從鬃霜身上拉下來。

「謝謝。」鬃霜對他眨眨眼，眸裡滿是振奮，接著匆匆起身緊挨著根躍，狠踢那隻撕咬她尾巴的惡棍貓，將他踹倒在地。虎斑貓直起後腿準備再次出擊，根躍立刻衝過去咬住他的後腿。他搖搖晃晃地往後退，根躍直起身子，感覺到鬃霜的側腹抵著他。她看著他的雙眼，點點頭。

他們倆一起猛攻這群惡棍貓，拳拳到肉，將他們一一擊退。火星和灰紋戰鬥時就是這種感覺嗎？根躍覺得自己可以預見鬃霜的一舉一動，將他的戰技融合其中。他們攜手打倒一隻灰色公貓，還連續揮拳逼得一隻玳瑁貓逃向掩蔽處。他們在戰場上殺出一條血路，貓群開始往後退。

根躍情緒高漲，心好像飛了起來，傷口似乎也不痛了。他們一定會贏。他和鬃霜並肩作戰，兩貓合作無間，彷彿師承同一位導師。他突然明白，鬃霜對他來說比什麼都重要。他之前到底在猶豫什麼？若說有哪隻貓能讓他願意放棄部族，絕對非她莫屬。

如果他們能逃離黑暗森林，他就要這麼做。

第十七章

影望爬上樹，緊抓著覆蓋光滑樹皮的枝幹，將爪子刺進去，周圍纏結的灌木叢不停顫抖。樹根下的陸地出現許多褶皺。黑暗森林是不是愈來愈小了？黑水從空地邊緣滲出的速度比先前更快，一條又一條水流貫穿大地。空地周圍的草原陰影籠罩，草波如海浪起伏。

影望看著下方的戰場，幾乎無法呼吸。他努力抑制每一股想爬下去保護朋友的衝動。**我只會礙事**。這個念頭讓他覺得好困窘、好羞愧。但這是不爭的事實。他沒有戰鬥技能，側腹的新傷比後腿的舊傷更刺痛。爬樹已經夠難了，一想到要跳下去，他就畏縮不前。雖然躲在這裡是一種恥辱，但他知道，若他讓自己置身險境，只會讓朋友分心而已。

然而，希望開始在他心底萌芽。他看見紫羅蘭光和針尾殺了暗尾，之後惡棍貓就紛紛逃離戰場，消失在長草叢裡。幾隻貓靈似乎也無心再戰，彷彿灰毛對他們的掌控逐漸減弱，他也沒有試著重新控制莖葉和莓鼻。斑紋叢悄悄溜走，沙鼻被莖葉追著跑出空地，莓鼻則逼得松果足不得不找掩護。星族戰士們成功擊退灰毛的護衛。此時此刻，羽尾和一星仍不停攻擊楓影，紅尾和針尾打得薊爪飛奔而去，衝進草叢裡找掩蔽。被打敗的貓群四處逃竄，影望可以看到草原如漣漪般泛起陣陣波瀾。

鬃霜和根躍擊退一群惡棍貓時，火星、灰紋和霧星緩緩走向灰毛。那隻暗色戰士似乎沒有察覺到危險。他在糾結的灌木叢下來回踱步，自言自語，毛髮沿著脊梁聳立。

「你們會為對我所做的一切而受苦。」他低聲咆哮，似乎不再專注於這場戰役，難怪貓靈會趁機逃跑。

影望在枝幹上移動，看著火星、灰紋和霧星逼近灰毛。他們瞇起眼睛，切斷每一條逃脫路線。可是灰毛似乎無意逃跑。他幾乎沒有注意到火星和霧星退後幾步，讓灰紋走上前。

「你們很怕星族生氣，」灰毛喃喃自語。「但你們真以為可以對我為所欲為，不必付出代價？我會讓你們知道，你們大錯特錯。」他有意識到自己快輸了嗎？

灰紋走到他跟前；灰毛停下腳步，眨眨眼，似乎搞不懂雷族長老是從哪冒出來的。也許他會發現盟友拋棄了他。灰紋來到灰毛面前時，影望探出身子，想聽他們說什麼。

「松鼠飛有話要我轉達。」灰紋低聲咆哮。

灰毛立刻豎起耳朵。「她說什麼？」他眼裡閃過的是盼望嗎？他還相信松鼠飛有好話要對他說？

灰紋再度開口，影望屏住呼吸。

「她想讓你知道，她在乎過你，」灰紋傳達松鼠飛的訊息，兩眼直盯著灰毛。「她不只把你視為族貓……她一直很關心你，甚至把你當成朋友來愛你，直到她發現你想殺了那些你認為是她孩子的貓。」

灰毛雙眼圓睜，似乎在努力消化這一切。

「那時她才意識到自己永遠不可能愛上你，」灰紋繼續說。「你的愛已經腐爛變質。那不是愛，而是占有慾。她想讓你知道，無論今天的戰鬥結果如何，她永遠都會選擇棘星。她希望你能好好想想，為什麼她會選他。她希望你終能明白，為什麼她真正愛的是棘星，而且至死不渝。」

灰毛的眼神逐漸蒙上一層懷疑。「但我死而復生是為了她啊。」

灰紋不屑地哼了一聲。「你不應該這麼做，因為松鼠飛永遠不會愛你。她愛的是棘星和雷族，你永遠無法——」

灰毛豎起頸背的毛髮，彷彿終於明白了什麼。他壓平耳朵，發出刺耳的嚎叫，猛撲向灰紋。看到雷族長老被撞飛，影望心頭一驚。火星立刻衝上前，但還來不及趕到，灰毛就把灰紋拖到地上，像隻凶猛的老鷹撕扯他的毛皮，在長老腹部留下好幾道深深的傷口。火星試著把灰毛拉走，但灰毛出爪擊退他，憤怒讓他的攻擊狂上加狂。

灰紋身上的血腥味蓋過了其他戰鬥的氣味，影望抑制住反胃的感覺。這時，長草叢沙沙作響，他飛快豎起毛髮。過沒多久，惡棍貓紛紛湧入空地，楓影和薊爪緊跟在後，將這些毛髮蓬亂的貓再次推向戰場。

紫羅蘭光和銀流用鼻吻猛攻那些暴徒。鬃霜飛快轉身，臉上寫滿震驚。根躍驚訝地往後退，血淋淋的毛皮不斷起伏。他們互望一眼，怒吼著衝上前再度迎戰。

恐慌螫刺著影望的心。部族貓能再次擊退黑暗戰士大軍嗎？莓鼻和莖葉在遠處的長草叢裡追趕惡棍貓，針尾和一星也不見蹤影。難道惡棍貓撤退是場陰謀，目的是要引開星族戰士？

「救命！」影望對著冰冷的空氣嚎叫。「他們回來了！」他的尖叫聲在陰暗的草地上迴盪，腳下的枝幹不停顫抖。他僵在原地緊巴著樹皮。樹枝在移動。他能聽見它嘎吱作響，周圍纏結的樹木也發出喀喀的聲音。樹根周圍的土壤擠在一起，逐漸變形，影望所在的樹開始慢慢傾斜。他緊抓著的那根枝椏與樹幹連接處出現裂縫，讓他失去平衡。他後爪一鬆，雙腿滑落邊緣，身體懸在空中晃來晃去，腳掌無助地在空地上方揮舞，一顆心怦怦狂跳。底下的惡棍貓蜂擁而上，隨便一隻貓都能伸手把他拉下來。他拚命掙扎著想爬上枝幹，傷口如火燒般疼痛。可是裂縫愈來愈大，木頭逐漸崩裂，樹枝就這樣沿著縫隙斷成兩截，影望感覺到自己不斷下墜。

一股恐懼頓時湧上心頭。他胡亂揮舞腳掌，撞上一隻惡棍貓突出的脊背。他感覺到身下的毛皮，旋即滑落在地。他癱倒在傷腿上，痛苦讓他看不清眼前的景況。許多身影環繞四周，從他眼前閃過。他掙扎著站起身，忍著痛想了解情況；側腹的新傷裂開了。這時，有個肩膀撞上他的臉，讓他一陣暈眩。他試著恢復平衡，又有個臀部撞上他的大腿。五顏六色毛皮如漩渦般打轉，一片混亂，他分不清朋友和敵貓。這時，一口尖牙咬住他的臉頰。他連忙後退幾步。爪子劃破他後腦勺的空氣。咆哮和尖叫竄進他耳裡。

影望蹲踞在地，嚇得渾身發抖。他能感覺到腳下的地面不斷震動，似乎緩緩上升。他心想，不曉得那是不是他腦中的想像，希望大地能把他抬高遠離戰場，如波浪般送他到樹上。他閉上雙眼。或許其他星族貓正看顧著他，決定出手相救。他再次睜開眼睛，發現自己一點也不安全。大地是舉著他遠離激戰貓群沒錯，但是流淌的黑水卻將他團團包圍。

影望目不轉睛地看著黑水，溪流逐漸變寬，他胃裡湧起一股恐懼。地面開始下降，他立刻蓬起尾巴。大地愈沉愈低，水很快就吞沒了他周圍的土壤。他必須在水碰到他之前離開這裡。他望著對岸，側腹陣陣抽痛，傷腿也很僵硬。他有辦法跳那麼遠嗎？他別無選擇。影望使盡全身力氣，咬緊牙關，一躍而起。越過幽暗的水面時，疼痛深深刺進肉裡，就像腿上的傷一樣。他笨拙地落在乾燥的地面上，搖搖晃晃地試著保持平衡。**星族，救我！**他的力氣似乎逐漸枯竭，身體往後傾。

他努力站穩腳跟，一隻虎斑惡棍貓進入他的視線。惡棍貓盯著影望，高興地抽動鬍鬚，就像獵手瞥見獵物一樣。他轉過來衝向他，他馬上就察覺到那隻惡棍貓的意圖。他回頭看看黑水。**他想把我推下去！**恐懼如鷹爪攫住影望的心。他想跑，但後腿扭傷了。他拚命穩住身子，能感覺到黑水貪婪地張開大嘴，朝他蔓延而來，準備把他吸進去。惡棍貓愈來愈近，逃不了的影望只能閉上眼睛。**我就要死了**。他拋棄了朋友，把他們留在黑暗森林。一路走來，他都沒幫上什麼忙，現在他要永遠離開他們了。**對不起**。

這時，一個披著淺灰色毛皮的身影閃過眼前，擦過他的鼻吻，一股清香如溫暖的微風掠過全身。**鬃霜！**她擋住惡棍貓的攻擊，用嘴角發出嘶嘶聲：「快跑！」

影望匆忙逃跑，傷口的痛楚如烈火熊熊燃燒。他倉皇離開，半跑半跛地經過黑水，沿著空地外圍跑向安全的地方，遠離戰場。羞愧感拽著他的胃。他好討厭自己居然那麼害怕。他好討厭逃跑。

挫折感在他皮下沸騰，接近長草地時，他踉蹌幾步，站都站不穩。能量如傷口滲出的鮮血從他體內湧出，腦中每一個思緒逐漸流失，每一種感覺都在消亡。他頹然倒地，四周的戰鬥畫面愈來愈模糊，他心裡只剩下感激。鬃霜救了他。

他感覺到頭垂下來，黑暗壓著視野邊緣。他快死了嗎？意識消退之際，他看見灰毛朝他跑來，雙眼緊盯著他不放，似乎在打什麼主意。他穿過扭打的貓群，其他貓好像都沒看到他。灰毛逐步靠近，恐懼在影望體內奔流。他感覺到灰毛撞上他，嚇得倒抽一口氣，接著就失去意識了。

他張開雙眼，發現自己似乎進入一場夢境。周遭一片寂寥，空氣悶厚凝滯，感覺就像暴風雨將近。他用四條腿穩穩站在地上，環顧四周，發現陰暗的草地已經不見了。這裡沒有戰鬥，沒有纏結的樹牆，只有烏雲籠罩著四面八方，包覆著他的腳掌，在他身旁旋繞。**我死了嗎？**

還沒。灰毛的聲音回答他，如貓頭鷹的夜鳴填滿他的思緒。

影望頓時猛地轉身，掃視眼前那片朦朧的灰。灰毛的眼睛在晦暗中閃爍；他邁步向前，眼裡流露出帶著喜悅的惡意，在影望跟前駐足。

「這是哪裡？」影望努力抑制內心節節高漲的恐慌。

「你的腦袋，」灰毛喵聲說。「別忘了，我們倆可是有連結呢。這個地方既是你的，也是我的。」

「滾出去！」影望搖搖頭。

「你在垂死邊緣，」灰毛呼嚕呼嚕笑著。「要是我把你留在這裡，你就真的沒命囉。」

「那就讓我死吧。」影望帶著怒氣生硬地說。

「你不用死。」灰毛繞著他踱步，尾巴拂過影望的脊梁。

影望頓時一陣顫慄，連忙甩開他。他看著灰毛，感覺到他有什麼陰謀。「離我遠一點。」

「你可以加入我。」灰毛不理他，依舊在他身旁走動，平靜地喵聲說。

「我為什麼要加入你？」影望大為光火，怒瞪著他。

「我可以帶你離開這裡，你可以活下去，」灰毛的耳朵興奮地抽動。「你只要殺了鬃霜就好。」

「蜜蜂跑進你腦袋裡了！」影望看著他。「我為什麼要那麼做？」

「殺了她，就能結束這場大戰，」灰毛喵聲回答。「犧牲一隻貓，就能拯救許多貓，」他站在影望面前。「她會放鬆戒心，不會有所防備。很簡單的，就連你也做得到。」

「我絕對不會——」

「鬃霜一死，根躍就會心碎到無法戰鬥，」灰毛無視他，再度開口。「屆時除掉他就像從巢穴裡抓隻小老鼠一樣容易。他會死，鬃霜也會死，而你會站在我這邊，」灰毛發出呼嚕聲。「少了你們三個，就連火星都會喪氣。大戰就此結束，和平隨之降臨，」

他伸出鼻吻湊近影望。「你不想要這樣嗎？」

影望迎上他的目光。和平。他當然想要和平。過去幾個月一片混亂，森林裡每隻貓都希望能回歸和平，但不是用這種方式。「我希望戰鬥結束，」他一字一句喵聲說。「但前提只有一個，那就是你被打敗。」

灰毛的大眼裡閃著憤怒的光芒。他飛快後退，撇撇嘴。「看來你真以為自己是他們的一份子，對吧？你認為部族是你的歸屬。」

「當然！」影望厲聲喝斥。「虎星是我父親，我是一隻徹頭徹尾的影族貓，還冒著生命危險幫助他們。」

「影族？」灰毛的鬍鬚抽動了一下。「你母親來自雷族，你是混血貓，而且你從小就很怪。如果你父親不是族長，你以為影族會接納嗎？」他的尾巴不祥地甩動。「你看得到異象，但你連是誰傳達的都不知道。你沒有戰鬥能力，你協助我逃跑，你還殺了雷族族長。」他瞄了影望一眼，影望不安地挪動腳掌。

他說的都是事實，但這不表示影望不屬於貓族。

「你認為你親愛的巡邏隊沒看到你遠離戰場嗎？」灰毛繼續說。「你以為他們冒著生命危險搏鬥時沒注意到你躲在樹上嗎？你以為他們真的不介意一次又一次營救你嗎？」他輕蔑地哼了一聲。「你幫不了他們，你是個累贅。」

影望強迫自己不要退縮。他好希望周遭的灰雲能包住他，蓋過灰毛的話語。他說的有很多都是真的，但他知道他的朋友很重視他。鬃霜才剛救了他的命，不是嗎？他信任她，也信任根躍。可是眼前這隻貓？影望與灰毛四目相望，他緊盯著他，凝視腐朽的深處。這隻貓是個騙子，絕對不能相信他。他的嘲弄和奚落影響不了他。影望瞇起眼睛。「我不會再被你挑撥，認為自己不屬於貓族，」他慢條斯理地喵聲說。「或是沒有貓在乎我。他們很關心我。我有親戚，有族貓，還有朋友。我很清楚自身的歸屬。」

灰毛的眼神似乎有點動搖。他慢慢退開，逐漸淡去，消失在灰濛的烏雲裡，幾乎看不見他的身影。最後，他的雙眼突然閃過一絲仇恨。「我們就等著看吧。」他低聲咆哮，隨即消逝無蹤。

影望眨眨眼睛，鬆了口氣。灰毛終於走了。烏雲仍在四周旋繞，空氣變得更悶，讓他快要窒息。他搖搖頭。他不能待在這裡，否則一定會死。可是要怎麼離開呢？他是不是走太遠了？還有辦法回到生者的世界嗎？

第十八章

鬃霜飛快蹲下閃避攻擊。虎斑惡棍貓的爪子劃過她的耳朵，留下一道傷痕。她不顧那股刺痛，猛地衝上去，滑到對方腿間，用頭使勁撞他的肚子。惡棍貓悶哼一聲，揚起後腿，扭動著用前掌撐起身，再次面對鬃霜。

鬃霜想回頭查看一下。不曉得影望有沒有足夠的時間逃走？這隻惡棍貓剛才正要把他推到黑水裡。

惡棍貓出爪攻擊，但還來不及打中鬃霜鼻吻，她就猛地擊退他。她後掌用力一蹬，撲向那隻虎斑貓，用爪子勾住他的毛皮，將扭動的他拽到地上。她緊抓著那隻惡棍貓，讓他腹部朝天，用力壓制，以致他無法用後腿擋住肚子。

鬃霜身上每一處傷口都在刺痛，每一塊肌肉都痠疼無比。火星和灰紋包圍灰毛時，她還以為這場戰役已經結束了。怎知逃跑的惡棍貓群重返戰場，空地上再度迴盪著戰鬥的聲響和氣味。

虎斑惡棍貓掙脫了她的束縛。鬃霜飛快起身往後退，將惡棍貓引開黑水畔，溪水持續向外流淌，漫過空地。惡棍貓緊跟著她，瞇起眼睛，準備展開又一波攻擊。鬃霜瞥過他身旁，發現影望正走向長草地，遠離黑水，可是腳步不太穩定。看見他倒下的那瞬間，她的心似乎停止跳動。影望受傷了！

惡棍貓趁機撲向鬃霜。她直起後腿保護自己，但惡棍貓一口咬住她的後掌，尖牙深深刺進肉裡。一陣痛楚竄過腿部，鬃霜放聲嚎叫，出爪刺進惡棍貓的肩膀，攫住他的毛皮，將他狠狠甩到一旁，迫使他鬆口。她把他按倒在地，跳上他的背，用後爪猛烈攻擊他的脊椎，又瞄了影望一眼。

她嚇得豎起毛髮。灰毛就在影望旁邊。只見他咬住影望的後頸，把他拖向黑水。

不！她得在灰毛把影望丟下去前救他。

惡棍貓趴伏在她身下激烈扭動。她感覺到他的肌肉充滿力量。她從他背上滑下來。沒時間了，她必須盡快結束這場戰鬥。她探出鼻吻湊近惡棍貓的脖子，用力咬下去。他抽搐了幾下，化為一具癱軟的屍體。

鬃霜把嘴巴裡的毛吐出來，匆忙起身朝影望飛奔而去。灰毛正拖著他失去意識的身體走向黑水。一隻黑褐相間、帶著斑點的瘦小公貓突然跳出來齜牙哈氣，擋住她的去路。他看起來有點眼熟……**是蟻毛！**他是一名在新葉季死去的影族戰士，現在受灰毛控制。鬃霜從下方勾住他的前掌，趁他摔倒時推開他，繼續往前跑。另一隻公貓衝出來狠撞她的側腹，讓她失去平衡，但她任由自己跌倒，翻滾在地。惡棍貓跳到她身上，她一把抓住他，用後爪狂抓他的肚子。惡棍貓痛苦哀號，鬃霜飛快跳起來，繼續朝影望的方向疾奔。

影望離水只有一條尾巴的距離。灰毛貼平雙耳，瞇起眼睛，拖著那隻無助的公貓走近黑水。

「放開他！」另一隻惡棍貓跳出來擋路，鬃霜一拳擊退對方，目不轉睛地看著影望。她得快點趕到他身邊。她的肌肉因使力而灼痛。她經過正在扭打的犬躍與銀鷹，從急齒和銀流中間擠過去。「我來了！」

就在這個時候，有貓爪勾住她的後腿，讓她四腳朝天倒在地上。她飛快轉頭，發現薊爪咧嘴獰笑，露出閃閃發光的尖牙。他撲向鬃霜，攻擊力道之大讓她喘不過氣。她拚了命想掙脫，但他把她的肩膀按在地上。鬃霜猛踢後腿試著推開他，可是薊爪的力氣太大了。

「準備好受死了嗎？」他在她耳邊咆哮。

恐慌在鬃霜的血液裡奔流。她探頭張嘴咬住薊爪的前腿，他立刻鬆手。鬃霜使勁扭動，身體逐漸從他爪間掙脫。她掙扎著站起來，感覺有什麼東西重重砸上她的臉頰，更多利爪劃破她的毛皮。她飛快轉身，只見楓影惡狠狠地瞪著她。這隻黑暗森林母貓抓著她的後頸把她舉起來，尖爪劃過她的脖子。鬃霜頭好暈；她能感覺到鮮血從傷口噴湧而出，視線漸趨模糊。她搖搖晃晃地癱倒在地，楓影重重壓在她背上，沮喪感刨抓著她的胸口。腳爪如雨點般落下，又抓又打。楓影將她的鼻吻壓入土中，她感覺到薊爪的尖牙刺進她的尾巴。她嘴裡滿是鮮血，覺得好無助。

「影望！」她努力想在眾多模糊的輪廓中瞥見他的身影，但貓群擋住了她的視線。她該如何擺脫這些貓？絕望如岩石落在她心口，她聽見一聲驚訝的嚎叫，背上的重量消失了。

她撐起身子，兩側腹脅不斷起伏。她拖著沉重的腳步轉過身，紫羅蘭光和根躍就在眼前。感激如潮水般來襲。鬃霜甩掉嘴巴的血，薊爪再次撲向她，她立刻從下方進攻，打掉他的腳爪。紫羅蘭光以快狠準的連擊將楓影逼回空地中央；根躍跳到薊爪身上把他撞倒，狂抓他的鼻吻。

鬃霜很想好好感謝他們，但影望遇上了麻煩。根躍將薊爪的鼻吻壓進土裡，他們倆的眼神在混亂中交會片刻。她有好多話想告訴根躍；她應該在大戰開始前說的。根躍回望著鬃霜，讓她的心隱隱作痛。他注意到她脖子上的傷口，眼睛睜得好大，接著看向她身後那片黑水。

影望就在水畔，灰毛則站在一旁俯視著他。黑潭逐漸擴大，在空地上蔓延。鬃霜壓平耳朵。她必須阻止灰毛。他已經傷害了那麼多貓——她絕不能讓他殺了影望。她回憶起自己不顧假棘星的命令愈來愈奇怪，一心想取悅他的那段日子，忍不住張開鼻翼。可以說除了影望之外，沒有一隻部族貓比她更了解他。她很清楚灰毛有多危險。

鬃霜留意到灰毛改變重心。機會就在眼前。**我得立刻行動**。她沒時間懷疑自己。她骨子裡知道，這麼做是對的。

她不假思索地看了根躍一眼。**對不起！**根躍眼裡閃過一絲驚恐，彷彿猜到她想做什麼。她對他眨眨眼，沒辦法把想說的話全都告訴他。**我別無選擇**。她沒浪費一分一秒，毫不猶豫地轉身跑向影望。

「等一下！」根躍的嚎叫聲在她身後響起，語氣滿是絕望。但她不能停下來。灰毛的腳爪緊貼著影望的側腹。只要輕輕一推，影望就會永遠消失。

星族啊，幫幫我！這個念頭似乎很可笑。星族就在**這裡**，和她並肩作戰。

她跑到影望身旁，後掌以前所未有的力氣使勁一蹬，撲向灰毛。不斷擴大的黑色水潭沒有映照出灰毛的倒影，只隱約漾著他的輪廓。鬃霜低頭用力衝撞灰毛；他應聲倒下，她則從他和影望身上滾過去，心跳似乎隨著時間的推移逐漸減慢，她低頭一看，只見黑水在她身下張開大嘴。看來是逃不了了。

她落入水中，感覺就穿過一池冰層。寒意緊緊纏裹著她，把空氣從她肺裡擠出來。她慢慢下沉，黑暗籠罩四周。**快抵抗啊！**她知道自己應該踢腿求生，應該奮力抵禦漆黑冷冽的惡水。她的思緒飄向根躍，試著在腦海中勾勒出他的天藍色眼睛，聽見他溫柔的喵喵聲。要是能抱著他就好了……

她突然感覺到身旁有什麼動靜。她扭動身子，發現自己的毛髮在周圍隨波飄動。一條尾巴外的地方好像有什麼東西。**該不會是影望吧？**她白白犧牲了嗎？恐慌竄過每一絲毛髮。鬃霜使勁游過去準備奮戰。她一定要救他，非救不可。

一看清那隻貓的臉，她瞬間愣住。落水的不是影望。只見灰毛死命拍打腳爪想浮上水面。

不行！不能讓他逃上岸。

鬃霜快速游過去，伸出兩隻爪子緊抓著灰毛，使勁往下拉，然後轉身用盡全力把他推向深處。她看著灰毛沉入底下無盡的黑暗，臉孔因為水流沖擊而扭曲，但內心的恐懼顯而易見。勝利的喜悅在鬃霜體內翻騰。他們成功了！灰毛終於知道什麼叫害怕了。他睜大雙眼望著她，眼底盡是不信，接著便沉墜到陰影裡徹底消失，只剩最後一口氣化成泡泡漂過鬃霜身邊，浮出水面，就此消散無蹤。

他走了。結束了。她做了從小到大一直想做的事：她救了她的部族。

救了所有貓族。

鬃霜轉身朝水面瞄了一眼。如今那裡看起來好遙遠。剛才與灰毛那番纏鬥也把她的身體拖進黑潭深處，她感覺到體內最後一點力量逐漸從脖子上的傷口滲出來。水面、陽界、部族——這些她都搆不著。

她放鬆身體，傷口的疼痛慢慢緩解。她不再害怕黑水了。水流感覺起來好溫暖，像擁抱一樣吞沒她的身軀，撫慰著她的心。

可以休息了。

她再次抬頭仰望逐漸消失的水面。是有很多張臉往水裡看嗎？她不太確定。**紫羅蘭光？**她好像瞥見黑白相間的毛皮在黑水另一邊閃動，旁邊還有黃色毛皮。**根躍？**她的心湧現一股愛意，疼痛不已。她感覺到內在一陣騷動。她怎麼能就這樣離開他？她伸出一隻腳掌想把身體往上拉，可是除了水流外什麼也抓不住。黑水不願放她走。悲傷刺穿了她的心，不是為了她自己，而是為了根躍。她的任務完成了，可是根躍那麼愛她，現在卻只能在沒有她的世界活下去。**對不起。**她的思路開始混沌。**但我們打敗他了。我們殺了灰毛，拯救了部族。**

她滿腦子都是根躍。他們在一棵繁茂的大柳樹下緊挨著彼此，他的體溫滲入她的毛皮。這是夢境還是記憶？她說不上來。現在場景換成打獵，他們並肩跑過森林，身體靠得好近好近。接著，她看到自己在貓窩裡依偎著他。他們有分享過窩穴嗎？當然有，她心想，而且一定是出於相愛。他們倆的尾巴纏繞在一起，驕傲地看著三隻小小貓。這些當然是真的，這些都是他們共享的生活回憶。

那股緊攫著不放的寒冷似乎終於願意讓她走了。她閉上雙眼。在最後一刻，她只感受到溫暖，感受到滿滿的愛。

第十九章

「不！」根躍喉間發出一聲撕心裂肺的哀號。他飛快轉身，連走帶跑地往前衝，憤怒在體內湧動。他奮力掙脫母親的束縛，一心想往黑潭跑去。

「你救不了她。你只會讓自己同樣身陷危險。」紫羅蘭光看著他。

「我要救她！」恐懼在他的毛皮下搏動。他再度轉身朝向黑水，紫羅蘭光像叼小貓一樣飛快咬住他的後頸，把他拉回來。

「她已經走了！」她把兒子往後一甩。

他僵在原地看著她。不可能，鬚霜不會死。絕對不可能。他飛也似地衝到水邊，凝視著沒有倒影的黑潭。紫羅蘭光緊挨著他，肢體很僵硬，似乎準備在必要時抓住他。

水面平靜無波，濺起的水花沒有留下任何漣漪。他看著黑水，一顆氣泡突然浮上水面。然後就不見了。

紫羅蘭光說的沒錯。鬚霜走了。他救不了她。他的心彷彿撕裂成兩半，迸發出難以忍受的痛楚，讓他幾乎無法呼吸。他能感覺到紫羅蘭光用鼻吻摩挲著他的脖子，感覺到她的呼吸和溫暖的毛髮，但這一切毫無意義，改變不了什麼。鬚霜死了。

他隱約察覺到周遭的戰事趨於和緩。斑紋叢從針尾身旁退開，在空地上東張西望，神情萬般驚恐，似乎不懂自己怎麼會在這裡。

「他走了！」莖葉開心地揚起尾巴。「灰毛死了！」

紫羅蘭光轉向他，尖細的喵嗚聲盛滿哀痛。「鬃霜也走了！」她難過地嗚咽。「她為了阻止灰毛殺害影望，把他推到水裡，黑水也吞噬了她。」

莖葉眼底滿是震驚。那股情緒如火焰般不停跳動，在其他戰士眼中燃燒，一個接一個；他們步履蹣跚，停止戰鬥，望向鬃霜消失的黑水潭。

一隻灰色母貓掙脫了火星的束縛，困惑地盯著他。**煙霧雲**，根躍悲傷地想。他在戰鬥期間沒認出她。那名風族戰士在與假棘星搏鬥時戰死，現在她的目光落到犬躍身上，怒不可遏，彷彿這才意識到真正的敵方是誰。

根躍幾乎無法呼吸。

鴉羽的眼神從黑潭轉向薊爪。薊爪立刻縮起身子蹲踞在地，擺出防禦的姿態，小心翼翼地後退。楓影眼裡閃爍著驚恐，慢慢走向長草地，毛皮不安地起伏。蛆尾和莓鼻惡狠狠地貼平耳朵，緩緩走向她，她立刻轉身，伴著最後一聲嘶吼，飛也似地逃跑，薊爪也緊跟在後。

聚集在空地周圍的惡棍貓靈彼此互望，靠得更近，警戒地看著星族戰士。紅尾的耳朵不祥地抽動，羽尾抖抖毛皮，一星用冰冷的眼神掃視他們，惡棍貓便一個接一個轉身溜走，草叢如水在他們身後閉合。

漫流的黑水逐漸滲入地底，空地後方纏結的樹牆嘎吱作響，數座池潭也隨之消失。地表上的褶皺撫平，樹木回到原位，枝椏也慢慢鬆解，在熟悉的古老土壤中扎根。

根躍茫然地望著空地，腦袋動也動不了，彷彿思緒包覆著一層寒冰。

「結束了。」紫羅蘭光來到他身旁輕聲說。

她說話的時候，一位身披繁星的戰士從長草叢中現身，上氣不接下氣，好像是一路跑過來的。

「葉池！」火星急忙上前迎接。「有消息嗎？」

「星族狩獵場和黑暗森林間的路障消失了，」葉池眼神熠熠地環顧四周。「星族慢慢回歸正常，」她對聚在一起的貓靈眨眨眼。「我們和陽界也恢復聯繫了。」

松果足和斑紋叢交換了一個眼神，溫柔皮來到他們中間，莖葉輕輕揮動尾巴。

根躍拖著沉重的腳步走到黑潭邊。池潭已經消失得差不多了，只剩下一個小水窪，黑水快速滲進土壤。希望在他的胃裡蠢動。鬃霜會不會出現？他焦急地盯著逐漸減少的水，殷切盼著那隻他深愛的灰色母貓。可是黑水並沒有留下任何痕跡，所在之處只有一片黝深的泥壤。

拜託。根躍趴伏在地，將鼻吻貼在泥土上。他要傾聽大地的聲音，它會告訴他鬃霜在哪裡。只要探得夠深，就能找到她。他之前在湖邊做過，是姊妹幫教他的，他可以透過大地深處的能量感知任何跟他有連結的貓。根躍閉上雙眼，感覺到鬃霜的存在。她溫暖的靈魂想必就在某個地方。他一定會找到她。他非找到不可。

然而，地面除了黑暗森林的陰冷，什麼也沒有。根躍覺得內心那股空虛痛到難以承受。鬃霜不僅失去性命，更失去以星族戰士之姿續活下去的機會。他再也見不到她了。她從他的生活中徹底消失，他現在只希望自己的靈魂能滲入大地，加入她的行列。

第二十章

「我們和陽界也恢復聯繫了。」

葉池帶著勝利之姿揚起尾巴的同時，影望環視空地。他努力從灰毛黑暗的夢境裡走出來，在籠罩著思緒的灰色雲霧中奮力前行，睜開雙眼……大戰結束了？

他坐起身，心裡很是懷疑。但這是真的。惡棍貓群走了，黑暗森林戰士們也跟著離開。他應該高興才對，可是感覺不太對勁。他覺得胸口空蕩蕩，一顆心好像被掏空了。火星的綠色眼眸閃爍著晶亮；一星興奮地豎起毛髮；灰紋吃力地站起身。

影望開始緊張起來。**鬃霜呢？**

溫柔皮來到斑紋叢身旁。

「所以我們現在可以去星族領地了嗎？」松果足急切地看著葉池。

「沒錯。」葉池對他眨眨眼。

貓靈群中響起一陣低語，大家都鬆了口氣。可是根躍獨自蹲在溼溼的汙點旁，那裡曾是黑水匯聚之地。紫羅蘭光和莖葉看著他，臉上寫滿憂懼。恐慌在影望的毛皮下蔓延。他想看看根躍的眼睛，可是他把鼻吻貼在地上。

影望口乾舌燥。他不用問鬃霜在哪裡了。紫羅蘭光眼中閃動的悲傷和莖葉盯著溼地的表情就是答案。只有一個原因能讓他們看起來這麼崩潰。黑水奪走了她的生命。

他心如針扎。是灰毛把她推下池潭嗎？他是不是在影望拒絕他的提議後親手殺了她？他輕輕走到莖葉身旁。「出了什麼事？」他低聲問道。

「鬃霜把灰毛推到水裡，」莖葉看著他，眼中流露出一絲憐憫。「他想殺你，而她救了你，可是自己也落水了。」

影望感到一陣暈眩，腳下的地面似乎在晃動。**到頭來還是我殺了她**。他腦海中突然響起灰毛的話語。**你幫不了他們，你是個累贅**。灰毛說的對，他不該在這裡。他不屬於貓族。他轉身望著根躍，好希望自己能扭轉一切，好希望死的是他，不是鬃霜。

「影望。」

影望抬起頭，迎上一雙熟悉的眼睛。**尖塔望**。

「你救了我，」瘦小的黑貓若有所思地說。「要是沒有你，我的靈魂就會被困在這個可怕的地方。」

影望皺著臉。**我救了你，卻殺了鬃霜**。「我很為你開心，尖塔望，」他說。「也很感激你為我的家族所做的一切。但我不認為自己是個英雄。」

尖塔望歪著頭看著這隻年輕的巫醫貓，目光突然變得比先前更熾烈。「你不能讓他們影響你。」他放聲咆哮。

影望後退幾步。他喜歡尖塔望，但他不想跟這隻奇怪的貓爭辯。「希望你在星族過得愉快。」他脫口而出，急忙躲開。

這時，他注意到山丘那邊有動靜，葉池正轉身走向長草地。「我們走吧，」她喵聲說。「快點離開黑暗森林。你們在這個可怕的地方待太久了。」

影望的臟腑扭絞成一團。她怎能不管鬃霜逕自離開？他們怎麼能就這樣走掉？然而貓靈一個接一個地跟在後面，巡邏隊其他成員也緊隨在後。灰紋似乎不太能站，火星連忙過去用肩膀撐住他的老朋友。灰紋一跛一跛地穿過空地，鮮血染紅了青草。

影望麻木地看著紫羅蘭光推頂根躍站起來，對他輕聲低語。根躍似乎失去了自我意志，只能靠著她引導，跟隨其他貓離開。

影望想追上去向他道歉。**她為了救我而死**。這個想法捎來了另一波悲慟，強烈到讓他暫時從恍惚中清醒。現在跟根躍談這件事為時過早。他不能把自己的痛苦強加到朋友身上——這名年輕的天族戰士承受的痛已經夠多了。

蛆尾看著貓群跟著葉池離開。「她會讓我們跟嗎？」他問雀羽。

毛色斑駁的母貓聳聳肩。

「應該不會，」銀鷹瞇起眼睛。「他們不需要我們了。」

「我們至少該跟他們說再見，」刺柏爪喵聲說。「謝謝他們。」

「應該是他們謝我們吧？」蛆尾瞟了他一眼。

「他們拯救了黑暗森林。」刺柏爪提醒他。

蛆尾哼了一聲。「沒有我們幫忙，他們不可能成功。」

刺柏爪甩甩尾巴。「沒有他們幫忙，黑暗森林就會消失，順便把你也帶走，」他轉向影望。「你要來嗎？」

影望呆呆地看了他一會，然後抖抖毛髮，試著擺脫那種如水般沉重的悲傷。

「你應該讓柳光看看你的傷。」刺柏爪打量著他。

影望隱約感覺到側腹的傷口陣陣刺痛，腿傷也很疼，但這些都比不上他的心痛。

「回家後水塘光會替我治療。」**家。**影族營地突然變得好遙遠、好陌生，宛如一場夢。

刺柏爪讓黑暗森林戰士先走，用尾巴指引影望跟著他們。

影望很好奇，為什麼這隻黑色公貓對他這麼親切？**他救過我一次。可能至今還覺得要對我負責吧。**他腦中突然閃過一個更黑暗的想法。**他為了救我而死，就像鬚霜一樣。**

他對刺柏爪眨眨眼。「我一直沒機會好好謝謝你。」要是也能有機會感謝鬚霜就好了。

「謝什麼？」刺柏爪看著他。

「謝謝你在我還是小貓時救了我。」他想不起來事情的經過，只記得一隻黑色公貓跳進漩渦般的洪流來到他身旁，把他推出水面。

「這不算什麼，一點微薄之力，希望能彌補我對天族的傷害。」刺柏爪說道。

「你指的是對他們的獵物堆下毒？」影望瞄了他一眼。

「對。」他看起來很慚愧。

「你為什麼要這麼做？」

「我以為這樣能終止部族間的爭執，」他那身如無星天空般墨黑的毛皮微微抽動。

「事實上，這個行為非常懦弱。我不配成為戰士，也不配成為影族貓。我讓我的族貓們蒙羞。」

影望克制住想顫抖的衝動。他很懂刺柏爪的感受。是他允許讓灰毛占據了棘星的身體，即便其他部族反對，他依舊堅持自己沒錯，但實際上他只是被灰毛利用；他太驕傲、太愚蠢，沒有意識到這一點。因為他，影族就此烙上一個印記，大家會永遠記得他們是助灰毛返陽的貓族。現在他還害死了鬃霜——他的朋友，雷族最勇敢的戰士之一。她為了部族不惜冒險，如今卻永遠消逝。他垂下頭，幾乎看不見自己的腳步，任憑刺柏爪帶他穿越草地。

他們一踏出草叢，只見巡邏隊已經抵達山腳，先前那裡有條黑河擋住去路。他們推倒的那棵樹依舊是山谷間的橋梁，只是底下沒有奔流的河水，只有一條空蕩的溝壑。

葉池輕輕鬆鬆地跳過去，其他貓也跟上，隨著她走進森林。

「快點。」刺柏爪加快腳步，影望慢吞吞地跟在後面。

我真的屬於貓族嗎？葉池宣布星族與部族恢復聯繫時，他內心反倒更空洞。這片土地看起來杳無聲息，就像褪色的天空或是垂死的獵物。寬闊的草原蒙上一層灰濛，地上也透著寒氣，山腳下的樹木如鬼魂般蒼白。影望看著巡邏隊消失在林間。原本和他那麼親近的貓兒現在變得好陌生。他心裡湧起一股令貓作嘔的悲傷，意識到改變的不是黑暗森林，而是他自己。

他不再是當初那隻進入黑暗森林的貓了。發生了什麼事？

「你要來嗎？」刺柏爪回頭看他。

「我不是他們的一份子。」影望對他眨眨眼，心裡除了哀傷外什麼都沒有。

「別鼠腦袋了。」刺柏爪甩甩尾巴，示意他跟上。

「我殺了鬃霜。」影望硬是咽下喉頭的緊繃感。

刺柏爪走向他。「不要自責，」他喵聲說。「這是一場戰鬥，有些戰士會犧牲。」

「他們不應該為我而死，」怒氣在影望的胸膛裡翻騰。「我不應該在那裡，也不應該參與這項任務。如果鬃霜不用救我，她現在還會活著。灰毛永遠找不到通往陽間森林的路。我除了帶給部族痛苦外一事無成，還害死了我的朋友。」

「你冒著生命危險去保護你愛的貓，」刺柏爪一針見血地喵道。「鬃霜也做出了相同的決定。」

影望根本沒在聽。「我是局外貓，」他放聲咆哮，對自己的憤怒不斷高漲。「永遠都是。我本該成為一隻優秀的巫醫貓，結果卻成了貓族的詛咒。」

刺柏爪眼神一暗。「我把你從洪水中救出來，因為我知道你會有很偉大的成就。尖塔望不是說了嗎？你能看穿暗影，接收到異象和徵兆？你做到了，不是嗎？」

「可是看到異象只會帶來麻煩而已！」影望強忍住情緒，不發出絕望的哀號。

「不管怎樣，麻煩總是會來，」刺柏爪告訴他。「灰毛大可用別的方法來傷害部族。但就是因為你接收到異象，他們才能打敗他。」

影望的思緒飛快旋轉交纏，以致腦中的想法毫無意義。他唯一確定的是，他跟其他族貓不一樣，他替部族帶來了災厄。「要是我能看到那些黑暗的徵兆，是因為黑暗才是我的歸屬，那該怎麼辦？」

「你在說什麼啊？」刺柏爪語氣生硬地問道。

「我不能回湖邊，」影望哽咽地喵聲說。「灰毛對我做了什麼。他改變了我。」

「**改變**了你？」刺柏爪皺起眉頭。

「他找到一種跟我產生連結的方法，」影望喃喃低語。「只有我可以，其他貓都不行。他成了……」他的聲音愈來愈小，在腦中尋找適當的詞彙，想讓刺柏爪明白他的意思。「他成了我的一部分，或我成為他的一部分。現在還是一樣。一定是。我覺得他把我跟他綁在一起。我不再屬於湖畔，而是屬於這裡，屬於他創造出來的黑暗世界。」

刺柏爪看著他。山腳下最後幾名巡邏隊成員消失在樹林裡。

「我不能回家。」影望難過地挪動腳掌。

刺柏爪放聲大吼，雙眼盈滿憤怒，讓影望嚇了一跳。

「你這個傻瓜！」刺柏爪猛撲向他，砰一聲把影望撞倒，將他的肩膀按在地上。影望驚訝到喘不過氣。刺柏爪的鼻吻離他只有一根鬍鬚的距離；他低頭瞪著影望時，眼裡燃著熊熊怒火。

「你在做什麼？」影望倒抽一口氣。

「你絕對不能有那種想法，」刺柏爪咆哮。「你要振作起來。黑暗森林正偷偷潛入你的腦袋。這個地方可能會讓一隻好貓變壞。別讓它得逞。你冒著生命危險拯救部族，你不應該待在這裡，你應該和族貓一起待在湖邊，」他鬆開手。「你負傷，又沒有戰鬥技能，但你還是來了。沒有你，他們不可能打敗灰毛。」

「我只會妨礙他們而已。」

「你為了他們踏入黑暗世界，」刺柏爪厲聲喝道。「你敢去他們無法踏足的地方。就算你**自認**傷害了他們，你也應該想辦法補救，不能就這樣消失。你必須回到湖邊，每天努力彌補自己的過錯，盡力而為，」他輕搖影望幾下，放開他，坐在地上。「我願意付出一切來換取另一次機會，」他喃喃低語。「證明自己有資格成為影族的一員，只可惜我再也回不了家了，」他對影望眨眨眼。「但**你**可以。你有虎星和鴿翅，還有光躍和撲步。他們都在等你。整個影族都在等你。」

影望沒有移動。「你真的這麼認為？」

「當然！」刺柏爪大喊道。「要是你再也不回家，你覺得鴿翅或虎星會有什麼感受？」

影望慢慢站起來。刺柏爪說得對；他們一定會傷心欲絕。「可是好奇怪，我以為灰毛的死會讓我鬆一口氣，現在卻只覺得空虛，就像……心底有道陰影。」

「所有進入黑暗森林的貓都會這樣，」刺柏爪低吼。「我每天都在跟這種情緒搏鬥。不過離開後，這種感覺就會消失。若它留下任何痕跡，就把它當成一種警告，不斷提醒自己，你絕不會想淪落到無星之地。」

影望對他眨眨眼。愧疚感讓他的胃緊揪在一起。儘管這名戰士在影望還是小貓時救了他一命，他依舊飽受痛苦煎熬；儘管他永遠無法從黑暗森林中解脫，他還是想幫助他。他心裡湧起一股感激。「謝謝。」他小聲說。

刺柏爪推著他追上巡邏隊。「快跟上，他們一定在等你。」

影望跟著他踏入山谷，走進遠方的樹林。樹木再度散開，雖然林子裡還是很陰暗，瀰漫著潮溼的腐爛氣味，但濃霧已經消失無蹤。黑暗森林似乎恢復了往常的寧靜。

過沒多久，影望就看到尖塔望在一棵腐朽的樹樁旁徘徊。這隻守護貓顯然在等他。他對稍早那樣對待老友而感到內疚。「尖塔望，我——」

黑色公貓只是對他點點頭。「陰霾逐漸消散了。」

影望瞇起眼睛。尖塔望一定會成為一隻優秀的星族貓，畢竟他本來就很難捉摸。但他明白他的意思。「但願如此。」他嘆了口氣。他們並肩同行，他依舊滿懷哀傷，心痛不已。

他們跟在其他貓後面，一步一步走向森林深處。影望終於看見錯落的黑色樹樁，通往星族之路就快到了。

他跟著刺柏爪來到空地，忍不住睜大雙眼。原先纏繞在一起的藤蔓和荊棘已經完全脫落了。枝葉散落在地上，隱藏在背後的洞口燦爛奪目，讓影望不得不瞇起眼睛。他湊上去往裡面看，眼睛慢慢了適應光線。只見前方有一條長長的隧道不斷延伸，探入閃爍的微光。

蛆尾從雀羽旁邊擠過去向內窺探，尾巴不安地甩動。「那就是星族嗎？」

「沒錯。」銀流注視著光芒，發出呼嚕聲。

柳光嗅聞隧道周圍。「如果星族和黑暗森林一直像這樣互通，」她納悶。「黑暗森林戰士應該能隨時踏入星族領地吧？是什麼阻擋了他們呢？」

「灰毛封鎖隧道前，星族和黑暗森林之間有一條險阻重重的小徑，只有星族貓才能走。這條路是新的，」葉池緊張地抽動尾巴。「灰毛挖了這條隧道，這樣他就可以直接從星族領地進入黑暗森林。他是唯一知道這條路的貓。我們發現的時候，他就已經設下路障，所以沒辦法跟著他過來。」

「我們要再把隧道堵起來嗎？」柳光皺起眉頭。

葉池搖搖頭。「木已成舟，」她喵聲說。「如果封鎖這條路，黑暗森林和星族間可能會再度失衡。」

火星瞇起眼睛。「我們不能在黑暗森林和星族狩獵場間留下直通的道路，」他喵聲道。「要是有另一隻像灰毛那樣的貓想利用它呢？我們絕不能讓這條通道無貓看守。」

一星走到火星身旁。「我們得想個辦法，」他的喵喵聲在光滑璀璨的隧道壁間迴盪。「讓貓兒無法通過。」

蛆尾不屑地哼了一聲。「誰說我們想通過？」黑暗森林戰士們在空地邊緣徘徊，腳掌始終踩在隧道光芒無法觸及的陰影裡。他和銀鷹互看一眼，銀鷹點點頭表示同意。

「我們在這裡待了這麼久，對星族狩獵場沒興趣。」毛髮蓬亂的灰色虎斑貓附和。

「當然，除非是受邀前往。」刺柏爪的耳朵抽動了一下。

影望看著刺柏爪。他是不是希望自己能在星族贏得一席之地？

火星和一星交換了一個眼神。

葉池似乎沒有聽到刺柏爪說什麼。她的目光緊盯著影望。他不安地挺直身子，瞥了尖塔望一眼，想知道她在想什麼。

「你感覺怎麼樣？」她問他。

影望的心似乎漏了一拍。她知道灰毛在他心底留下的空洞嗎？他猜尖塔望應該感知得到，因為他倆之間緊密相連。要是所有貓都看得出來怎麼辦？「什麼意思？」

「灰毛跟你有連結，不是嗎？」她喵聲說。「就像這條從黑暗到光明的隧道。他走了，你一定覺得很奇怪吧。」

他吞吞口水。「我不想跟他有連結，」他飛快回答。「只是巧合。」

「我知道，」葉池回答。「灰毛利用了你。他潛入你的心智，利用你的善良來達成他的目的。」

影望對她眨眨眼。羞愧感如潮水來襲。「現在他走了，但我好像有點想念他。」他坦承。

「你不是想念他，」葉池說。「你感到的不是失去，而是空缺。空虛會慢慢癒合，就像傷口一樣，」她走向影望，用鼻吻輕觸他的頭。「你很勇敢，受了很多苦，」她溫柔地喵喵叫。「現在你可以好好休息。你已經實現你的命定。一切都結束了。」

影望退開，探尋她的眼神。「我是不是沒用了？」

葉池慈愛地眨眼睛。「當然不是，」她喵聲說。「你的部族永遠需要你，但你的身分只是治療師。你不會跟星族產生連結，也從未有過。你先前聯繫上的是暗影，不是光。灰毛消失後，這種聯繫也就斷了。」

影望感覺到有毛髮擦過身體，他立刻轉身，發現尖塔望來到他身旁，默默表達支持。他又轉向葉池。他應該感到寬慰嗎？「可是沒有星族指點，我要怎麼當巫醫貓？」

「你還是可以調製藥膏、照護族貓，」她回答。「你是一隻很棒的巫醫貓，未來一定會更加優秀。」

他看著葉池，眼睛一陣刺痛。所以他一直都不是真正的巫醫貓？

「影望，」葉池將尾巴放在他的脊背上，聲音如微風般輕柔。「千萬不要失去勇氣。星族會永遠與你同在。即便你無法與我們連結，也要把我們放在心上。你從小就是一隻與眾不同的貓。你還是小貓時就知道了。這是你的挑戰，也是你的力量，」影望感受腳下的泥土，黑暗森林冷冽的空氣在他周圍流動。葉池繼續說。「你命中注定要看到灰毛的異象，但那個生命階段已經結束了。你可以重新開始。」

葉池把尾巴從他的脊背上移開，影望覺得她好像用尾巴舉起了整座森林，沉重感瞬間消逝，讓他大為驚訝。結束了。他已經完成了他的使命。雖然他無法與星族建立連結，但他可以走出自己的路，決定自己的未來。他閉上雙眼，感覺到長期籠罩心頭的黑暗消散盡淨。**我自由了。**

「影望，」尖塔望開口，將尾巴放在他背上。「祂們走了。」

影望轉身用頭貼著他的胸口。「謝謝你，尖塔望。」

這隻守護貓始終屬於星族。影望希望他們倆現在都能在光明中前行。他待在黑暗裡太久了。

第二十一章

根躍茫然地看著從星族隧道湧出的亮光。原先堵塞通道的藤蔓和樹枝堆在地上，但他心裡沒有一絲一毫喜悅。他就是為了這個而奮戰，鬃霜就是為了這個而死，但她永遠看不到這個場景。她走了。這場勝利感覺好空洞，他只想對著閃閃發光的洞口放聲嚎叫，把悲傷丟進去。

灰紋一跛一跛地走向隧道，在光線的照射下瞇起眼睛往裡面看。「我可以進去嗎？」他看著火星。「我知道自己時候未到，可是那裡有好多我想見見的貓。」

火星走到他的身邊。「通常生者不能進入星族狩獵場，但是……」他瞥了葉池一眼，環顧一下部族巡邏隊。「我想你們都掙得了一次親睹星族的機會。」

葉池點頭表示同意；鴉羽豎起耳朵；霧星的尾巴微微抽動。

根躍感覺到一旁的紫羅蘭光動了一下。戰鬥結束後，她就一直陪在他身邊。她目光熠熠地看著他。她也很想去看看吧。希望如驚擾睡眠的生物在他心裡騷動。鬃霜有沒有可能在那裡？也許她不像他害怕的那樣死去；也許黑暗森林沒有完全吞噬她。

刺柏爪邁步向前，綠色眼眸裡滿是盼望。

火星似乎猜到他在想什麼。「黑暗森林貓禁止進入星族狩獵場。」

刺柏爪垂頭喪氣。「可是好幾個月來，我一直都是崇高的戰士，」他強調。「也跟其他貓一樣尊敬星族。」

火星又瞄了葉池一眼，兩貓點點頭，顯然達成某種默契。「好吧，」他喵聲說。「你今天的確驍勇善戰，所以我們願意破例一次。但你不能待在那裡，必須回到森林，」雷族族長的喵聲中透著警告的意味。「一旦看過星族，黑暗森林可能會變得更難以忍受。你會看到自己永遠無法擁有的東西。」

刺柏爪熱切地盯著隧道。「我想看，」他的尾巴微微顫抖。「我知道我得待在黑暗森林，這都要怪我自己。我只想看一次星族，把關於祂們的記憶帶在身上。這反倒會讓森林裡的生活變得比較輕鬆，而非更難熬。」

根躍瞄了其他黑暗森林戰士一眼。他們也想去探訪星族嗎？

火星一定也在想同樣的事。他轉身看著他們。「你們三位為了我們勇敢奮戰，」他喵聲說。「你們想在我們離開前看看星族嗎？」

蛆尾一直瞇著眼睛看著刺柏爪。「何苦品嚐不能吃下肚的東西？」他喃喃抱怨。

雀羽眼裡盈滿渴望。「要是看到自己錯過了什麼，感覺一定更糟。」

銀鷹點點頭。「我只想回歸黑暗森林，」他低聲咆哮。「我在這裡待了這麼久，感覺就像回家一樣。」

「謝謝你們的幫忙。」火星低頭致意。

「我們也沒太多選擇。」蛆尾咕噥著走向樹林。

雀羽匆匆跟在他後面。「你就不能有點禮貌嗎？一次就好？」她喵聲道。

銀鷹對火星點點頭。「謝謝你們伸出援手，拯救我們的家園。很遺憾你們失去了鬃霜。她很勇敢，」他朝樹林的方向前進，回頭瞥了一眼。「我只希望星族貓不會利用這條隧道隨心所欲地來這裡干涉我們。」他輕甩尾巴，隨著蛆尾和雀羽消失在森林裡。

根躍目送他們離開。是鬃霜招募了他們。這些貓生前背信棄義，她卻喚醒了他們內心的忠誠。

灰紋將鼻吻探進隧道，燦爛的光線點亮了他那身血淋淋的毛髮。他目光熠熠。「我們可以走了嗎？」

葉池從他身旁經過。「跟我來。」她甩甩尾巴示意巡邏隊跟著她，朝著光芒走去。鴉羽飛快跑到灰紋前頭，與葉池並肩同行。他們靠得好近，他身上似乎映照著她毛皮上的星光。

巡邏隊跟著星族進入隧道，根躍猶豫不前。

「你要來嗎？」紫羅蘭光回頭看著他。

「要是她不在那裡呢？」他的喉嚨一緊。

紫羅蘭光對他眨眨眼睛，看起來很同情他。「你知道她沒辦法——」

「快點！」刺柏爪回頭大喊，紫羅蘭光話還沒說完便轉身離開。根躍很慶幸她沒把那句話講完。他想繼續懷抱一絲希望，不管希望有多渺茫。他強迫自己移動腳掌，跟著紫羅蘭光往前走。

光滑的隧道壁感覺起來就像柔軟的樹皮內層。青草的清香從遠方飄來，拂過他的毛皮，他還聞到獵物身上麝香味，每走一步，空氣就變得更暖和。他看到前面的巡邏隊消失在一堵光牆裡；他走過去，瞇起眼睛抵禦強光，幾乎什麼都看不見。他穿過微光閃閃的薄霧，踏上一片陽光普照的寬闊草原。草原一邊綴著松樹林，另一邊則是橡樹林。蔚藍的天空在上方無限延展，遠處的田野裡有幾位毛皮滿布繁星的星族戰士。

莖葉、柳光及其他貓靈已經走下綠草如茵的山坡，朝一座寬闊清澈的水池前進。祂們的毛皮興奮地抖動，根躍覺得他好像看見祂們身上開始閃爍著星光。

火星發出呼嚕聲；灰紋環顧四周，驚嘆地睜大雙眼；銀流來到他們中間，似乎急著想讓灰紋看看她的領地；刺柏爪肢體僵硬地站在他們旁邊，鼻子不斷抽動；一星和紅尾坐下來凝望著草原彼端，顯然平安回家讓他們鬆了口氣。

霧星跟著貓靈踏下山坡，針尾也緊隨在後，示意影望跟著她。

「喝喝看這個水，」她大喊。「比湖邊的水還甜喔。」

影望跟著她們往前走，根躍注意到一隻灰色虎斑母貓蹦蹦跳跳地跑上山坡，旁邊還有一隻毛皮光滑的棕色母貓。

「灰紋！」灰色虎斑貓抬起尾巴。「你怎麼會在這裡？」

根躍注意到銀流僵在原地，灰紋發出呼嚕聲。

「薔光是蜜妮和灰紋的女兒，」針尾小聲對根躍說。「她的背被倒下的樹壓傷，無法行走，可是在星族，她可以再次奔跑。」

「蜜妮！薔光！」灰紋朝那兩隻母貓走去，但步履蹣跚，身體有點搖晃。

蜜妮飛也似地衝向他。「你受傷了？」

灰紋對她眨眨眼。「小傷，」他喵聲說。「會沒事的。我只是在回大湖前來這裡看看。」

「見到你真好。」蜜妮伸出鼻吻探入他的長毛，薔光在一旁開心呼嚕。

銀流瞪著他們看了好一陣子，然後別開目光。她撇過頭，示意羽尾跟上。「我們還是不要打擾他們好了。」

她聽起來很受傷。根躍瞇起眼睛。

羽尾似乎沒有聽見母親的叫喊。她看著鴉羽，毛髮蓬了起來，好像很氣他離葉池這麼近。

她也在嫉妒嗎？根躍感覺得到周遭緊張的氛圍。這些貓之間的情愛糾葛顯然比他所知的還要複雜。銀流輕輕推著羽尾，他鬆了口氣。「來吧，」她語氣生硬地說。「他們很快就會加入我們了。」

兩隻銀色母貓慢慢走開，灰紋用鼻子輕撫著蜜妮。「妳的氣味一點也沒變。」他喉嚨裡呼嚕作響。

蜜妮也摩挲著他。「你也一樣，」她打量他一下。「你的毛皮是不是變厚了？」

灰紋的呼嚕聲變得更加響亮。「妳怎麼不直接說我胖啦？大家都變胖了，」他看著薔光。「我好想妳們。」

蜜妮又用鼻子磨蹭他，一隻毛皮帶著斑點的白色母貓從草地上蹦出來，衝向貓群。

「紫羅蘭光！」她邊跑邊喊。

紫羅蘭光立刻揚起尾巴。「卵石光！」她飛也似地跑向那隻白色戰士，興奮地轉頭看根躍。「這是我母親！」

星族戰士的翠綠眼眸讓他想起嫩枝杈，但她柔和的肩膀線條和又長又粗的尾巴看起來就像紫羅蘭光。根躍低頭致意。他應該很高興見到她才對，可是他的心依舊壓著滿滿的悲傷。鬃霜在哪裡？

葉池和鴉羽在他旁邊輕聲交談，他聽不清楚內容，但葉池的喵叫聲比在黑暗森林裡更熱情、更溫暖。她帶著愛意靠在鴉羽身上。她是不是一直在等羽尾離開？她用鼻子輕撫鴉羽的耳朵喵聲說：「不管怎樣，我一直都很想念你。」

鴉羽用鼻子觸摸葉池的鼻吻，根躍心裡再度湧起一股失落感。他以前也曾那樣碰過鬃霜的鼻吻。

她在這裡嗎？他飛快掃視遠方的草原，努力尋找熟悉的身影。那隻淺灰色貓是她嗎？那隻呢？隨著每一次希望閃現，每一次失望衝擊，恐慌開始在他的胸口盤旋。沒有她的蹤影。也許她在其中一座森林裡，或是在很遠很遠的地方，所以他認不出來。根躍張開嘴，讓空氣觸到舌頭，品嚐她的氣味，但他只聞到陌生的貓及其身上的氣息。他突然覺得好失落。

這時，一隻貓擦過他身旁。他飛快轉頭，又是一陣失望。是火星。他看著根躍，明亮的綠色眼眸盈滿同情。

「她不在這裡，」雷族族長的喵聲聽起來很溫柔。「以後也不會。任何死在黑暗森林裡的貓都……」他停頓一下，似乎在思考要怎麼說。「走了。」他終於開口。

根躍覺得自己有點站不穩。他好像掉進黑水裡，希望從他體內點滴流失。他閉上雙眼動也不動。他不想離開這裡，也不想思考、吃飯或呼吸。他內心的空洞大到他只想跌進去，帶著自我墜入深沉的黑暗裡。

「我很遺憾，」火星伸出尾巴拂過根躍的脊梁。「你和鬃霜在這場考驗中展現出無比的勇氣，比很多貓還要勇敢。」

根躍茫然地看著他。這些話理應能讓他得到些許安慰，然而並非如此。火星點點頭，走向聚在池畔的貓群。葉池和蜜妮也跟著灰紋和鴉羽離開，獨留根躍在山頂上。

根躍對起伏的草原和遼闊的藍天視而不見，像石頭一樣呆呆站在那裡，滿腦子都是鬃霜的身影，還有他們一起勾勒出的未來。自從他決定放棄部族後，他便想像自己搬到雷族營地，和她一起巡邏，分享窩穴，或許有一天還會去育兒室探望她，看著他們的小貓被賜名，成為見習生。他怎麼敢做這麼多夢？星族狩獵場溫暖的微風吹拂著他的毛皮，他幾乎沒有察覺到自己陷入深深的失落，只有在他感覺到悲傷滲入每一根毛髮，每一滴血都承載的哀慟時，他才勉強打起精神。他不能放棄。鬃霜希望他活下去，竭盡所能成為一名了不起的戰士，保護他的部族，有一天再次快樂起來。他不得不揮別那些夢想。他抬頭眺望遠方的森林，將悲傷推到一旁。

悲傷可以等。

他順著山坡往下看，只見其他貓都聚在寬闊的清藍色水池旁。他眨眨眼睛，抹去不知不覺中湧出的淚水，走向他們。

「這裡就是我們觀看陽界和至親摯愛的地方，也是我們與月池畔的巫醫貓交流的地方。」葉池解釋。

「太不可思議了，」紫羅蘭光湊近細看，喵聲讚嘆。「它能直接通往月池嗎？」

「嚴格來說不行，」葉池回答。「松鼠飛曾透過這個水池在界域間穿行，但那不是它的作用。我們認為，這座水池是利用我們與至親的連結及三界間的連結，讓我們看到我們想看的東西。**通常是這樣**。妳也知道，有時我們之間的聯繫……不太清楚。」

鴉羽的鬍鬚不停抽動，似乎覺得很好笑。「妳是說，當我們需要一個比濃霧或紅色夕陽更清楚的徵兆的時候？」

葉池搖搖頭，好像不同意他說的話，但她的眼裡閃爍著愛意。「不管怎樣，」她繼續說。「灰毛在星族狩獵場和黑暗森林間築起路障時，這座池塘也被樹枝和藤蔓堵塞，什麼都看不見。可是現在你們看。」她用星光點點的腳掌指著水面。

根躍克制不住內心的好奇，俯身看進水裡。

「非常清澈。」灰紋說，根躍也有同感。他沒看到陽間的生者，但澄澈的藍色池水似乎永無止境，探不見底。

根躍抬頭看著其他貓，發現霧星看起來好像不太高興。她用責備的眼神望著貓群裡一隻毛皮光滑的灰色星族公貓。「你當初為什麼要讓灰毛加入星族？」

「這不是灰翅的錯，」另一隻公貓跳出來替他說話。這隻貓的毛皮比較輕薄，上頭的點點星光讓他像池畔的銀塊一樣，閃爍著點點晶亮。「我們都有責任。」灰翅點頭。「天星說的沒錯，」他說。「我們一起做出決定，給灰毛一個機會。」

鴉羽氣憤地皺起眉頭。「為什麼？他想殺了族貓哎！」

「我們以為他已經認錯贖罪了。」天星喵聲解釋。

「贖罪？」刺柏爪放聲咆哮道。「如果光是贖罪就能加入星族，那黑暗森林早就沒貓了。」

根躍加入大家，默默站在後面。在這群重要的貓旁邊讓他沒什麼信心。**我有什麼事好說？有比開創天族的貓的話更值得聽嗎？**

一星抬起下巴。「決定誰可以加入星族，誰應該進入黑暗森林非常困難，我們不會草率下定論。星族戰士們會聚在一起討論每一隻貓，試著了解他們內心的想法，判斷他們能不能加入星族。」

「有時我們會犯錯。」火星喵聲嘆息。

根躍若有所思地點點頭，想起雪叢。雖然在這裡發言有點可怕，他還是得替他的黑暗森林盟友說話。其他貓不會這麼做。「做出決定後有可能改變嗎？」

「為什麼要改變？」天星看起來很困惑。

「有個黑暗森林戰士救了我的命，」根躍告訴他。「還救了兩次。他犧牲自己永存的機會，讓我和鬃霜逃離灰毛的魔掌。像他這樣的貓應該夠格加入星族吧？」

一星哼了一聲。「他都走了，有差嗎？」

刺柏爪瞇起眼睛。「可是，如果其他黑暗森林貓像雪叢那樣改過自新呢？難道死後就真的沒辦法在星族中贏得一席之地嗎？」

灰翅看起來似乎在想些什麼。「我們都是根據生前的所作所為來評斷，事後才後悔是沒用的。一開始就不要違反戰士守則比較重要。」

根躍認為星族的規則太嚴格了。「每位戰士想必都有犯錯的時候，」他環顧貓群。「這裡有誰可以非常肯定地說，自己從來沒違反過戰士守則？」

貓兒們面面相覷。

「灰毛一定有。」灰紋低聲咆哮。

火星挪動腳掌。「世上沒有完美的體系，」他喵聲道。「我們只能盡量公平公正。」

一星點點頭。「我們盡可能不把貓兒是否違背戰士守則列入考量，」他補充，「而是留意背後的原因。另外，我們也會看他們的心在經歷了一切後是否依舊保持真誠。」

「我必須**說服**星族接納我，」葉池喵聲說。「我站在一群部族熟知的偉大戰士面前，讓他們相信，儘管我違背了戰士守則，但我值得、也應該成為一名星族戰士，」她的毛皮沿著脊梁聳立，彷彿審判的記憶至今仍讓她感到不安。「最後他們決定讓我加入星族。」她看著瞇起眼睛、略帶懷疑的霧星。「若違反戰士守則就不能成為星族的一員，那黑暗森林肯定貓滿為患，而這些草原——」她停下來，望著起伏的地景。「會一片空蕩。」

鴉羽點點頭。「遵守哪些守則、違反哪些守則不是重點，重要的是守則對我們的意義，」他喵聲說。「我們會隨著年齡增長而有所改變。成為戰士後，見習生時代悖逆的守則反而變得很重要，而身為見習生時不敢打破的規範，反而變得更有彈性。」

火星戲謔地對鴉羽眨眨眼。「比方說跨越邊界。」

鴉羽抖鬆毛皮，紫羅蘭光開口發言；她的聲音非常柔和，在這麼多星族戰士面前講話似乎讓她很害羞。「也許有些星族訂定的守則不如以往重要，」大家的目光紛紛轉向她，她低頭看著自己的腳掌。「我的意思是，灰毛惹出了這麼大的麻煩，也許可以思考一下哪些戰士守則最重要，這樣我們就不會重蹈覆轍。」

天星和灰翅交換了一個眼神。

「不能只挑喜歡的規則，」灰翅尖銳地說。「這樣我們會成為什麼樣的戰士？」

天星點點頭。「只要改變一條，部族就會開始質疑每一條守則。」

「我只是在想……」紫羅蘭光似乎畏縮了一下，喵聲愈來愈小。

根躍挨近她。「戰士守則並沒有保護部族遠離受灰毛，」他提醒祂們，腳掌陣陣刺痲，感覺不太舒服。他在和星族貓爭論，但他得為母親說話。「他還反過來利用守則傷害我們。」

葉池把頭偏向一邊。「這倒是真的，」她將目光轉向灰翅和天星。「當然，每條守則都很重要，但有些比較偏向表達尊崇，例如感謝星族賜予我們獵物等等，其他像是忠誠、保護小貓和長老，對部族的安全和福祉至關重要。」

部族的福祉，根躍陷入沉思。鬃霜不就是為此而死嗎？她冒著生命危險不是因為她想恪遵戰士守則，是因為她把至親摯愛的安全看得比自己還重。「戰士守則的重點不在於規範，」他再度開口。「而在於無私。為了拯救部族，鬃霜犧牲了自己的性命和在星族的地位，」星族戰士們全都看著他，他的心怦怦直跳。「有些貓在毫無意義的權力爭奪中迷失了方向，有些貓為了自身利益而去傷害其他貓。鬃霜完全不是這樣，很多戰士也不是。他們深信自己該捍衛部族，就算賭上生命也在所不惜。但鬃霜不光是為雷族犧牲，還為天族、影族、風族與河族犧牲。她明白遵循戰士守則不只是要照顧族貓，而是要照顧每一隻貓。」

灰紋點點頭。「若說可以從灰毛那裡學到什麼，那就是如果……」他似乎需要喘口氣才能繼續講下去。「如果想要生存，我們不僅要保護自己的部族，更要保護每個部族。戰士守則應該反映出這一點。」

「我同意，」火星靠近灰紋一點，喵聲附和。「過去幾個月，部族學會了互相支持，因此很難想像會有戰士對他族的獵物堆動手腳，」他瞥了刺柏爪一眼，黑色公貓的毛髮沿著脊背豎起，看起來很不自在。「很明顯，一個以欺騙或不誠實的手段壯大的部族，」火星繼續說。「或是用不正當的方式占弱勢便宜的部族，並不是真的強大。強者會公平競爭，只有弱者才會欺瞞。」

鴉羽皺起眉頭。「聽起來都很有道理，所以我們應該要考慮改變一些規則嗎？」

「當然，」灰紋強硬地揚起鼻吻。「我們開始為了邊界和獵物等問題小打小戰後，情況已經有所改變。我們應該想想當今身為戰士有什麼意義，而不是固守無數個月前的規定。」

「守則是活的，」葉池插嘴。「會依據需求而改變和成長，」她看起來若有所思。「也許我們不需要真的**改變**，」她瞥了一眼天星。「只要重新安排順序，讓最重要的守則排在第一位。」

「保衛所有部族應該放在第一條。」灰紋喵聲提議。

火星點點頭。「但各大部族依舊有權感到驕傲和獨立……」

「值得尊敬的戰士無須在戰鬥中取敵貓性命以獲得勝利，」針尾引用另一條守則插話。「除非他們違背戰士守則，或是出於正當防衛。」

貓兒們開始竊竊私語，討論的很熱烈。

「必須先餵飽長老、貓后和小貓。」銀流表示。

一星甩動尾巴。「五大部族的大集會於滿月舉行，當天各族必須休戰直到晚上。」

「所有戰士都必須拯救受傷或陷入危險的小貓，無論對方是哪一族。」紅尾說。

貓兒們一條接一條列出戰士守則，並重新排序，直到大家都滿意為止。

只有天星不太服氣。「所以邊界規則現在是最後一條？」

灰翅看著天族族長。「也許應該一直放在最後。」

天星身子一僵，似乎打算爭論，但隨即又別開目光。「也許你說的對。」他低聲咕噥。

影望試探性地抬起鼻吻。「沒有貓提到族長制定的規則，效力是否等同於戰士守則。」

「答案當然是肯定的，」霧星喵聲回答。「如果部族不重視族長的規則，族長要怎麼領導族貓？」

「過去幾個月，遵守族長的規則完全行不通，」莖葉提醒她。「看看灰毛是怎麼利用這點挑撥各族的。」

影望點點頭。「只有好族長才能制定出好的規則。」

「不好的族長制定出不好的規則。」葉池表示同意。

「若部族失去對族長的信任，或許可以用某個方式來挑戰族長，」火星掃視那些陽壽未盡的貓，最後目光落在霧星身上。「五大部族應該思考一下，想個計畫來罷免不符部族最大利益的族長。三個月的時間夠嗎？」

「好吧，」霧星點點頭喵聲道。「我們會在下次大集會上討論這件事。」

「應該要由星族來決定吧。」天星喃喃低語，可是沒有貓回應。鴉羽清清喉嚨。

「關於異族貓之間的關係還沒有明確的規範。」他喵聲說。

根躍豎起耳朵。過去的幾個月他一直在思考這個問題。

「不需要規定，」霧星喵聲說。「跟異族貓結為伴侶的戰士就是不忠。就這麼簡單。」

根躍看著她。**簡單？**她難道不明白貓的心有多複雜？「我為了拯救部族冒險奮戰，妳還認為我不忠誠？」他問。

紫羅蘭光豎起毛髮。「沒這回事！沒有貓這麼想！」

其他貓紛紛低語表示同意。

「但我愛的是鬃霜，」根躍的喉嚨一緊，繼續啞著嗓子說。「我很努力不愛她，我知道這麼做等於背叛我的部族。我試著說服自己，但根本不可能。我已經打算回家後加入雷族，和她在一起，」紫羅蘭光猛地轉頭看著他，眼睛睜得好大。根躍繼續說，「沒有一名戰士戰勝得了愛，無論他們有多勇敢、多忠誠。」

「沒有貓能控制自己的心。」灰紋表示贊同。

霧星看著根躍，雙眼閃閃發光。「我知道失去一隻心愛的貓有多痛苦，」她柔聲喵叫。「我絕對不會指責你不忠，但若允許不同部族的貓成為伴侶、生養小貓，會削弱各族的力量。」

「只要他們做出選擇並堅守一生，就不會這樣。」根躍喵聲回應。

莖葉抖鬆毛皮。「我認為一個選擇愛而非部族的戰士比大多數貓更勇敢。」

葉池點點頭。「也許你們應該在接下來幾個月好好考慮這件事，」她看著霧星。「妳覺得各族族長能想出一個方法允許貓兒改變部族嗎？」

「我們可以試試看。」霧星瞇起眼睛，語氣中夾著一絲懷疑。

「三個月後，」火星喵聲說。「把你們的決定告訴我們，」他順著山坡望向隧道入口。「現在你們該回家了。」

一想到要回黑暗森林，根躍就渾身發抖。但這是回到大湖唯一的路。「謝謝你們幫忙。」他對柳光點點頭，滿懷感激地看著莖葉和莓鼻。要是沒有他們的協助，他們絕不可能贏得這場戰役。

莖葉對他眨眨眼。「真希望鬃霜也在。」他的目光讓根躍有種莫名的安慰感。至少大家會永遠記得鬃霜。

根躍注意到影望瞄了他一眼，但他沒辦法直視他。要是鬃霜沒看到影望有麻煩就好了。他立刻把這個念頭甩開。他太自私了。他強忍住悲痛，跟著其他貓爬上山坡，緊守在一瘸一拐的灰紋身旁。

抵達山頂後，天星穿過貓群，盯著隧道。「我能聞到邪惡的氣息。」他皺起鼻子低吼。

灰翅走到他身旁。「我們要怎麼防止黑暗森林戰士濫用這條通道？」

「應該要派守衛站崗，」天星喵聲回答。「一隻雙方都可以信任的貓，用他們的餘生來守護這條隧道。」

刺柏爪立刻豎起耳朵。「我願意做。」

「真的嗎？」火星若有所思地看著他。「這份工作很孤獨。你會變得既不屬於星族，也不屬於黑暗森林。」

「這是我的榮幸，」刺柏爪喵聲道。「至少我會跟星族有點連結。我想保護祢們的安全。」

「你絕對不能讓貓兒從其中一界來到另外一界。」霧星嚴肅地看著他。

刺柏爪低下頭。「我保證，」他抬起頭，眼裡閃爍著愉悅的光芒。「我一定會盡力而為。我想讓星族知道我是真的懺悔，為自己生前的所作所為感到抱歉。」

他說話的時候，灰紋突然踉蹌幾步。火星的眼神飛快掃視老公貓走過的路。根躍也跟著望過去，發現草地上閃著微光，濺著鮮血。

「影望！」火星慌張地大喊。「灰紋需要幫忙！」

灰紋跌坐在地，影望飛也似地跑到他身邊，嗅嗅他側身的傷口，然後又嗅嗅腹部，猛然拉開身子。「這裡有蜘蛛絲嗎？」他問火星。

「沒有，」火星回答。「但是有苔蘚。」

銀流早已奔向水池，用力扯下池畔的苔蘚。

火星沮喪地看著灰紋腹部那道又深又長、裸露在外的傷口。「我不知道你的傷勢這麼嚴重。」

「我不想讓你擔心。」灰紋喘著氣，呼吸聽起來很濁重。

銀流沿著斜坡往山頂疾奔，慌忙停下腳步，把叼在嘴裡的苔蘚扔到地上。

影望用掌舀起苔蘚，開始處理灰紋的傷口。老公貓的眼睛因疼痛而閃閃發光。「應該撐得到回家。」影望往後傾身檢查一下，喵聲表示。

「松鴉羽有足夠的藥草來治療他對吧？」霧星滿懷希望地喵聲道。

影望迎上她的目光，沒有回答。

蜜妮匆匆跑到他身邊。「哦，灰紋。」她的眼神黯淡下來，充滿憐憫。

「沒事，」灰紋安慰她。「我活得夠久了。」

她對他眨眨眼。「你願意留下來跟我們在一起嗎？」

「我得先回家，」灰紋喃喃地說。「我的肉身還在那裡，和許多勇敢的貓一樣。我的朋友都很擔心我的傷勢，我得回去向他們保證我很好……還要跟他們道別。」

「我們不能失去你，這樣貓族就跟從前不一樣了。」霧星眼神黯然地看著灰紋。

「我相信他們會沒事的。」灰紋痛得皺起臉，硬是擠出一聲呼嚕。

火星用鼻子輕觸灰紋的耳朵。「歡迎你加入星族，」他低聲說。「什麼時候來都行。」

「不！」根躍努力壓下想顫抖的衝動。雷族長老不會死。他們已經失去太多了。「他付出了這麼多，不應該死。」

「我這一生過得很精采，」灰紋對根躍說。「有很好的朋友和忠誠的族貓夥伴。我曾愛過，也被愛過，」他深情地看了蜜妮和銀流一眼。「還有我引以為傲的小貓，」他望向羽尾和薔光。「身為一名戰士，我心滿意足。我很感謝能有這個機會，最後一次保護貓族。」

火星的綠色眼眸閃爍著激動的光芒。「你是我有生以來見過的第一位戰士，」他喵聲說。「願你的名聲永垂不朽。部族會永遠紀念你。雖然他們會失去你，但我很高興能再次和你一起打獵。你曾經是，也永遠是我最好的朋友。」

灰紋的鬍鬚抽動了一下。他發出沙啞的呼嚕聲，輕輕推開火星的鼻吻。「你每次講話都像隻感性的老寵物貓。」

第二十二章

影望使勁推著灰紋穿過星光熠熠的月池，根躍和霧星則在上方拉著雷族長老浮出水面。過沒多久，影望也跟著現身。池畔一片混亂，除了根躍之外，每隻貓都找到自己沉睡的身軀，準備讓靈魂與肉身合一。影望注意到灰紋似乎遲疑了一下，顯然被自己身受重傷的事實嚇到了。影望朝自己的軀體走去。他閉上雙眼，感覺到一股暖意流過，緊接著是劇烈疼痛。他睜開眼睛，發現自己又回到身體裡。他的傷口在陽間比在靈界還痛，但他克制住想呻吟的衝動，因為他知道，灰紋的傷勢比他更嚴重。他的視野逐漸清晰，發現根躍看起來很沮喪；他沿著他的目光看過去，那是鬃霜躺的地方。

她走了。

沒有死，沒有受傷。**只是……走了**。

他們的親屬前來迎接，看起來既急切又困惑。樹和針爪來了，風皮在蛾翅旁邊緊張地踱步。巡邏隊前往黑暗森林後，他們可能就一直守在月池山谷附近。光躍在那裡，虎星和鴿翅也加入她的行列。一看到他們，影望心裡洋溢著滿滿的喜悅。他好久沒回家了，久到就像一輩子。然而，當他注意到藤池瞇起眼睛看著他，那股幸福感瞬間消失。

「她在哪裡？她去哪了？」

影望扭著嘴想回答，卻不知道該從何說起。游泳讓他的視線模糊不清，他隱約看見棘星和松鼠飛擠過貓群，衝到灰紋身邊。

「他死了嗎？」棘星飛快瞥了霧星一眼，咬住灰紋的後頸，把他拖到岩石上。影望這才明白他不是在問灰紋，而是灰毛。

「對，」霧星倒在地上說，在黑暗森林長途跋涉讓她累壞了。「我們贏了。」

棘星輕輕把長老放在石頭上，看著根躍。「我們有失去貓兒嗎？」

「我們是不是失去鬃霜了？」藤池用熾烈的目光看著根躍，下巴不停顫抖。「她睡在那裡，我只是稍微別開眼神，再回頭看的時候，她就……**消失了**。」

「我從沒見過這樣的事。」蛾翅補上一句。

根躍看著鬃霜的母親，眼裡滿是震驚和痛苦，彷彿她撲向他，用利爪劃破他的鼻吻。

「對，」霧星替他回答。她的聲音小到影望幾乎聽不見，但他知道她接下來會說什麼。「鬃霜是個英雄，」河族族長的目光瞥向藤池，她看起來好像快崩潰了。「她把灰毛推到黑潭裡，和他一起落水。」

棘星僵在原地，雙眼蒙上一層痛苦的陰影，松鼠飛用鼻子碰碰灰紋被血浸溼的毛皮。「那灰紋呢？是誰幹的？」她問道。

「灰毛。」霧星仍看著藤池。

蛾翅飛奔到灰紋身邊，開始檢查腹部的傷口。看來有貓替他用苔蘚包紮，可能是傷口一出現就這麼做了，但灰紋的靈魂和肉身重新合一時，他動了一下，苔蘚因而鬆脫，傷口也湧汩汩鮮血，就像在黑暗森林裡一樣。

「快去找蜘蛛絲！」蛾翅對站在岩石後方的姊妹幫大喊。

陣雪點點頭，立刻帶著白雪、荊豆和風暴奔向幽暗的懸崖。影望看著他們離開，一顆心怦怦狂跳。蜘蛛絲能救回雷族長老嗎？

「影望！」鴿翅在月池畔大喊。「你平安回來了！」

影望在母親的喵叫聲中離開了那群跟他一起在黑暗森林中搏鬥的貓兒，抖抖毛皮。有那麼一刻，在這些失喪裡，母親大驚小怪的言行讓他感到些許寬慰。

鴿翅不顧他毛髮溼漉，用鼻子來回磨蹭他的身體，像聞新生小貓一樣嗅個不停。「這是新傷嗎？」她對他側腹的傷口眨眨眼。

「對，但沒什麼大礙。」他安慰她，假裝傷口一點也不痛。

虎星擠到鴿翅身旁，將鼻吻貼在影望頭上。「看到你回來真好。」光躍對他眨眨眼。「感謝星族，你成功了，」她聽起來如釋重負，但聲音夾著一絲平靜，讓他有點懷疑，她真的完全放下他代替她出任務的事了嗎？「你有受傷嗎？」

「這還用問，」鴿翅煩躁地說。「妳看他。」他腳掌上的黑色水珠飄散出血腥味。

「我會好起來的。」影望保證。他瞄了灰紋一眼，擔心雷族長老情況不樂觀。

看到父親坐起身，站起來，風皮連忙跑過去。「你受傷了嗎？」

鴉羽輕輕推開他，抖抖毛皮。「只有幾道抓痕。」他喵聲回答。

過了好一段時間，藤池終於打破沉默。「我們連想埋葬她的屍體都沒辦法。」她輕聲喵嗚，凝望著月池。

樹和針爪開心地環繞著紫羅蘭光，但根躍退到一旁，目光緊盯著藤池。影望看到他的藍眼睛裡閃爍著悲傷。他目不轉睛地望著根躍，完全沒注意虎星和鴿翅。

根躍走向藤池。「我很抱歉，」他在池畔輕聲對她說。「她犧牲自己的生命救了灰毛。」

藤池像石頭一樣佇立在池邊，雙眼看著根躍。影望猜想，喪女的痛撕裂她的心，她應該無暇顧及其他事。

根躍慢慢踏入月池，輕推著她遠離水岸。「如果我能代替她死，我一定會這麼做。但她臨死時就跟生前一樣，勇敢無畏，願意為她的部族付出一切。」他告訴藤池，眼裡閃爍著哀慟的光芒。

藤池對他眨眨眼，回頭看看月池，彷彿根躍可能錯了，鬃霜隨時都會探出水面，濺起陣陣水花。「這不是真的。」

「如果她還有機會生還，我一定不會回來，」根躍的喵嗚聲因著悲傷，聽起來好空洞。「我絕對不會拋下她離開。」

影望的喉嚨一緊。他知道，最終他還是得去找藤池，把事情一五一十告訴她，鬃霜是為了救他而死。若有任何方式能感念她的犧牲，他一定會做，但現在不是時候。他從虎星和鴿翅身旁離開。沒時間難過了。「我要去幫蛾翅。」

灰紋閉上眼睛側躺，兩側腹脅只有微弱的起伏。影望看得出來他很痛苦。姊妹幫從陰影中現身，急匆匆地跑過來，不僅嘴裡叼著蜘蛛絲，前掌也纏了不少。

陣雪走到蛾翅身旁，剝下一團蜘蛛絲遞給她，影望也加入治療的行列。「有辦法止血嗎？」他問道。

「不知道。」蛾翅把蜘蛛絲塞進那道割裂灰紋腹部的傷口。她眼神陰鬱，腳掌浸在血泊裡。

影望用貓掌舀起另一團蜘蛛絲填入傷口，可是這麼做就像試著用樹葉堵住河流。他又抓了一把蜘蛛絲塞進去。

灰紋悶哼一聲，眼睛睜得好大。

「我們一定會幫助你熬過這一關。」松鼠飛蹲在他旁邊向他保證。

「我不這麼認為，」灰紋緩緩眨眼，聲音裡沒有恐懼，也沒有後悔。「我要去星族了，」他的眼睛逐漸混濁。「這不是什麼難過的事。我失去了那麼多心愛的貓，現在又可以和他們在一起了。」

松鼠飛強忍著悲傷，鬍鬚不停顫抖。

棘星俯身用鼻子輕碰灰紋的耳朵。「雷族真的很幸運，能有你守護這麼久。」他喃喃低語。

灰紋柔聲咕噥，感覺應該是想發出呼嚕聲。「我很幸運能擁有這群族貓。告訴大家，我一點也不想加入其他部族，還有，我會很想念他們。替我向我的小貓說再見，願他們長壽幸福，我會在星族等他們。」他吃力地轉過頭看著松鼠飛。「我有把妳的口信轉達給灰毛，」他啞著嗓子說。「他把那些話帶進死亡裡了。」

「灰毛已經永遠消失了，」影望補充，想讓松鼠飛知道她再也不用對付那隻暗色戰士。「是鬃霜殺了他。另外我們也打破了路障，恢復了與星族之間的聯繫。」悔恨刺痛了他的心。**我們。**這個詞聽起來好空洞。他再也無法聯繫星族了。他與祂們失去了連結，灰毛就是罪魁禍首。他瞄了蛾翅一眼。「應該要通知各族巫醫貓明天在這裡集會，把這些消息告訴他們。」

「好。」蛾翅點點頭，專心處理灰紋的傷勢。

灰紋伸出腳掌，無力地推開她。「沒用的，」他喃喃低語。「讓我走。」

蛾翅沒有和他吵。她往後傾身，看著灰紋垂下頭，閉上眼睛。

影望的心如石頭般重重落在胸口。他的腳掌還放在灰紋的肚子上，突然感覺到一種過去只在獵物身上感受到的靜止。

蛾翅坐下來，用腳掌摸摸灰紋的胸口，然後輕輕點頭。「他走了。」

棘星沉默不語，在灰紋身邊慢慢蹲下，發出一聲低沉悠長的嚎叫。他的叫聲在山谷中迴盪，松鼠飛也跟著喵嗚哀號，直到每塊石頭都承載著他們的悲傷。

第二十三章

第二天晚上，影望蹲踞在月池畔，感覺到空虛如飢餓一樣蟄伏在他體內。灰毛造成的傷口並沒有像葉池說的那樣癒合。大概還需要一點時間吧。

各族巫醫貓都在這裡，沐浴在皎潔的白色月光下；可是灰紋死後，月池山谷似乎飄蕩著一絲寒意，溫暖的毛皮和帶著霧氣的呼吸都無法驅散這種冷冽。

部族貓已經將灰毛被擊敗、與星族恢復聯繫的消息帶回家，傳達給其他貓兒，各族巫醫貓也安排時間到月池集會。他們終於可以再次和星族分享交流。影望知道，他們盼著這一刻盼了好幾個月，一定會如釋重負，開心地來到月池。今晚他們會得到安慰，但影望懷疑，要是他永遠無法與祖靈建立連結，他內心的空虛真的能被治癒嗎？

他內疚地蹲在水邊。他應該把葉池說的話告訴其他巫醫貓嗎？讓他們知道，他和星族之間的關係不像他們一樣？他們會不准他來這裡嗎？他蓬起身上的毛髮以抵禦夜間的寒冷。**蛾翅**沒有和星族分享異象，可是她有來參加月池會議。為什麼他不行？

水塘光熱切地和其他巫醫貓聊天。影望瞥了蛾翅一眼。

「虎星已經安排了額外的狩獵巡邏隊，打算舉行一場盛宴大肆慶祝。」他喵聲說。

「兔星也是，」隼翔說。「如果星族同意，我們還會慶祝哨掌成為我的巫醫貓見習生——不過慶祝的理由已經夠多了。」

影望之前的導師已經替他包紮好傷口，還用了一大堆藥草治療，傷口現在感覺有點麻木。不過至少不痛，也算是一種解脫。要是水塘光能治癒失去鬃霜、灰紋和星族的痛就好了。

「儀式結束後，妳會回河族營地嗎？」水塘光對蛾翅眨眨眼。

她點點頭。「我該回去了。河族需要一隻巫醫貓。喔對了，霧星終於道歉了，說她不該驅逐冰翅和兔光，讓他們在外流亡那麼久。」

「他們要跟你回去嗎？」隼翔用腳掌擦擦鼻吻。

「他們已經在那裡了。」蛾翅回答。

「少了他們，影族營地變得空蕩蕩，」水塘光喵聲道。「雖然蓍草葉還抱怨說我們永遠無法清除戰士窩裡的魚腥味。」

松鴉羽哼了一聲。「蓍草葉在抱怨？聽起來生活逐漸恢復正常了嘛。」

水塘光發出呼嚕聲。「也該是時候了。」

赤楊心眼裡閃爍著焦慮的光芒。「你們真的覺得今晚能聯繫上星族嗎？」

「只有一個方法能找到答案。」松鴉羽走到水邊，蹲踞在月池畔。

赤楊心坐在他旁邊，水塘光則躺在影望身旁，其他貓也在月池周圍各就各位。只有蛾翅待在後方，她的目光不時飄向月影籠罩的懸崖。

我是不是不該待在這裡，應該坐在她旁邊才對？影望瞄了水塘光一眼，羞愧感如潮水湧過毛皮。他起碼要把葉池說的話告訴他之前的導師，讓他知道他永遠無法與星族分享訊息，可是這句話一直卡在他喉嚨裡。看到他回來、灰毛被打敗，影族貓兒們非常高興，他不想用壞消息毀了他們的幸福和快樂。

松鴉羽閉上湛藍色盲眼，用鼻子碰碰水，水塘光也加入他的行列。影望迅速將鼻吻浸入冰冷的池水。也許星族到頭來還是會和他建立連結。永遠沒辦法跟他們對話很不公平。就算他完成使命、看穿暗影，也沒機會說再見嗎？

緊閉的雙眼後面只有一片黑暗，他除了自己的思緒外什麼都沒聽見。他努力嘗試，盡可能探向心神深處，好像在努力回想到底是在樹林何處看到一叢新生的山蘿蔔。但什麼也沒有。他的腦袋依舊空空如也。

他坐起來，一顆心隱隱作痛。蛾翅不解地看著他，什麼也沒說，開始舔洗肚子。**她**似乎很滿足於不跟星族分享異象。也許他要求的太多了。老實說，他曾踏上星族領地，親睹那裡的森林、草原和星族戰士，還跟火星講過話。哪隻巫醫貓有他這樣的經歷還不滿足？

冷冽的空氣慢慢滲進他的毛皮，其他巫醫貓開始移動。赤楊心飛快睜開眼睛，尾巴微微顫抖；松鴉羽坐起身，毛皮如波起伏，隼翔則舒展了一下筋骨。

水塘光站起來看著影望。「你看到什麼？」

影望僵在原地。他該怎麼說呢？

赤楊心率先打破沉默，讓他鬆了口氣。

「我看到灰紋，」雷族巫醫貓看著松鴉羽說。「他很高興能和那些老族貓在一起，也很高興能和薔光和蜜妮相聚。」

「很好，」松鴉羽開心地呼嚕。「他是該好好休息一下。」

「星族告訴我，哨掌會成為很出色的巫醫貓。還有，我們必須從灰毛身上學到教訓。」隼翔的眼睛閃閃發光。

「我也收到一樣的訊息，」水塘光的鬍鬚不停抽動。「祂們還說，我們應該認真考慮修改戰士守則。祂們希望過去發生的一切能讓部族間的關係更緊密、更團結，幫助我們重振旗鼓，變得更強大。」他熱切地看著影望。「祂們也對你這麼說嗎？」

巫醫貓們滿懷期待地看著他，影望的毛皮如火燒般熱燙。他垂下目光，好希望自己能瞬間消失。

蛾翅走上前。「影望經歷了很多，」她喵聲說。「也許他太累了，看不到異象。」

「真的嗎？」水塘光聽起來很驚訝。

影望的心劇烈跳動，大聲到他什麼也聽不見。他強迫自己直視水塘光。「我只看到一片黑。」他坦承。

「蛾翅說的對，」水塘光蹙眉喵聲說。「你一定是累了。」

「不，不是那樣，」影望搖搖頭，腳爪抓著岩石。「是因為我和星族沒有連結。」

松鴉羽豎起耳朵，隼翔皺起眉頭。

「什麼意思？」水塘光聽起來很困惑。「你幫忙打破路障，當然跟祂們有連結啊。」

影望吞吞口水，想起葉池說的話。**你先前聯繫上的是暗影，不是光。**「葉池說，我從來沒有真正和星族分享過異象，」他承認。「我只是自以為可以跟祂們分享。我命中只能看見暗影，我接收的異象都來自灰毛，他一消失，異象也跟著消失。」他瑟縮了一下。「對不起，」他喵嗚說道，不敢看其他巫醫貓。「我根本不是真正的巫醫貓。灰毛只是利用我回到部族，他製造出這麼多麻煩是我的錯，是我讓他進來的。真的很對不起。」

水塘光遲疑了一下，眼神黯然片刻，接著抖抖毛皮，開朗地喵喵叫：「你說你不是真正的巫醫貓是什麼意思？你是很優秀的巫醫貓。再過幾個月，你就會變得跟我差不多厲害了。」

影望抬起頭，驚詫掠過他的毛皮。水塘光發出呼嚕聲。

「巫醫貓的職責不只是和一群死去的戰士分享異象而已。」蛾翅輕揮尾巴喵聲道。

「但妳很氣我把灰毛帶回來。」他對她眨眨眼。

蛾翅哼了一聲。「我總得找隻貓出氣吧，」她喵喵叫。「對不起，我對你太嚴格了。我因為被逐出河族而感到難過，需要找隻貓來怪罪。我想，某種程度上，你反映出我最擔心的一點，那就是生者會違背自己的本能，去遵從死者下達的危險指令。灰毛大可隨便挑一隻貓。他選了你，不是你的錯。我不該那樣責備你。要是他選我，我可能也會被愚弄。但我不覺得自己有勇氣跟他一起踏入黑暗森林。」她看看影望的傷口，毛皮上還沾著乾涸的血漬。「即便受了傷，你還是回到那裡，幫助大家一起打敗他。怎麼會有貓生你的氣呢？」

影望的心情振奮了不少，滿懷希望地瞄了其他巫醫貓一眼。他們也有同感嗎？

松鴉羽發出嘖嘖聲。「我不懂你幹嘛這麼小題大作，」他對影望說。「蛾翅跟星族處得很好啊。」他把目光轉向蛾翅，臉上帶著一絲歉意。**他大概是因為在集會上洩露她的祕密而感到抱歉吧**，影望心想。「至於灰毛，事情已經發生了，」松鴉羽繼續說。「也許你以前是個鼠腦袋，但你當時很年輕，現在依然年輕！你一定會犯更多錯，但是你的心很正直，你已經彌補自己造成的傷害了。」

隼翔點點頭。「若我們曾讓你覺得自己不配當巫醫貓，在此向你說聲抱歉。幸虧有你，星族才能回來，所有部族也都安全了。如果這還不能讓你成為巫醫貓，那什麼才能呢？」

「你是我們的一員，」赤楊心輕甩尾巴。「任何事都無法改變這一點。」

影望環視其他巫醫貓，在他們眼中看到一種前所未見的尊重。他內心洋溢著喜悅，填滿了先前那種空虛。他突然覺得灰毛把他拉進去的那片黑暗已然滅淨，永遠消散無蹤。

這是他第一次覺得自己有所歸屬。他終於被接納了。

第二十四章

「棘星！棘星！」

根躍抬頭仰望大橡樹，五大部族齊聲呼喊著雷族族長的名字，歡迎他歸來。棘星站在低處的長枝幹上，不安地挪動腳掌，但雙眼目光炯炯，顯然很高興能重返貓族。小島上的空地在綠葉季最大滿月的映照下散發出一股暖意，周遭洋溢著幸福的氣息。

儘管損傷慘重，部族還是鬆了口氣，因為部族世界的秩序已然恢復，他們與祖靈也重新聯絡上了。然而根躍無法共感、同享他們的喜悅。他從黑暗森林回來已經過了半個月，悲傷讓他每走一步都覺得沉重，每呼吸一次都覺得難受，讓獵物的味道變酸，讓族貓的友誼變得無味，他覺得自己不過是一隻在營地出沒的貓靈。

他也跟著大家吆喝，內心的痛楚卻不斷加劇。他的喵叫聲愈來愈小，化為沉默。

「你沒事吧？」針爪輕輕推他一下。

「嗯。」他迎上她焦急的目光，睜大眼睛要她放心。她同情地對他眨眨眼。過去半個月，針爪一直守在他附近，像是去獵物堆裡幫他拿獵物，要求加入他的巡邏隊等。他很感激妹妹這麼關心他，但有時他真的很難假裝自己很好。他好希望能離開天族一段時間，獨自在森林裡哀悼。

不過他的族貓經歷了太多苦難，他不會再搞消失讓他們擔心。儘管他想躲在窩穴裡，還是打起精神參與每一次巡邏；無論何時，只要窩友們提出要求，他都會和他們一起狩獵；小蜜蜂和小甲蟲睜著充滿仰慕之情的大眼跟前跟後，問他當時在黑暗森林裡的遭遇時，他竭盡所能地努力掩飾內心的哀痛，告訴他們鬃霜和其他戰士有多勇敢，一點也不怯戰。

「謝謝大家！」棘星的喵聲打斷了貓兒們的吶喊，鼓譟聲漸趨寂靜。

根躍前方的鳶撓和龜爬豎起耳朵，他身旁的紫羅蘭光和樹則前傾身子。雷族貓在空地另一邊熱切躁動，影族和風族彼此耳語，用滿懷期待的眼神目不轉睛地看著棘星。

「部族熬過了最黑暗的幾個月。」棘星喵聲說。

「我以為已經結束了。」褐皮大喊。

「快了！」閃皮插嘴。

貓群低聲表示同意，棘星再度開口。「但我們活了下來。我們趕走了冒牌貨，重新與星族建立連結，」他眼裡閃爍著感激的光芒。「謝謝你們把我帶回來，謝謝你們看到需要改正的地方，謝謝你們做好準備，願意做出必要的舉措來達成目標，」他看著松鼠飛。「謝謝妳，」他喵聲說。「妳是最忠誠的副族長和伴侶。要是沒有妳，我一定會迷失方向。妳從來沒有放棄我，為了救我和保護妳的部族，妳一次又一次讓自己置身險境。妳在雷族最需要領導的時候帶領他們。為此，我永遠感念在心。」

讚許的低語在貓群中如漣漪盪漾。根躍難受地抽動耳朵。他環顧四周，看到許多戰士眼中閃耀著驕傲的光芒。他們難道忘了在灰毛的指揮下，他們有多容易反目成仇，還做了很多過分的舉動，驅逐破壞戰士守則的貓？更別說那些堅持真正的棘星已經消失，應該殺死灰毛的戰士了，就算這麼做可能會讓棘星的靈魂失去肉身也一樣。**棘星一定都**

知道。他身為遊魂那段期間一直看著部族。根躍對雷族族長產生一股新的敬意。他剛才講的那番話非常大器。

「但是我們要記住……」棘星的目光變得嚴厲許多。「灰毛利用戰士守則來對付我們，差點毀了部族。我們一定要記住，戰士的真諦比這些規則更重要，」他看著虎星。「你一開始就明白，用那些規則來流放和譴責忠誠的戰士是錯的，甚至在知道灰毛是誰之前就拒絕跟隨他，並在沒有其他部族願意協助的情況下給被流放的戰士一個家，」他對影族族長低頭致意。「我從沒想過我會這麼說，但你表現出比其他貓兒更多的勇氣和智慧。」

「虎星！」爆發石喊著族長的名字。

褐皮、焦毛和螺紋皮跟著吶喊，影族貓開始不停高喊，其他部族也加入頌讚的行列，聲音傳遍了整片空地。

虎星瞥了鴿翅一眼，根躍看到影族族長眼中流露出的自豪感，映照在他伴侶眼裡。他覺得心好痛，他強忍著那股扎刺著肚子的怨恨。為什麼他們可以相愛相守，他卻不行？想到這裡，他覺得好慚愧，他居然嫉妒其他貓的幸福。他不想懷著憤懣，但怒氣有時會吞沒他。生命怎麼這麼不公平？為什麼鬃霜的勇敢換來的卻是死亡？

樹靠近他身旁，似乎感受到他的痛苦。「讓他們慶祝吧，」他溫和地小聲說。「他們也受苦了。」

根躍看了父親一眼。他知道樹是對的。他倚在他身上，感謝他帶來的溫暖。

棘星再次提高音量。「我們必須感謝那些冒著生命危險擊敗灰毛的勇敢戰士。讓我們紀念那些跳出來反對灰毛、犧牲生命的前期反抗軍：松果足、莖葉、斑紋叢、沙鼻、蕨葉鬚和爆發石。還有那些因為被冒牌貨愚弄而不幸喪命的戰士：玫瑰瓣、莓鼻、煙霧雲和溫柔皮。他們也值得我們同情。多虧了霧星、鴉羽和紫羅蘭光勇敢組成一支巡邏隊進入黑暗森林，與灰毛搏鬥，解救星族，現在他們都和星族在一起了。另外我還要感謝影望和根躍，他們不僅把我從黑暗森林裡救出來，還回到那裡徹底打敗灰毛。」貓群中響起一陣歡呼，喧鬧的嚎叫聲劃破夜空。

「根躍！」

「影望！」

根躍越過無數揚起的鼻吻，攫住影望的目光，發現他眼裡透著一絲痛苦。他猜影望也在想著鬃霜。她應該和他們在一起，聽到這些讚美。

棘星等待歡呼聲結束，然後繼續說：「我們失去了許多優秀的貓——柳光，她的勇氣我們永遠銘記在心。還有灰紋，部族裡最勇敢的貓之一。」

根躍的心怦怦直跳。他知道棘星接下來要提到鬃霜。他有力氣咽下悲傷嗎？

「灰紋和柳光已經加入了星族，」棘星接著說。「但是有隻貓為了部族奮戰，放棄了一切，包括她在星族的地位，」雷族族長凝望著他。根躍屏住呼吸。「鬃霜雖然是一名年輕的戰士，但她擁有的勇氣和智慧不輸那些比她年長數月的貓。我們會永遠記住、感念她的犧牲。我要對那些最想念她的貓表達同情和感謝。」

根躍的目光飄向雷族貓群。藤池眼神空洞看著棘星；蕨歌緊挨著她，雙眼閃閃發光；鬚霜的同胎手足竹耳和翻爪則站在父母身旁，姊弟倆依偎在一起。

棘星還沒說完。「我想用一個特殊的頭銜來紀念那些進入黑暗森林拯救部族的貓。從現在起，他們就是『迷霧之光』。」

「迷霧之光！」鳶撓大聲喊出這四個字，這一次，各族貓群立刻加入他，大家齊聲吟誦這個新頭銜，聲音大到樹木好像都在顫抖。

龜爬回頭望著根躍，大大的眼裡滿是敬慕；鳶撓也瞄了他一眼，讓他的毛皮泛起陣陣刺麻，覺得侷促不安，接著哈利溪也轉頭看他。他的族貓顯然為他感到驕傲，他好希望自己能享受大家的感激，但只要一想到鬚霜，他的心就好痛。他都失去她了，頭銜還有什麼意義？

棘星往後退，霧星沿著樹枝慢慢走上前。河族族長的目光掃過貓群，大家逐漸安靜下來。

「我去拜訪星族的時候……」貓群中響起一陣驚訝的低語，但霧星不理會。現在應該所有貓都聽過黑暗森林巡邏隊前往星族狩獵場的故事了吧？「我們跟火星和葉池討論了一下，該如何讓戰士守則與湖畔生活變得更緊密、更相關。星族同意重新安排守則的順序，好讓我們知道祂們最重視哪些規則。忠誠是身為一名真正戰士的核心特質，願意保護那些比自己弱小的貓。但是戰士守則並未涵蓋所有範疇，星族要我們思考這些議題。」

「我們知道，」風皮氣沖沖地大叫。「你們想讓我們允許不同部族的貓成為伴侶！」他環顧聚集在空地的貓群。「真不敢相信星族居然會批准一個破壞部族的計畫！」

「星族並不像我們那樣清楚看見各族間的分歧，」霧星說。「別忘了，星族是沒有邊界的。」

鳶撓瞇起眼睛。「鼓勵不同部族的貓成為伴侶會讓大家覺得背叛是可以被原諒的！」他放聲大喊。

閃皮在河族貓群中揚起鼻吻。「我以為星族相信忠誠是身為一名真正戰士的核心特質，」她低聲咕噥。「選異族貓當伴侶有什麼好處？」

「忠誠沒那麼容易！」站在霧星旁邊的虎星豎起毛髮，對著貓群大喊。

「也許就該那麼容易！」獅焰反駁。

根躍看到許多貓毛髮聳立，豎起耳朵，尾巴憤怒地甩動。他抬起下巴。「成為一名戰士並不是一件簡單的事。」他提高音量大聲說。貓兒們紛紛轉頭，他的腳掌因為不安而刺麻。所有戰士都睜大眼睛，目光落在他身上。他強迫自己繼續說。「你們有誰懷疑我的忠誠嗎？」

「當然沒有。」鳶撓對他眨眨眼。

「你是迷霧之光。」閃皮喊道。

「但我還是願意為了深愛的貓離開部族。」根躍喵聲說。

鳶撓僵在原地，毛皮因為驚訝而起伏。許多貓紛紛倒抽一口氣。

「離開部族？」

「他愛上誰了？」

根躍調整呼吸。他要分享自己的經歷，或許能幫助到其他貓。「我愛鬃霜，我本來打算要加入雷族和她在一起，」大家都來不及插話，他就再度開口。「但我一直沒機會告訴她。她死時相信我會選擇我的部族，而不是她，如今我再也見不到她了，也沒有機會讓她知道，她對我而言比族貓更重要。」

根躍看到不少貓眼裡盈滿同情。「我不需要你們的憐憫，」他急忙解釋。「我只是希望事情能有所改變。要是我沒花這麼多時間在自身部族和鬃霜之間做選擇，我們就可以在一起度過剩下的那點時光。相反的，我們用這段時間來折磨自己，折磨內心真正的忠誠，」他抬頭看著霧星。「我會永遠對鬃霜忠誠，若這表示要搬到她的部族，那我的忠誠也會轉移到她的部族，因為對她來說重要的事物，對我來說也很重要。」

兔星皺起眉頭。「那撫養你長大的部族呢？你對它的忠誠呢？」

根躍沒有答案。若雷族和天族發生戰爭，他會怎麼做？他能跟熟識的老族貓甚至自己的親屬對戰嗎？

根躍猶豫之際，鴉羽說話了。「事實是，自從部族建立以來，貓兒們就會對其他部族的戰士產生感情，」他喵聲道。「如果每次戀愛都換部族，到最後就沒有部族了。」

鴿翅的尾巴憤怒地抖動。「真正的戰士不會因為迷戀某隻貓而改變部族！」

「我對鬃霜的感覺不是迷戀！」

「我知道，」鴉羽嚴肅地看著他。「你很忠誠，而且勇敢無畏，也證明了你願意為部族的利益而冒生命危險。我知道你一定思忖了很久才決定離開天族，」他轉向各族族長。「選擇為了愛而離開所屬部族這件事，一定要認真看待，絕不能草率決定，也不能一時興起。但有些愛是值得換部族的。為愛而離開部族不該被禁止，但也不該那麼容易。關於想換部族的貓，目前已有其他方式處理，也許我們需要想出一個所有部族都同意的解決辦法，達成共識。我們必須在做出決定前認真思考這個問題。」

貓兒們豎起的毛髮漸趨平滑下來。根躍看到鳶撓瞇起眼睛，眼裡不再是憤怒，而是沉思。

「我不知道你對鬃霜的感覺這麼強烈。」鳶撓喵聲說。

根躍看著他。「我愛她，」他深吸一口氣。「非常非常愛她。」

霧星再度開口，但根躍幾乎沒聽進去。她提到大家要想辦法罷免一位失去部族信任的族長，如此一來，灰毛這樣的貓就無法濫用權力。可是根躍不在乎。當著各族的面大聲表明他對鬃霜的愛，讓他有種如釋重負的感覺，然而悲傷又一次緊攫住他的心，貓兒們不停交談，他則兩眼無神地盯著前方。

樹輕輕推他一下。

根躍茫然地看著他。

「你要留下來守夜嗎？」樹問他。

「守夜？」

「部族要守夜紀念逝去的貓。」

樹朝大橡樹點點頭，各族族長正爬下來踏上地面。貓群往後退到空地外圍，空出中間的位置。

針爪走到根躍身旁。「我們可以坐那裡。」她朝空地邊緣的一小塊草地點點頭，那裡佇立著一棵樹，葉蔭懸垂在半空中。

紫羅蘭光邁步走過去，針爪緊隨其後，樹用鼻子推頂根躍，讓他站起來。

「來吧。」他推著根躍穿過戰士群，引導他走向草地。紫羅蘭光和針爪替他騰出了一點空間，他肚子貼地，趴伏在她們倆中間。他覺得自從鬃霜死後，他每天都在守夜。

根躍依偎在母親和妹妹中間，任憑悲傷肆虐。他沒有反抗，而是凝視著空地上一塊空蕩的地方，銀色月光灑落在光禿禿的土地上。他想像鬃霜的靈魂遊走在戰士群之間，他的心好像快碎了。至少她的靈魂要和他在一起，但這永遠不可能實現。她已經走了。

各族貓兒們逐漸圍成一個大圓圈，周遭鴉雀無聲，大家都默默向死去的族貓致敬。隨著時間推移，繁星慢慢在夜空中流轉。根躍感覺到針爪的呼吸放慢。她睡著了，他也不打算叫醒她。這麼多個晝夜以來，她一直看顧著他，想必累壞了。

幾條尾巴外的地方有個身影在黑暗中移動。根躍看到一隻母貓踩著沉重的腳步朝他走來，直到她踏出陰影處，他才發現那是點毛。懷著小貓的她兩側腹脅鼓得圓圓的。

她在他面前停下腳步，根躍驚訝地眨眨眼。「你可以讓莖葉現身嗎？」她低聲問道，眼裡洋溢著希望。「我只想再跟他說說話，最後一次。」

她之所以這樣問，是因為他有能力將死去的貓帶到陽間片刻，但現在沒辦法。「他在星族，」他說。「我只能讓受困的靈魂現身。」

「可以試試看嗎？」點毛滿心期盼地看著他。

「也幫我們找找鬃霜？」藤池的喵叫聲讓根躍嚇了一跳。她和蕨歌穿過空地看著他。「你能讓她出現嗎？」她一定是猜到點毛想做什麼。

根躍對藤池眨眨眼。「我聯繫不到她，」他喵嗚說道。「我希望我可以，但是她……」他說不出口。此刻告訴鬃霜的親屬他聯繫不上她，他們再也見不到她，好像太過殘忍。

「拜託你試試看。」蕨歌柔聲喵道。

「拜託。」點毛看著他。

根躍明白他們的痛苦。他們希望能再見到至親摯愛最後一面。他懂那種感覺，但他也知道自己沒辦法把莖葉和鬃霜帶來這裡。不管他怎麼努力，都無法讓他們現身。他迎上點毛的目光。「妳對莖葉來說非常重要，」他告訴她。「他知道妳懷了小貓，他正在星族看顧你們。」點毛的眼睛閃閃發光。根躍繼續說。「你們一定會再相見，但我沒辦法讓他現身，妳必須等到自己加入星族的那一天。」**至少妳還有這個機會**。他知道這些話稱不上什麼安慰。她每天都要在雷族面對沒有莖葉的生活，獨自撫養他們的小貓。但她似乎接受了根躍的話語。

她點點頭。「我們倆都失去太多了。」悲傷湧上她的眼眶，她轉身邁步離開。

藤池和蕨歌依舊滿懷希望地看著他。

「鬃霜不在星族對嗎？」蕨歌喵聲問。

根躍搖搖頭。

「她一定在什麼地方，」藤池的聲音透著一絲憂懼。「對不對？我知道死在黑暗森林會怎麼樣，可是……」她垂下頭，聲音愈來愈小。

蕨歌用鼻子輕撫著她，雙眼仍望著根躍。「也許你可以試試，」他建議道。「這麼做能帶給我們很大的安慰。」

根躍知道自己不可能聯繫上鬃霜，但他拒絕不了他們的請求。太陽從沼澤後方緩緩升起，小島沐浴在粉紅色晨光裡。周圍的貓群開始移動；戰士們紛紛起身；長老們肢體僵硬地伸伸懶腰，舒展筋骨；見習生們開始踱步，漫漫長夜後迫不及待地想回家。

「我試試看。」他迎上藤池的目光喃喃低語。

他閉上雙眼，鼻吻貼著草地。他腳踏地面，讓思緒深入到地底。她不會在那裡，但他還是四處尋找。他的心在胸口顫抖，好像仍相信她一定就在某個地方，聆聽他的呼喚。突然間，他腦海中浮現出一個畫面──鬃霜和他在一棵柳樹下相依偎，跟著他並肩跑過森林，一起蜷縮在貓窩裡，裡面還有三隻小貓，兩隻跟她一樣是淺灰色，一隻黃白相間，彷彿大地掌握著過去和未來的記憶，或單純讓他看見自己一心一意渴求的盼望。

他抬起鼻吻，睜開眼睛，悲傷再次吞噬了他。

藤池和蕨歌看著根躍，全身上下每根毛髮似乎都因著希望而顫抖。

「她不在那裡。」他搖搖頭，啞著嗓子說。

「謝謝你的努力，」蕨歌點點頭，語氣聽起來很平靜，似乎接受了這個事實。他用鼻子觸碰藤池的臉頰。「她走了。」他輕聲喵道。

藤池對他眨了眨眼。「不過她會永遠活在我們心裡吧？」她的語氣聽起來好像在問問題。

「當然會，」蕨歌向她保證。「無論在湖邊或星族都是。**她的靈魂會活得跟我們一樣長久，因為她會活在我們心裡。**」

藤池的毛髮趨於平滑，疲憊的臉顯露出一絲寬慰。「謝謝你。」她對根躍喵聲說，然後轉身跟著蕨歌離開。

針爪在根躍旁邊伸懶腰。她靠在他身上，毛皮的溫暖滲入他的身體。他在想，不曉得她醒了多久。樹已經站了起來，紫羅蘭光簡單洗幾下臉，準備返回營地。

「走吧，」針爪用鼻子頂著根躍，要他站起來。「族貓們要離開了。」

她往葉星的方向點點頭，只見她帶著哈利溪、鳶撓和龜爬走進通往樹橋的長草叢。

根躍看了空地最後一眼，目光落在影望身上，他正和撲步、光躍站在一起。影望看著他，琥珀色眼眸因悲傷和疲憊而閃爍著微光。然後他點點頭。

根躍也點頭回應，接著轉身跟著針爪離開，紫羅蘭光和樹走在他們前面。

她的靈魂會活得跟我們一樣長久，因為她會活在我們心裡。

蕨歌的話在他腦海中迴盪。一想到自己沒能拯救深愛的貓，他的心就好痛。她走了，連靈魂都消逝無蹤。沒有戰士會在星族狩獵場看到她，再次感受到她的愛，聽見她溫柔的喵叫聲，或跟隨她的腳步。但只要有貓兒還記得她，鬃霜就會永遠活下去，不只在她父母心中，也在他的心中。她不會真正離開。她會永遠與他相伴。

根躍走進柔軟的草叢，陽光逐漸灑落湖面。他感覺到悲傷終於開始鬆手，不再緊攫住他的心。

國家圖書館出版品預編目資料

貓戰士七部曲破滅守則．六，迷霧之光 / 艾琳．杭特（Erin Hunter）著；約翰．韋伯（Johannes Wiebel）繪；郭庭瑄譯．-- 初版．-- 臺中市：晨星，2022.07
面；　公分．--（Warriors；64）
譯自：Warriors : The Broken Code. 6, A Light in the Mist
ISBN 978-626-320-145-3（平裝）

873.59　　111007210

貓戰士七部曲之VI

迷霧之光 *A Light in the Mist*

作者　艾琳．杭特（Erin Hunter）
繪者　約翰．韋伯（Johannes Wiebel）
譯者　郭庭瑄
特約編輯　陳品蓉
文字校對　陳品蓉
封面設計　陳柔含
美術編輯　張蘊方

創辦人　陳銘民
發行所　晨星出版有限公司
407台中市西屯區工業30路1號1樓
TEL：04-23595820　FAX：04-23550581
行政院新聞局局版台業字第2500號
法律顧問　陳思成律師
初版　西元2022年07月01日
再版　西元2024年07月31日（三刷）

讀者訂購專線　TEL：（02）23672044 /（04）23595819#212
讀者傳真專線　FAX：（02）23635741 /（04）23595493
讀者專用信箱　service@morningstar.com.tw
網路書店　https://www.morningstar.com.tw
郵政劃撥　15060393（知己圖書股份有限公司）
印刷　上好印刷股份有限公司

定價250元
（缺頁或破損的書，請寄回更換）
ISBN 978-626-320-145-3

Warriors: The Broken Code (1-6)
Copyright © 2020 by Working Partners Limited
Series created by Working Partners Limited arranged through Andrew Nurnberg Associateds International Ltd.
All rights reserved. No part of this book may be used or reproduced in any manner whatsoever without written permission except in the case of brief quotations embodied in critical articles and reviews.
Traditional Chinese edition Copyright © 2022 by Morning Star Publishing Inc. Printed in Taiwan All Right Reserved.
Original German language edition published by Beltz & Gelberg.
Cover Pictures provided by Johannes Wiebel.
版權所有，翻印必究